小学館文庫

ロボット・イン・ザ・ハウス

デボラ・インストール
松原葉子 訳

小学館

主な登場人物

ベン・チェンバーズ……………獣医を目指している優柔不断な主人公
アクリッド・タング……………レトロな箱型ロボット
エイミー・チェンバーズ………ベンの（元）妻。法廷弁護士
ボニー……………………………ベンとエイミーの間に生まれた娘
ジャスミン………………………ボリンジャーが送り込んだ球体ロボット
ブライオニー……………………ベンの姉。法廷弁護士
デイブ……………………………ブライオニーの夫
カトウ・オーバジン……………人工知能を研究するエキスパート
オーガスト・ボリンジャー……天才ロボット工学者

A ROBOT IN THE HOUSE
by Deborah Install

ロボット・イン・ザ・ハウス

一　ジャスミン

庭に一体のロボットがひょっこり現れたなら、奇妙な話もあるものだと思うかもしれない。それが二体となると……人によってはもはや自ら引き寄せているのだと言うだろう。実際そうなのだと思う。

僕は二体目のロボットを一体目と比べずにはいられない。一年半ほど前に我が家の庭で見つけたロボットだ。今回のロボットは黒い球体で、頭から針金ハンガーのフックや肩の部分に似た金属が好き勝手な角度に突き出ている。対して最初のロボットはアクリッド・タングという名のくたびれた雪だるまみたいな箱型ロボットで、その見た目にもかかわらず……いや、もしかするとそんな見た目だからこそ、いつしか僕の親友になった。妻のエイミーにしても、九カ月前の娘の出産はタングの立ち会いと支えを抜きにしては語れない。元妻。いや、妻。まあ、いい。複雑なのだ。要は厳密には僕らはよりを戻していないということだ。寝室も何も別々だ。

それはさておき、タングは箱を台にして僕の隣に立ち、エイミーが新たにやってきたロボットと会話を試みる様子を窓から見つめていた。僕の腕の中では赤ん坊のボニーが下に降りたがって暴れていたので、落ち着いて事の成り行きを見守りたかった僕は娘を居間のベビーサークルに降ろした。首尾よくいったところでボニーのそばを離れ、タングとふたり、庭への出入りに使っているフランス窓に顔をくっつけて外を見た。エイミーは困惑顔で新たなロボットの周りをぐるぐる歩いていた。やがて顔をしかめ、下唇を指でつまむと、報告をしに戻ってきた。

「とりあえず、あのロボットは女の子だわ」

「どうしてわかる?」僕が尋ねると、エイミーは僕を見て、タングを見て、また僕を見た。そして、一方の眉をひょいと上げた。

「あなただってすぐにタングが男の子だとわかったじゃない」

「たしかに。話しぶりが男の子みたいだったからな。じゃあ、あの子は女の子みたいにしゃべるのか?」

「ううん、まだひと言も発してない」

「だったら、どうして……?」

「名前が〝ジャスミン〟だからよ」

「ジャスミン?」

「ジャスミン。正面についてる金属板にそう書いてあったの」

「嘘だろ、また金属板か。勘弁してくれ」僕はタングが初めて現れた時のことを思い出した。歯ブラシで体の汚れを落としてやっていた際、タングの底面に彼に関する情報が記されたへこみだらけの金属板を見つけたのだ。これがまた紛らわしい情報だった。それでもどうにかタングの元の持ち主を探し出したのだが、それはまた別の話だ。

「違う、違う」エイミーが言った。「今回のは、その、難なく判読はできるの」

「ああ、よかった。で、何て書いてあるんだ？　ジャスミン以外に」

エイミーは不安げな顔で静かに告げた。「自分の目で確かめてきた方がいいわ」

僕がエイミーの脇を通って庭に出ると、タングもガシャガシャとついてきた。金属板にはたしかに小さな点を打って綴られた文字が並び、容易に読めた。

［私の名はジャスミンです。所有者はオーガスト・ボリンジャーです。警告：この伝言はベン・チェンバーズ氏個人に宛てたものです。第三者がこれを見つけた場合は内容を無視した上で以下に送り返してください――］。そのあとにイカれたボリンジャーの隠遁先である南太平洋の島の住所が記されていた。

タングと僕は顔を見合わせた。

「伝言って何だ？」僕の言葉に、球体ロボットがウィーンという音とともに目覚めた。

ジャスミンが宙に浮き上がり、僕の胸の高さで空中停止した。タングはマジックハンドみたいな手を伸ばし、元はハンガーらしき金属を一本摑んだ。とたんに何かがパチッと弾けるような小さな音がして、タングは悲鳴を上げて手を引っ込めた。

「痛い」タングが新参ロボットを睨む。僕はタングとともに一歩下がりつつ、ジャスミンが再びタングへの抗議行動に出た場合に備えてタングの前にじりじりと進み出た。新たにやってきたロボットの球体の体が中央で上下に分かれ、その隙間に赤い光が現れ、彼女の言葉に合わせて点滅した。

「かの偉大なるオーガスト・ボリンジャーからの伝言です。ベン・チェンバーズとロボットのジェイムズ改めアクリッド・タングによろしくと申しております」

背後でタングが足を踏み換える音がした。ジャスミンが続ける。

「なお、後者はボリンジャーの所有物であり、知的かつ物理的財産の持ち出しは窃盗に当たるので相応の手段を講じさせてもらうとのことです」

「冗談じゃない」僕は言い返した。タングが小さな金属の手で僕の手を握った。「大丈夫だよ、タング、おまえはどこにもやらないから」僕はジャスミンに向き直った。「で、あの狂ったじいさんは具体的にはどんな手段を講じるつもりなんだ？」

ジャスミンの赤い光が再び点灯した。

「かの偉大なるオーガスト・ボリンジャーは、ロボットのジェイムズ改めアクリッド・タングをもといたボリンジャーの島に返すよう忠告しています。さもなければ自ら取り戻しに行かざるを得ないとのことです」

「ボリンジャーがここに来るのか？」

　ジャスミンは体を前傾させると、もう一度まっすぐに立て直してうなずいた。

「私はあなたを見つけ出すべく、かの偉大なるオーガスト・ボリンジャーによって派遣されました。ご覧のとおり、その任務は達成しました。続いてこちらの位置情報を主《あるじ》に送信しますが、受信までには時間を要する可能性があります。その間はあなたの家の敷地内で待機するよう命じられています」

「断る」僕は告げた。「それは不法侵入だ。君にいてほしくはない。さあ、出ていってくれ」

「それは私のプログラミングにも希望にも反します。私はここに留まります」

「聞こえなかったのか？　これは不法侵入だ。法律に反する行為だ」

　ジャスミンが黙ると、球体の中央の隙間で赤い光がぐるぐると回転した。

「母なるインターネットを検索したところ、この国では〝不法侵入〟に当たる行為は人間にのみ適用されると判明しました。私は人間ではないので罪に問われることはありません。よってここに留まります」それだけ言うとジャスミンは中央の隙間を閉じ、ウィーンと音を立てて位置を下げると、草の上すれすれの高さで無害な黒いボールみたいに空中停止した。

僕はタングと顔を見合わせた。タングは金属の肩を持ち上げて肩をすくめると、何度か瞬きをした。

「こりゃ、弁護士が必要だな、タング」僕は言うと、「エイミー……」と呼びかけ、ジャスミンに背を向けて家に戻った。タングがあとを追いかけてきた。

「彼女、何て？」僕たちが部屋に戻るなり、エイミーが尋ねた。

僕は頬を膨らませてプハッと息を吐き出した。「タングはボリンジャーの財産だから、こっちが島まで連れ帰るか、さもなければ向こうから取り戻しに来るってさ」

「だったら来させたらいいわ。どうせ私たちの居場所は知らないんだから」

「と僕も思ったんだけど、彼女、うちの位置情報をボリンジャーに送信するつもりらしい」

「まあ、すてき」エイミーは僕の肩越しに二体目のロボットをじっと見た。「その間、彼女はどうするつもりかしら？」

「うちの庭でボリンジャーが来るのを待つってさ」

「冗談じゃない。ふらりとやってきたロボットにぼーっと庭に居座られるなんてごめんだわ」

「出ていけと言ったら、自分は人間ではないから不法侵入には当たらないだとさ。どうも話している間にインターネットで法律について調べたらしい」

エイミーの肩が落ちる。「彼女の言うとおりよ。法律が適用されるのは人間だけ……現時点ではね。判例もないと思う」

「どうする？」

「家族の脅威となるロボットが居座るのを黙って見過ごすわけにはいかない。ブライオニーに電話するわ」

エイミーはジーンズからスマートフォンを取り出すと（ちなみに妊娠前に履いていたジーンズが履けるようになっている）、短縮ボタンで僕の姉ブライオニーを呼び出した。

「ブライ、困ったことがあって……違う違う、ボニーは元気よ。うん、タングも」僕は片方の眉を上げた。エイミーが話を続ける。「ねえ、実際に見てもらうのが早いと思うの。うちに来てもらえる？」エイミーは一分ほど沈黙すると、うなずいた。「うん、ありがとう」そして、電話を切った。

「アナベルを厩舎まで送るところらしくて、それがすんだら来てくれるって。お湯を沸かしてくるわ」

僕はフランス窓を閉め、タングを残してエイミーのあとからキッチンに入った。タングは手と顔をガラス窓にぺたっと押しつけていた。

「タングがかわいそう」エイミーが言った。「本当にこの家の子になれたのだと、本人もようやく信じ始めていた矢先にこんなことになって」

エイミーの言うとおりだ。タングは周囲から寄せられるあらゆる懸念を乗り越え、大事な――かけがえのない――家族の一員になった。買い物中に店に置いていかれるのではないかとパニックを起こすタングを、これまで何度もなだめてきたし、置き去りにされる夢を見てうなされるタングを深夜二時に落ち着かせなければならなかったこともある。それなのに、なぜこんな理不尽なことが起きるのか。もっとも、キッチンからタングの様子をうかがった僕は、彼の頭の中には恐れ以外の思考も巡っている気がした。タングの足元に水たまりならぬ油だまりはできていないし――普段はそれがタングのストレスの証《あかし》だ――不安や興奮を覚えた際によく見せる、足を踏み換える仕草も見られない。タングはただ……一心に見つめていた。僕はエイミーをそっと突いた。

「見て」と、タングの方へ頭を傾《かし》げた。「あいつ、何をしてるんだろう？」

「彼女がおかしな真似をしないか、見張っているのかも」

「おかしなこと？　どんな？」

「わからない、窓を突き破って居間に侵入してうちの子をさらうとか」

僕はエイミーを見つめ、現実的な法廷弁護士という仮面の下にある彼女の本心を見た。今のはタングではなくエイミー自身の恐れだ。やはり何としてもジャスミンを追い払わなければならない。

二十分ほどしてブライオニーがやってきた。エイミーと僕を順番にぎゅっと抱きしめると、ふたりを等しく「ダーリン」と呼んで僕を驚かせた。僕にはそろそろ散髪に行けとも言った。まだそこまで見苦しくないのに。ブライオニーは昔から僕の母親代わりをしなければという思いが強く、実のところ僕もまんざらではなかった。それに言われてみればたしかに散髪は必要だった。

「で、何があったの?」ブライオニーはやたらと大きなハンドバッグを廊下のコンソールテーブルにドサッと置くと、大股で居間に入った。

「いつものことなんだけどね」と言って、エイミーは笑った。他にどうしようもなかったのだろう。ブライオニーは困惑している。

「庭にロボットがいるんだ」僕はポーカーフェイスで伝えた。

ブライオニーが呆れたように目をぐるりとさせた。「またそれ?」と、何かが壊れた時、どちらかが壊したのは間違いないのにどちらも認めようとしない子どもたちに向けるのと同じ眼差しを僕たちに向ける。

「ふざけているわけじゃない」僕は言った。「また別のロボットなんだ。それが問題でさ」

ブライオニーは眉をひそめてのしのしとフランス窓に近づいた。数歩手前で立ち止まり、「あっ」と指差した。「たしかにいるわね」

「だろ？」

「今度のは何をしにきたの？」

「ボリンジャーに僕らの居場所を教えようとしてる」

「それはまた穏やかじゃないわね」

「そんなことは彼女の知ったことではないらしい。ちなみに突っ込まれる前に言っておくと、あれが彼女だとわかるのは、女性の声をしていてジャスミンという名だからだ。タングとはまるで違う」

「そりゃそうよ」ブライオニーが言った。「タングは唯一無二の存在だもの」

廊下の階段の方からガシャガシャという音がして、一分後にタング本人が居間に現れた。ブライオニーを見つけてぱっと顔を明るくすると、ハグをしてもらおうと両手を広げて近づいた。ブライオニーはそんなタングをその場にしゃがんで抱きしめた。

「タング、新しいロボットなんか見つけちゃって、どうするの？」

タングは戸惑った顔をした。「何も。僕たち、あの人にいなくなってほしいの」

ブライオニーはにっこり笑って立ち上がると、改めて庭の方を向いた。「そのよう

ね」そして、指先で顎を叩きながらしばらく思案すると、続けた。「単純に追い払う
わけにはいかないの？」

「どうやって？」エイミーが尋ねた。

「ほら、リサイクルセンターに捨ててくるとか」

僕は既視感を覚えた。タングが初めてやってきた時、全く同じことをエイミーが言ったのだ。しかし、今回彼女はこう言った。

「そんな冷蔵庫でも捨てるみたいに？」

「いけない？」

「うまくいくと思う？」

「やってみなきゃわからないじゃない？」

「そんなことをしていいのかな」僕は言った。「それって……それって、何て言うか、倫理的にどうなんだ？」

ブライオニーが僕を見てまた目をぐるりとさせた。

「ベン、彼女はあなたの家族の脅威になってるのよ。倫理的な問題なんて気にしてる場合なの？」

「公平を期すなら」と、エイミーが言う。「厳密には彼女は私たちを脅かすようなことは何もしてないの。やっていることと言えば、ただあそこに座って我が家の位置情

報を取得して、それをボリンジャーに送ろうと試みることだけ。勝手口のドアを壊して我が家に侵入してボニーをさらおうとしたとか、そういうことではないのよ」

「私に言わせれば、ここにボリンジャーを呼び寄せるのだって似たようなもんだわ」

「そうかな?」僕は言った。「タングとは通じ合えたんだ、彼女も説明すればわかってくれるかもしれない。主がくそみたいなやつだからって、彼女もそうとは限らない」

「同感」エイミーが言った。

「それでも廃棄すべきよ」

「うん。ブライニーの言うとおり」タングが声を上げて同調した。

「タングはブライオニーに賛成なのか?」僕は尋ねた。「ジャスミンをリサイクルセンターに捨ててくるべきだと思うのか?」

タングは肩をすくめた。「ジャスミンがオーガスト連れてくるなら、ジャスミン、いい人じゃない。ジャスミン優しくない」

「優しくないってだけで、人を捨てていいことにはならないよ、タング。それは……それだって優しくないだろう」

「あっちが先に始めた」

「それは関係ない」

「それに」とタングが続ける。「ジャスミンは〝人〟じゃない。ジャスミンはロボット」

我が家のロボットが自分の要求を通したいがために、他のロボットには意識や心がないと主張している事実をのみ込むのに、僕は数秒かかった。

「でも、もし彼女が人だったとしたらどうだ、タング？　もし彼女が芯の部分ではタングと同じだったとしたら？」

タングにじっと睨まれた。僕がため息をついてエイミーを見たら、彼女は肩をすくめた。これまでのところ誰も彼も肩をすくめるばかりで、決断する人がいない。

「わかったよ。僕が彼女を連れていく」その言葉に、皆、それがいいとつぶやいたが、ふとブライオニーが眉をひそめた。何か別の考えが浮かんだらしい。

「ちょっと待って、どうしてここの位置情報を送ろうと試みなくちゃならないわけ？　すでにここにいるんだから、それを単純にボリンジャーに伝えればすむ話じゃないの？」

「それもそうね」エイミーが言った。たしかにもっともな疑問だ。僕もエイミーもその点は見落としていて、脅威がこれまでより少し差し迫ったものに思えてきた。この瞬間にもボリンジャーは我が家に向かっているかもしれない。

「本人に訊いてくる」と、僕はフランス窓を開け庭に出た。

空中停止している黒いロボットの前に肩を怒らせて立ち、人差し指を向けた。ジャスミンは体の角度を上向かせ、赤い光を僕の指へ、次いで顔へ向けた――いかにもしげしげと僕を観察している。それでも僕が話すまで動くことも言葉を発することもしなかった。

「さてと、ジャスミン」僕はきっぱりとして自信に満ちた声を出そうとした。「はいかいいえで答えてくれ。ボリンジャーはこの家の位置情報をすでに受け取っているのか、いないのか？」

赤い光が左右に揺れ、やがて止まった。

「残念ながらその質問には答えられません、ベン」

「ミスター・チェンバーズと呼んでもらおうか。それはさておき、答えられないのはなぜだ？」僕は自分の質問の文言を思い返してみた。ロボットは時にかたくななまでに字句どおりにしか言葉をとらえられない。「僕が質問の最後に〝いないのか〟をつけたからか？　それが原因か？　君はあまのじゃくなのか？」

光が再び揺れて、止まった。

「そんなことはないと思います、ミスター・チェンバーズ。もっとも私のデータベースにはそのような表現は記録されていないので、私があなたの言う〝あまのじゃく〟に当たるのか、たしかなことは言えません。それはともかく、先ほどの質問の答えですが、ボリンジャーがこの家の位置情報をすでに受け取っているか否かについて、はいかいいえで答えられないのは私も知らないからです。わからないという選択肢をいただけなかったので、質問に答えられませんでした」

「そっか」僕はいささか面食らってしまった。反論するつもりで身構えていたのに、ジャスミンの言葉は至極もっともだった。面倒くさいロボットめ。僕は人差し指を引っ込め、両手をズボンのポケットに突っ込んだ。「わかった、じゃあ、この質問はどうだ？　なぜ位置情報が届いたかどうかわからないんだ？」

「かの偉大なるオーガスト・ボリンジャーと直通の通信手段を持っていないからです」

「頼むからその〝偉大なる……〟ってのはやめてくれないかな」

ジャスミンの光が前後にすばやく揺れ、また止まった。「それは……頑張ってみます」

「頼むよ」僕は腕を組んだ。

「今お答えしたとおり、かのオーガスト・ボリンジャーと直通の通信手段を持っていないからです」

「いや、〝かの〟もいらな……まあ、いいや。直通の通信手段がないなら、君の送る信号がそもそも届いているのか、どうしてわかるんだ？」

「わかるわけではありません。だからここに留まっているのです。通信に成功したとわかるのは彼がここに現れた時です」

「現れた時？　使命を果たす自信が相当あるみたいだな」

「はい」

「どうして断言できるんだ？」

「現に私はここにいます」

背筋が寒くなった。ジャスミンはどうしてここを見つけられたのだろう。ボリンジャーが僕たちの居場所を突きとめられずにいるなら、いったいどうやってジャスミンをここへ送り込んだのか。僕はその疑問をそのままジャスミンにぶつけた。

「何ヵ月もかけて正しい家を探しました。私の主は、あなたが彼の島を出てすぐに私を作り、あなたを探させるべく送り出しました。私は旅をしながら、膨大な計算をもとにあなたがいる可能性の高い場所を順番に予測し、そのアルゴリズムによって――ご覧のとおり――最終的に目的の場所にたどり着いたのです」

「ボリンジャーが自分でやればすむ話なんじゃないのか？」

「彼は天才です。論理的な計算は彼の仕事ではありません」

「まあ、そうだろうな」暗にあいつは論理的な男ではないと言ったわけだが、ジャスミンには伝わらなかったようだ。

「ご理解いただけてよかったです」ジャスミンの言葉に、僕は何も言わなかった。

「だけど、ボリンジャーとの直通の回線もなく、君の送信する信号を向こうが受信できているかを確かめるすべもないのに、なぜ届くと確信できるんだ?」

「成功の確率を計算したからです。その計算から合理的に導き出された答えによると、現在の手段を用いた場合、かのオーガスト・ボリンジャーは私の信号を今後――」光が揺れ、止まった。「――二十五年以内に受信するはずです」

「二十五年? ジャスミン、二十五年後にはボリンジャーはたぶん死んでるぞ」僕は心が少し軽くなった。

「今のは最悪の場合を想定したものです。おそらく、それよりはだいぶ早くに信号を受信するでしょう。うまくいけば一年から一年半で届くかもしれません」

僕の心は再び沈んだ。それと同時に別の疑問が湧いた。興味をそそられた。

「ジャスミン、君はどんな〝手段〟を使っているんだ? ずいぶんと運任せに聞こえるけど」

「かのオーガスト・ボリンジャーは、アメリカ合衆国政府の承認のないいかなる通信も法的に禁じられており、島から送ることも受けることもできません。それが刑務所ではなく島で暮らすことと引き換えに提示された条件のひとつだったのです。彼は政府を経由した電話しか受けられません。事前に承認された通信ルート以外の通信手段は一切使用できません。これらの状況を考え合わせた結果、かのオーガスト・ボリンジャーは、私に与えた任務に対する政府の承認は得られないと判断しました」

ジャスミンは空中で左右に小さく動き、光も数秒間、忙しく揺れた。どうも光の揺れる速さと彼女自身のストレス度合いとは密接に関係しているようだ。タングが足を左右に踏み換える仕草の高度版といったところか。浮いたまま左右に動くのも、今に関していえば緊張の表れなのではないかと、次の言葉を聞いて思った。

「かのオーガスト・ボリンジャーは、私を作る許可も得てはいないと思います。それでも彼は私を作りました」ジャスミンの光が激しく揺れた。「ですが、それを憶測することは私の仕事ではありません。私の使命はただひとつです」

僕はタングがジャスミンのことを読み誤っている気がし始めていた。彼女の中にもやはり人格はあり、気づいてもらえるのを待っているのではないか。

「ジャスミン、あのさ、本当に位置情報を送信しないとだめなのか？　それが僕たち家族にどんな影響を及ぼすか、君ならよくわかるはずだ」

ジャスミンの体が上下に揺れ、赤い光も同様に揺れた。

「おっしゃることはわかります。それでも私には私のプログラミングがあり、使命があるのです。送信は続けます」

いいや、それはどうなるかわからないぞ。

「ちなみに使命とは具体的には何なのかな？　君は具体的には何をしているの？」

「お答えしかねます」

「それでも何らかの方法でボリンジャーに信号を送っているのはたしかなんだよな」

「そのとおりです」

「こういう状況でなら通信手段を打ち明けてもよいというような、条件はないのか？」

「ありません」と答えてから、ジャスミンはふと黙った。僕の顔に向けられた光が揺れ、やがて彼女は言った。「実のところ、私も知らないのです」

「教えてもらってないのか？」

「はい。私があなたに話してしまうかもしれないと思ったのでしょう」

「君が僕に話したとして、問題があるか？」

「私を止める手立てを見つけるかもしれません」

「なるほど、僕の電気通信に関する造詣の深さでもってか」

ジャスミンの光が僕の目の位置で止まった。

「そういうことなら、かの偉大……かの……オーガスト・ボリンジャーの想定は正しかったわけですね」

「いやいや、ジャスミン、今のはただの皮肉だ。仮に君が通信手段を教えてくれたとしても、それを止める手立てなど見当もつかない」

「〝皮肉〟という言葉の意味がわかりません。ごめんなさい」

「気にするな。彼がどうやって通信を受信しているのか、その手段に心当たりはないか？」

「なぜ知りたいのですか？」

「まあ、単純に興味があるんだろうな」

ジャスミンの光が左右に揺れる。きっと、手にしたところで何の役にも立たないかもしれない情報を知りたがる、僕の矛盾した気持ちを理解しようとしているのだろう。

やがてジャスミンは言った。

「今回の任務は複数の任意の無線周波数を利用するように組み立てられているのかもしれません。それならば、うまくいけば彼がある特定の周波数を聴取している日に、私が同じ周波数を使う可能性もあり、そうなれば主はこちらからの情報を受信できます。それ以外に検知されずに情報をやり取りする方法は思い当たりません。ただ、電波は空中を直進するので、衛星を手に入れられない彼がそれを使わずにいかに情報を受信しているのかは不明です。わかるのはひとつ、彼が天才だということです」

「でも、ロボットより賢いなんてこと、あるかな？」

「はい」

「まあ、いいや。それよりもうひとつ聞きたいんだけど。検知されたくないなら、なぜ君ほどの大きさのものを寄越したんだ？　君がここに到着した時点で見つかってしまうことは彼もわかっていただろうに。だって、うちの庭にいるんだぞ。僕らが見過ごすわけがない。君はなぜ隠れなかったんだ？」

「かのオーガスト・ボリンジャーは、私が見つかること自体は問題視していませんでした。慎重な行動が求められるのは彼だけなのです」

「そうかな？　この場でFBIなり警察なり、彼を監視している組織に君のことを密告することもできるんだぞ。そうすれば当局はただちに君を引き取りにくるだろう。うん、そうすればいいんだ」僕はポケットからスマートフォンを取り出した。

「オーガスト・ボリンジャーはこの展開を予想していました。その手段は賢明ではないと忠告するよう指示を受けています」

「なぜ？」

「あなたが盗品を所持しているからです。私をアメリカ合衆国政府に引き渡せば、タングのことも引き渡さなければならなくなります」

二　遮断機

「他にどうしようもない。捨ててくるしかない」僕はエイミーに告げた。

「ほらね」ご親切にもブライオニーが言う。エイミーと僕はそれを聞き流した。

「彼女、何て？」

「あとで話すよ。まずは彼女を車に乗せて、リサイクルセンターに連れていかないと」

「わかった。私たちは何をすればいい？」

僕は頰を膨らませた。「僕もわからない。なぜそうしてほしいのかという理由を説明せずに、ロボットに車に乗ってもらうにはどうしたらいいんだろう？」

「どうすればって、相手はロボットよ。車に乗るように命じればすむ話なんじゃないの？」と、ブライオニーが言う。

「僕らが彼女の主《あるじ》なら、それで通用する。でも、違うから」

「試すだけ試してみたら？」

僕たちはジャスミンのいる裏庭へぞろぞろと出ていき、半円を描くように彼女を取り囲んだ。今にして思うと、ジャスミンからすれば脅されている気がしたろうし、ひどく不審に思っただろう。走って……いや、飛んで逃げなかったのが不思議なくらいだ。それまで庭の向こうの草原にいる馬の方を見ていたジャスミンが、僕たちの足音に気づいて振り向いた。赤い光がひとりひとりを確かめるように動き、最後に僕の方を向いて止まった。僕がその場を取り仕切っていると思ったらしい。まだまだ我が家の力関係をわかっていない。

僕は咳払いをすると、せいぜい〝今からまじめな話をするぞ〟という声を出そうとした。

「ジャスミン、君に車に乗ってもらいたい」

「車?」

「そう、車だ」

「どの車ですか?」

「僕の車だ。私道にあるやつ」

「あの車高の低い艶のある黒い車ですか?」

「いや、それはエイミーのだ。もう一台の方。背の高いやつ」

乗る理由を問われることは想定していた。それがまさか、どの車に乗るかで議論になるとは。

「私にあの大きくて醜い黒い車に乗ってほしいということですね」

「醜いなんて言うなよ！　でも、そう、そっちの車に乗ってもらいたいんだ」

「それにはひとつ問題があります」

ほら、きた。

「何が問題なんだ、ジャスミン？」僕がエイミーとブライオニーにちらりと目をやると、ふたりも同じように僕を見た。

「私にはドアが開けられません」

「あっ、そういうこと。それなら任せて。僕がドアを開けたら乗ってくれるかい？」

「そうお望みならば」

本当はこれ以上ごちゃごちゃ言わずにさっさと事を運べばよいのだろうが、僕はジャスミンの従順さに戸惑った。タングは僕が何か頼み事をしても、確固たる理由を示さなければ動かない。

「それだけ？」と、僕は言った。「何でとか、訊かないのか？」

ジャスミンの光がエイミーとブライオニーを見て、再び僕に戻ってきた。

「訊くべきですか？」

「いや、そうじゃないけど……ただ……その、僕なら訊くからさ、君の立場なら」

「でも、私はあなたではありません」

「そうだな。つまり君はなぜ僕が車に乗ってほしがっているのか全然気にならないわけだ」

「ベン」エイミーが声を殺していら立ち混じりに呼びかけ、ちらりと僕を睨んだ。

「余計なこと言ってないで車に乗ってもらって」

「ごめん。こっちだ、ジャスミン」

僕は家の横手の門に向かって歩き出した。

「ベン、あなたの質問への答えですが」ジャスミンが僕のあとに続きながら言った。

「私はあなたの言う〝何かが気になる〟ようには作られていません。命令に従うように作られているのです」

「ほらね」ブライオニーがまたしてもそう言った。

「あのさ、ブライオニー、エイミーと家の中に戻っててくれないかな」

姉はむっとしながらもエイミーを連れて室内に戻っていった。僕はジャスミンに向き直った。

「まさにそこなんだけどさ、ジャスミン、君は僕の命令に従うようには作られていない。君の所有者はボリンジャーだから」

「かの偉だ……オーガスト・ボリンジャーからは、〝神経を逆撫でること〟は極力するなと命じられています」

「なぜ？」

「私が皆さんの暮らしの邪魔をすれば、あなたは私を積極的に排除しようとすると考えていたようです」

僕は足を止めた。振り向いてジャスミンと向き合うか、それとも今の言葉は無視するか、迷った。

「へえ」結局そう相槌だけを打ったものの、うなじにいやな汗をかいた。

ジャスミンが話を続ける。「私が思うに、命令を遂行する最善の方法は、主がここに到着するまではあなたの指示に従うことです。その指示が自傷行為や、事前に主から与えられた命令に背くことにつながらない限りは。あなたが私に車に乗ってほしいと望むなら、差し出がましく理由を問うべきではありません」

「仮にここを出ていくように命じたとしたら？」

「それは主からの命令に直接反する行為なので、当初の命令を優先せざるを得ません」

それでも試してみる価値はある。

「車に乗るように頼まれている理由はわかりませんが」と、ジャスミンは続けた。

「最初の命令に反する行為ではないと判断したので喜んで従います」

「だけど、ここにいて位置情報を取得しなくてもいいのか？」

「もはや私の居場所は関係ありません。位置情報はすでに取得したので」

晩春の空気に包まれていながらも僕は寒けを覚えた。ジャスミンが位置情報の取得という任務を終えている予感はしていた。ただ、こうも遠慮なく片づけていたことがショックだった。ジャスミンはどこにいようと僕たち一家の脅威となり続ける。仕方がない。スクラップにするより他に方法はない。僕の心に小さな罪の意識が生まれた。それを押し殺し、僕はジャスミンのために車の後部ドアを開けた。


リサイクルセンターに向かう道中、ジャスミンはひと言も話さず、よって僕も黙っていた。意識や心があるかどうかは定かでないが、自分に確実に悲しみをもたらす使命を帯びたロボットを、事実上その死に場所に連れていく最中にかけられる言葉などそうはない。ただ、正直に白状するなら僕の心の奥底には、これがジャスミンの最期ではないという思いもあった。積み上げられた古い電子レンジやコンロの脇で数週間もじっとしていれば、そのうち誰かがペットショップのショーウィンドウで足をけがした子犬でも見つけたみたいに、ジャスミンを哀れんでくれるだろう。そうして自宅に連れ帰り、配線し直すなり何なり、ロボットに詳しい人がすることをしてくれれば、ジャスミンはその家族の平和を脅かすことなく、価値のある新たな一員になれる。僕たちがタングを迎えたのと同じだ。もっともタングには再配線は不要だったが。

リサイクルセンターの私道に丸い穴がいくつも開いているせいで、車はガタガタと揺れ、一、二度、振動でぐらついたジャスミンが何かにゴンとぶつかる音が後部座席からした。そのたびに僕の罪の意識は増したが、見た目がみすぼらしくなればなるほど、誰かがジャスミンを哀れんでくれるはずだとも考えた。もっとも僕自身、本気でそう信じていたわけではない。物によってはそれもあるだろうが、ジャスミンの場合はおそらく当てはまらない。彼女はぴかぴかで美しくあるべきで、傷がつくことを想定して作られてはいない。タングは傷もまた味になったが、ジャスミンは……きっと不快にしか見えない。

僕は施設の出入口の遮断機の前で停車すると、運転席の窓を開け、脇の管理室にいるそこそこ太った男性に声をかけようとした。

「何の持ち込みですか？」と尋ねた彼は、まだ午前も早いのにすでに退屈そうだった。

「あー……その……」どう答えたものかと口ごもったが、男に後部座席をのぞき込むように見下ろされては正直に話すしかない。

「ロボットです」

「書類はありますか？」

「ありません」

「なるほど……壊れたロボットですか？」

「いえ、僕が知る限りでは」せいぜい自信ありげに言ってから、僕は窓から身を乗り出し、小声で言い足した。「再配線は必要になるかもしれませんが」

係員の男がうなずき、椅子に座り直す。うまく切り抜けられたようだ。僕も運転席に座り直して男が遮断機を上げてくれるのを待ったが、一向に上がらない。僕は再度係員を見た。彼は腹の上で両手の指を組み、唇を動かして立派な口髭をもごもごさせていた。

「ここはリサイクルセンター、壊れた物を持ってくる場所です」

「それはわかってます」

正直に答えるんじゃなかった。

「だったら、なぜ来たんです？」係員は言った。

僕は窓から身を乗り出し、小声のまま言った。

「彼女が不要だからです。処分したい」最後のひと言はほとんど無音で口だけ動かしたのに、遮断機の男はわざとなのかたまたまなのか、そこを酌んではくれなかった。

「でも、それが壊れてないなら……」

「彼女です」後部座席からふいに高い声がした。僕も係員もジャスミンを振り返った。

彼女の光は一定の速度で動いていて、感情は読み取れない。

「今の会話の中で君が引っかかるのはそこなのか、ジャスミン？」

「正確さを求めただけです」

やれやれ、つまりジャスミンもタング同様に自分の性別を明確に認識しているわけだ。すごいじゃないか。おまけに細かいところに引っかかる点も同じだ。

遮断機の男が口笛を吹いた。

「彼女は引き取れませんね」

「なぜ？」

「だって彼女には明らかにあなたが説明した以上の何かがあるでしょう。書類もないんじゃ内部に何が入っているかもわからない。何だってあり得る。下手をすれば敷地内に危険物を入れることになりかねない……違法な物である可能性もある」係員はかぶりを振った。「悪いけど、そんな危ない橋を渡れるほどいい給料はもらってないんでね」

本当に悪いと思っているのか。甚だ疑問だ。

「そこを何とか」僕は精一杯目を見開いて相手を見つめたが、通用しなかった。

「申し訳ないが、お引き取り願うしかありませんね。あとも詰まってますし」係員が後ろを指差す。たしかに車が四、五台は並んでいた。すぐ後ろのハッチバック車の運転席の男は腕時計に目をやり、大げさな手振りをしている。

「わかった。帰りますよ。でもその前にひとつだけ。他に当たれる場所はありませんかね？」

係員は頭をかき、薄くなりつつある髪を撫でた。「特別収集を予約してみてはどうですか」

「それはどういうものですか？」

「言葉どおりですよ。リサイクルセンターでは扱えない物を収集する。それしか選択肢はないでしょうね、不法投棄をするなら別だが」僕がその手があったかという顔をしたら、係員はかぶりを振った。「やめておいた方がいいですよ。自治体もそういう輩《やから》の取り締まりには相当力を入れてるから」

「そうか。わかった。ありがとう」僕は車をUターンさせた。少し手間取った。係員は遮断機を上げてくれないし、後ろの感じの悪い男も車を下げて場所を空けてはくれなかったからだ。

「どうしたの？　なぜまだ彼女がいるの？」自宅の私道に車をとめた僕を出迎えたエイミーが、相変わらず後部座席にいるジャスミンを見て尋ねた。僕は車を降り、運転席のドアを乱暴に閉めるとエイミーのそばに行った。ジャスミンが車内からでもこちらの声を聞き取れるのかどうかは不明だが、僕は声を落とした。

「書類のないロボットは単純には捨てられないんだってさ」

「どうして?」

「危険物がどうとか、内部に何が入っているかわからないとか言われた」

「まさか、あなたを中に通したら仕事を首になるとでもいうのかしら」

「遮断機を上げてもくれなかったよ」

「代わりの手段は教えてくれたの?」

「〝特別収集〟を勧められた」

「え、何を?」

「あの処理場で扱えるのはリサイクルか焼却が可能なものだけらしい。ジャスミンが何でできているかわからない以上、まずは彼女を分解して中身を確認してから、それぞれの部品を適切な方法で廃棄する必要があるってことだ」

エイミーは目をぐるりとさせつつも、うなずいた。

「まあ、それはそうでしょうね」

「電話番号を教えてもらったよ」

「オンラインで予約した方がいいわ」やはり様子を見に表に出てきたブライオニーが言った。抱えていたボニーを一方の腰から反対側に移す。

「いいよ、ちゃちゃっと電話するよ」と僕は言ったが、エイミーはブライオニーに賛成した。

「ううん、ブライオニーの言うとおりよ。電話だと収集物が何かを説明するはめになりかねない。その点オンラインなら適当にごまかせるかも。書類がないこともね」

僕はため息とともに車の後部座席のドアを開けた。ジャスミンは無言で車を降り、裏庭へと空中を移動した。エイミーとブライオニーの意見はもっともだった。それに、僕は電話の相手にジャスミンの説明をすることには不慣れだ。タングならいい。だが、ジャスミンは難しい。人からアップグレードを勧められるたびに、ぽんこつだが愛すべきロボットをかばうことには慣れていたが、今回は何の支障もなく使えるぴかぴかのロボットを捨てようとしている。少なくともボリンジャーから与えられた任務を果たすという意味では支障はない。誰の支配も受けずに行動した場合にジャスミンに何ができ、何をするかは誰にもわからないが。

自治体のウェブサイト内に〝粗大ごみ収集〟のページを見つけた僕は、申請フォームの記入に取りかかった。

「エイミー」僕は書斎から居間へと呼びかけた。「ジャスミンは冷蔵庫と芝刈り機、どっちに近いかな？」

「どっちも近くない」実にありがたい助言だ。「何で？」

「選択肢に〝頑固で脅威的なロボット〟という項目がないからだよ」八つ当たりする

のはよくないが、時間は刻々と過ぎ、僕は一刻も早く申請をすませたかった。床をこするスリッパの音が居間の方から近づいてきた。

エイミーが僕の肩越しにのぞき込む。「見せて」

僕はプルダウンリストを表示し、エイミーが目を通すのを待った。

「うーん。彼女、どれにも当てはまらないわね」

「だろ？」

「ちょっとこっちも見てみましょ」エイミーがリンクをクリックし、ばかみたいに長い、自治体では収集不能な物の一覧を表示させた。

「彼女は煉瓦でもアスベストでもトレーラーハウスでも樽でもないし、ロボットがだめとはどこにも書いてないから、どのカテゴリーに当てはまるかさえ決められれば何とかなるかもしれないな。ガスボンベが近いかな？」

「電話した方が早かったかもしれないわね」エイミーの言葉に僕は呆れて目をぐるりとさせたが、彼女は気づかないふりをした。

「電話した方がいいかな？」

「そうするしかないかもね」と、エイミーが立ち上がる。「あ、ちょっと待って、これを見て。〝その他〟って項目がある。これを使えばいいわ。収集に来た人とあなたとの間で少し揉めるかもしれないけど、ひとまず予約はできるわ」

「そうだな、押し問答になったらその時はその時ということで……って、ちょっと待った」僕は椅子ごとパソコン画面からエイミーに向き直った。「〝あなた〟ってどういうことだ？　何で僕が議論しなくちゃならないのさ。議論だったら弁護士の君がすればいいじゃないか」

エイミーは口を尖らせ、大きく見開いた目で僕を見た。エイミーがタングの表情に似てきたのか、それともタングがエイミーに似てきたのか、いずれにせよふたりが互いの影響を受けて、人の心理に訴えかけるずるい術《すべ》を身につけているのは間違いない。僕も家族にすっかり甘くなったものだ。近頃は家族全員が僕をうまく操る方法を心得ている。

「あなたにとってもいいと思うの。だってほら、議論に勝ったら自信になるでしょ」

「ごみ収集人との、危険かもしれないし危険じゃないかもしれない黒くてぴかぴかの卵型ロボットを収集すべきか否かの議論に勝てば、か？　そりゃ、相当な自信がつきそうだ」

エイミーは僕の肩を軽く叩いた。「もう、ふざけないで」

僕はほほ笑んでノートパソコンに向き直った。〝その他〟を選び、説明を求める記入欄が新たに出てこないことを祈った。説明は求められなかったが連絡先は必要で、僕はやや緊張しながら記入した。ボリンジャーの言う犯罪者に本当になってしまった気分だった。カレンダーのページを確認し、翌日の収集を予約した。粗大ごみの収集は安くなく、僕はジャスミンの収集にかかる費用をぼやいたが、家族の心の平穏を買うと思えばたいした額ではない。予約をすませた僕はノートパソコンを閉じ、家族と過ごすために居間に戻った。庭にいる二体目のロボットのことは、引き取りまでの二十四時間、無視を決め込むことにした。

三　ああ言えばこう言う

「彼女のせいで気が変になりそうよ」その日もあとになって、庭にいるジャスミンを雨を透かして見ながらエイミーが言った。僕は座って新聞を読んでいた。いや、読もうとしていたのだが、しきりに新聞を摑むボニーに邪魔されていた。エイミーは言葉を続けた。「何かするつもりなら、いっそのことさっさとやってくれればいいのに」

「気持ちはわかるよ」僕は〈住まいと暮らし〉面を摑むボニーの拳をこじ開けようとしつつ、返事をした。「でも、彼女がそういう目的でここにいるわけじゃないのは今や明白だろう。僕はそう思ってる」

エイミーは鼻にしわを寄せた。

「それでも彼女がいるといらいらする」

「大丈夫、明日にはいなくなるから」

「それはわかってるけど、それまでの間、見ずにすめばいいのに」

「そこが問題なのかも。僕ら、彼女を見すぎているのかも。向こうは向こうで僕らの視線に発狂寸前かもしれない。明日まで無視を決め込むのが一番なんじゃないかな」そこまで言って、ひらめいた。「それか、どこかに出かけようか」僕はボニーに新聞を譲り、立ち上がった。「夕食に出かけるのはどうかな。タングとボニーを連れて早めの夕食にさ。ピザがいい。そうしよう。町なかの店なら子連れでも平気だよ。帰宅する時に通りかかると、いつも五、六人は行儀の悪い子どもがいるから。僕らが赤ちゃんとロボットを連れていっても誰もいやな顔はしないよ。みんなきっと、テーブルの上でパスタをぐちゃぐちゃにしている我が子を止めるのに忙しい」

「そう聞くとちっとも気乗りしないんだけど」と、エイミーは片方の眉を上げた。

「でも、たしかに出かけた方がよさそうね。決定。ピザ屋に出発」

「ボニー、タングにお絵描きするのはやめなさい。ボニー、タングにお絵描きするのはやめなさい。ボニー、やめなさいって言ってるだろう」

何とも平和な外食である。ボニーは——疲れ切っているのか、はたまた腹がすきすぎているのか、それともロボットのことにばかりかまけている両親にいい加減うんざりしているのか、理由は謎だが——手に負えない状態で、店にいる皆を閉口させるつもりらしかった。人もアンドロイドもだ。一番の被害者がタングだった。

「ベン、ボンニーを止めて。ボンニー、僕に色鉛筆するのやめて。それやめて。やめてってば。ベン……ベン……ベン……エイミー……やめて……」

「わかってるよ、タング、やめさせようとはしてるんだ。言い聞かせてるの、聞こえてるだろ？　エイミー、頼む、助けてくれ。僕が言ってもボニーは聞かないんだ。エイミー……」

僕は赤ん坊から緑色の色鉛筆を取り上げようと格闘しつつ、同時に赤ちゃん用のウエットティッシュでタングをきれいに拭こうとしながら、なぜ手を貸してくれないのかとエイミーに目をやった。そして、その表情に気づいた。スマートフォンを凝視するエイミーの額に気遣わしげなしわが寄っている。

「どうした？」

エイミーが深い物思いから覚めたみたいに頭を振り、虚ろな目で僕を見た。

「ごめんね、ちょっと……」と言いかけて、種々雑多な家族を見回す。「あとにするわ。今話すことじゃない」そして、ぱっと笑みを浮かべた。「ほらほら、ダーリン、タングにいたずらしたらだめよ。そんなことしたらかわいそうでしょ。さあ、パパに色鉛筆を渡して」ボニーは渡そうとしない。「パパにどうぞができたら、おうちに帰ってからチョコレートをあげる」とたんにボニーが目を見開き、同じくらいすばやくその目を細めた。娘の頭の中で歯車が回っているのが見えるようで、僕たちは、果たしてそのご褒美には鉛筆と引き替えにするだけの価値があるのか、ボニーが判定を下すのを待った。やがてボニーは色鉛筆を目の前に置くと、テーブルの向こうへ転がした。ボニーにしてみれば譲歩だが、代わりにご褒美がもらえるとしっかり理解している。赤ちゃんの葛藤を見守っていたエイミーと僕が、殺していた息を吐き出したその時、タングが叫んだ。

「信用できない！」そして、一方の腕でテーブルの上を払うようにして色鉛筆とクレヨンをまとめて床に落とした。ボニーの表情が腹を立てた時の母親そっくりに曇る。彼女はボウルを手に持つと、中身のスパゲッティとミートボールをタングの頭にぶちまけた。

僕は視界の端で清掃アンドロイドが姿を現すのをとらえた。これが人なら、ただでさえ悲惨な状況をこれ以上悪くしないよう、店内の注目を引かないように対処してくれるのだろうが、アンドロイドにそんなさりげない気配りはない。だが、我が家ほどひどい客は他にいないと思ったその時、ふたつ先のテーブルの子どもが父親にカトラリーを投げつけ、椅子から飛び降り、床にひっくり返って拳と足を振り回しながら金切り声を上げ始めた。

時々、親であることがほとほといやになる。

エイミーがスマートフォンで受信したメールについて考えを整理し、僕に話してくれようとするまでにひと晩かかった。昨日はスパゲッティ事件のせいで僕たち家族はてんやわんやの大騒ぎになり、帰宅後は各々の部屋にさっさと引っ込み、夜の残りをやり過ごすはめになった。外食しようと言い出した身としては申し訳ない気分だったが、ひとつ言わせてもらうなら、たしかに誰にとってもストレスのたまる夜だったが、ジャスミンの存在はきれいさっぱり忘れて過ごせた。その意味では外食は成功だったと思う。声を大にしてそう主張したい。

それはさておき、メールの話は結局ほとんど聞けずじまいになった。というのも、エイミーが話を切り出したところに自治体から派遣された男がジャスミンを回収しにきたからだ。計ったかのようなタイミングだ。

男は玄関まで来て呼び鈴を鳴らすことはせず、代わりにトラックのクラクションを鳴らしたので、僕の方から表に出ていった。相手とはなるべく感じよく接するつもりだった。その方がさっさと回収をすませてもらえ、ジャスミンから解放されると期待したからだ。だが、運転席から降りてきた男がジャスミンに目を留めた瞬間、僕は大きなため息を漏らしそうになった。何ひとつすんなりとは運ばない。

重量物を扱う労働者の健康と安全を守るために必ず一緒に派遣される、背が高く頑丈そうなアンドロイドが助手席側からトラックを降り、指揮官である自治体の男の隣に立った。男は僕に向かって手を差し出した。想像に難くないだろうが、友好的に握手をするための手つきではない。手の平を上に向け、僕から何かを受け取ろうと待っている。僕はジャスミンの方を示した。

「回収してほしいのはこれだけです」ましな言い方が見つからずにそう伝えると、「よろしくお願いします」とつけ加えた。

自治体の男は呆れたように目をぐるりとさせると、伸ばした手を握ったり開いたりした。僕が喧嘩を売られているのだろうかと思った次の瞬間、男が言った。

「書類をいただけますかね？」

くそったれ。

僕は咳払いをすると背筋をすっと伸ばした。

「あいにく書類はありません。彼女は……それは……そのロボットは相続したもので、書類はないんです。すみません」

自治体の男は眉をひそめた。耳に差していた鉛筆を抜き取り、かつてはウエストだったとおぼしき場所の下に回したベルトから電子機器を取り出すと、画面をタップした。そして、電子機器も鉛筆もしまうと、両手を腰に当てた。

「僕には理解できません」男はそう言った。荷物の積み降ろし役のアンドロイドは無表情で男の隣に立ち、出番を待っている。

「理解するも何も、僕たちの収集予約に応じてこれを引き取りにきたんでしょう？」

ジャスミンを〝これ〟呼ばわりしたくはなかった。正しくないとわかっていてそう呼ぶのには違和感がある。だが、目的達成のためには仕方がない。この状況自体が僕には気が重く、それを目の前の男がいっそうややこしくしていた。

「でも、もっとましな処分方法が他にあるでしょう。そもそも処分する必要があるんですか？　状態はよさそうなのに何が問題なんです？　修理はできないんですか？」

「そういうことじゃなくて、うちにはいらないんです。たしかに修理なり何なりすることも可能だけど、それはしたくない。これを収集して持ち帰るのがあなたの仕事でしょう。なのに、どうしてとやかく口を出すんです？」

言い返されてかちんときたらしく、収集人は上体を後ろにやや反らすようにした。ジャスミンは男からアンドロイド、アンドロイドから僕、そして再び男へと光を動かしたが、黙ってじっとしていた。自治体の男とアンドロイドも動かない。妥当な回収だと納得するまでは我が家の敷地に足を踏み入れてはならないとでも思っているみたいだ。そして、男はまだ反論する気でいた。

「むきになることはないでしょう、こっちは親切で言っているだけなのに」

「ええ、それはわかってますよ。でも、今はそういう親切は結構です。どうか早く引き取ってもらえませんかね」

男は僕の肩越しに奥をのぞくと、僕に向かって顔をしかめた。僕の背後の何かに顎をしゃくるので振り返ったら、エイミーがタングとともに表に出てきていた。間《ま》が悪い。一瞬、ボニーはどこだろうと思ったが、すぐにブライオニーのことを思い出した。近頃はパートタイムで働いている姉が、自治体との間に問題が生じた場合に備えて明日はそっちに行ってあげると、早々に申し出てくれていたのだ。現状を考えると実に的確な判断だ。

「そっちのも引き取りを希望で？」自治体の男が言った。

「いえ、違います。引き取ってほしいのは申請フォームの記載どおりに我が家の敷地の境界に立っていて、僕がさっきから引き取りをお願いしているロボットだけです。それだけのことがなぜすんなりいかないんだか」僕はうんざりと両手を広げ肩をすくめた。

「つまり、このきれいで、見る限りいたって良好な状態のロボットは引き取ってほしいが、棒でさんざん叩かれたみたいなロボットは手元に置くってことですか？」

僕は男を睨むように見下ろした。

「そうです」

男はかぶりを振った。

「僕にはさっぱり理解できない」

「申し訳ないけど理解してもらうべきことなんかないんですよ。収集を頼んだ理由はあなたには関わりのないことだ。あなたの仕事は収集を遂行することです」

「それはそうだが、人として物事の善悪も大事にしたいじゃないですか。あなたは自分がいかに恵まれているかがわかってないんですよ。そういうロボットを直して使いたいって人もいるのに。僕からしたら、何の問題もないロボットを捨てるなんておかしい。市民として褒められた行いではないですよ。環境にも優しくない」

助手のアンドロイドはにわかに自分もこの議論に対して意思表示をする気になったらしく、主《あるじ》を、次いで僕を見ると、最後にきっぱりとうなずいた。

僕はキレそうになったが、幸いそれを察したエイミーが僕の隣に来てくれた。

「あなたが市民を侮辱したと聞いたら上司はいい顔をしないでしょうね」エイミーの言葉に男は気色ばんだが、彼女は構わず続けた。「それにこのあともまだまだ収集作業はあるんでしょう。相当忙しいはずですよね。それなのにこんなところで時間を食っていたらまずいでしょう。奥さんだって……今日も帰りが遅かったら機嫌が悪くなるんじゃないかしら」

収集人の態度が一変した。それまでは肩をそびやかし、相手を——この場合は僕だが——言い負かすまでとことん反論してやろうと身構えていたが、にわかに折れることにしたようだ。エイミーを訝しげに一瞥すると、助手にうなずきかけた。合図を受けたアンドロイドはジャスミンを抱え上げ、ボックス型の小型トラックの後部の、冷蔵庫と肘掛け椅子の間にぞんざいに置いた。ちなみに、どちらもそれなりに状態はよさそうに見えた。それらを処分した持ち主たちにも彼は異議を唱えたのだろうか。

自治体の男の抵抗は腹立たしかったが、僕はそれ以上にジャスミンの冷静さに戸惑い、不安になった。皆が不安になった。ジャスミンはトラックに載せられる間も一切声を立てず、状況を把握しようとする際のお馴染みの光の動きもなかった。それどころか、いつも光が見えていたジャスミンの頭と体の隙間が閉じられ、針金ハンガーが何本か飛び出た単なる卵みたいになっている。あたかも自分の運命を受け入れ、考えつく唯一の方法でそれと向き合っているかのようだ。僕にはそれが無言の抵抗にも思えた。

「彼女、なぜ抵抗しないのかしら？」僕の考えを読んだエイミーがそう口にした。

「わからない。さっぱりわからない。これがタングだったらどうなってたと思う？ 近所中の人たちが玄関先に出てくるまで、蹴ったり叫んだりしたはずだ。ジャスミンなら、彼女に手出しすべきではない理由をご近所さんに理路整然と説明できるだろうに、それをしない。何でなんだ？」

「いっそそうしてくれたらいいのにって気になってくるわ。こんなふうに素直に受け入れられてしまう方がかえって怖い気がする。ううん、本当に怖い」

僕は前向きに考えようとした。

「まあ、彼女はタングとは違うのかもしれない。意識や心は持ち合わせていないのかもしれない。ぞんざいに運ばれることにも慣れていて、何が起きているのかは理解してないのかもしれない」

「あるいは意識や心を持っていて、万事休すと覚悟したのかもしれない。ボリンジャーは悪人だと気づいて、これ以上彼の計画に加担したくないと思ったのかもしれない」

僕はしばらくエイミーを見つめると、にっこり笑った。それは目の前の現状に対してあまりに楽観的な見解だったが、僕は喜んでその考えに乗った。

「そうかもな」

しつこい自治体の男の運転する小型トラックが走り去り、僕はため息をついた。きびすを返して家の中に戻ったところで、ふと疑問が湧いた。

「エイミー、彼が前にも帰りが遅くなったことがあるって、どうしてわかったんだ?」

「簡単なことよ」エイミーの瞳がいたずらっぽく輝いた。「あの人、議論を吹っかけるのが好きそうだったから、きっと人が物を捨てるたびに儀式みたいに難癖をつけてるんだろうなと経験的に推測しただけ。それに、少し前にもあの人が五十番地のピアソンさん一家を非難しているのを見かけたのよ。ちょうど台所のリフォームをされた時で、古くなったコンロの天板を捨てようとされてたの。そういうわけだから、たいした推理じゃないのよね」

僕はほほ笑み、エイミーに腕を回した。彼女が身を硬くしたのをはっきり感じた気がしたが、思い過ごしかもしれない。

「エイミーは僕が知る誰より賢い」

「僕より？」下から小さな声がした。

「いや、タング、一番はもちろんタングだよ。僕が知る中でタングが一番賢い。でも、エイミーもほとんど変わらないくらい、二番目に賢い」

四　骨折り仕事

ジャスミンがいなくなり、家族全員、ボニーさえもが少し明るさを取り戻した。もっとも、エイミーはピザ屋に行って以来、何かが気にかかったままの様子だ。ジャスミンがいなくなって一番元気になったのはタングだ。無視したくてもできない存在が消えたことで、呪いが解けたみたいにいつものタングに戻った。

「ベン……ベン……ベン……ベン……ベン……ベン……」

「何だ？」

「僕、自分料理できる」

「何だって？」

「僕、自分料理できる」

「言ってる意味がわからないよ、相棒」

「僕……自分……料理……」

「いや、言葉は聞こえてるけど何が言いたいのかがわからないんだ」

　タングは僕を見ると、失望したとばかりに目をぐるりと回して肩をすくめた。そして、しばらく思案すると方針を変え、ばかに言って聞かせるみたいに、ゆっくりはっきり説明した。

「僕、キッチン用の台持ってる。僕、紅茶の淹れ方覚えた。でも、まだ料理しない。覚えたい」

「そっか……」全身に汗が噴き出すのを感じた。タングは僕に料理を教えてくれと言おうとしているのだ。そうなると、僕はいまだにまともな料理は作れないから先生役はエイミーに頼んでもらうしかないと打ち明けざるを得ない。僕に作れるのはせいぜいチーズトーストとスパゲッティボロネーゼ（それをタングに教える気は毛頭ない）、イングリッシュブレックファスト、あとはその時々に家にある、箱から出してオーブンに突っ込めばいいだけの冷凍食品を活用するくらいだ。いくら最近の冷凍食品が昔よりおいしくても、僕の年齢でそれはお粗末だ。

「ベン教えられる？」

「僕は……僕より……その……いや、実はさ、僕も料理はあんまり得意じゃないんだ。だから、ふたりで挑戦してみるっていうのはどうだ？」

　タイミングもいい気がした。自治体の粗大ごみ収集人とのひと悶着のあと、エイミーはボニーを連れて熱心な赤ちゃん向け音楽サークルに出かけ、ブライオニーもまともな家族が待つ自宅へ帰ったので、今この家にはタングと僕のふたりきりだ。恥をかく心配をせずに料理に挑戦できる上に、帰宅したエイミーをおいしい昼食ができている状態で迎えてやれる。何かがエイミーを悩ませている。まだ僕には話していない、もしくは話すつもりのない何かに動揺している。僕はエイミーを元気づけたかった。

タングは嬉しそうに笑ってマジックハンドみたいな手を叩いた。

「タングは何を作ってみたい？」僕はキッチンに向かいながら尋ねた。

「ケーキ」

「ケーキは昼食にはならないよ、タング、もう少ししょっぱい物じゃないと」

「しょっ、ぱい？」僕の後ろからキッチンに入りながら、タングが言った。

「しょっぱいっていうのは……つまり〝甘くない〟って意味だ」本当はもっと丁寧な説明が必要な気がしたが、すぐには思い浮かばなかった。

「ふうん」と、タングは言った。「僕たち、しょっぱいケーキ作るの？」

「しょっぱいケーキなんて物はないと思うよ、タング。それより……」と言いかけて、ひらめいた。スコーンを作ろう。チーズスコーンだ。子どもの頃に作った記憶がある。細かいことは忘れたが、学校で作ったくらいだから簡単なはずだ。難しいわけがない。

「それより……何？」タングが尋ねる。

「おいで」僕はそう声をかけながら、タングの台所用の台に手を伸ばした。「ふたりでチーズスコーンを作ろう。ケーキみたいだけど、甘くないんだ。ぴったりだろ」

意外に思われるかもしれないが、僕たちはそれなりに食べられるスコーンを本当に完成させた。まあ、卵の殻の小さなかけらがちょこちょこ混ざってはいたし、オーブンから出してだいぶたち、スコーン自体は冷めたのに、たまに異様に熱いチーズの塊に出くわすなんてことはあった。だが、大事なのは僕たちが自ら定めた目標を達成したということだ。エイミーのためにふたりで昼食のスコーンを作った。そして、それを僕も食べた。

スコーンを作ってみてわかったのは、タングはすり合わせる作業とチーズをおろす作業が得意だということだ。筋肉を持たないタングは疲れ知らずで、僕がすっかりやる気をなくしたあとも粉とバターを延々とすり合わせていられた。おかげで液体を加える頃にはざるでふるえるほど細かくさらさらになっていた。個人的には少々やりすぎたと思うが、夢中になっているタングから仕事を取り上げる気にはなれなかった。

「見て！　ベン！　僕こねた！　ビーチの砂みたいになった！」

「そうだな。そろそろ終わりにしていいぞ、タング」

「でも僕これ好き！　楽しい！」

「わかるけどさ、チーズと牛乳を入れないとスコーンにならないだろ？　ただの熱い小麦粉とバターの塊になっちまう」タングは今にも駄々をこねそうだったが、僕の理屈は理解したようだ。「じゃあさ、代わりにチーズをおろすのはどうだ?」

「えっ……何?」

「チーズをおろすんだ。ほら」僕はチーズおろし器を見つけると、皿の上で小さなチーズの塊を実際にすりおろして見せた。

「おおおお。貸して、貸して」タングは両腕を伸ばし、マジックハンドの手を何度も開いたり閉じたりした。

「貸して、だけか?」僕はタングにはぎりぎり届かない位置にチーズおろし器を掲げた。

「貸して……今すぐ?」

「そういうことを言ってるんじゃないんだ、タング。何かがほしい時は何て言うんだっけ?」

「貸してください?」

「それでよし」僕はタングにチーズおろし器とチーズを渡した。

「ありがとう」タングが礼を言う。

「どういたしまして」

僕の視線の先でタングの衣類乾燥機の排水ホースみたいな腕が上下に高速で動き、

チーズの塊がみるみるうちに消えていった。

「ストップ！」タングが自分の手をすりおろす寸前で、僕は止めた。「チーズもそれだけあれば十分だろう」

「ふうん。わかった。チーズおろすのも楽しい。僕いっぱいチーズ作った！」

「すごいぞ！」僕はチーズおろし器を返してもらい、タングの手が届かないシンクに置いた。そうしなければ他の物もおろしてみようなどと思いつきかねない。たとえばドアノブとかダイニングテーブルとか。僕は余分なチーズは保存袋に入れて冷凍庫にしまうと、調理台に戻った。

僕が生地をこねているボウルに、タングがチーズを少しずつ放り込んでいく。だいたいは狙いどおりに入ったが、四分の一ほどは調理台の周辺にまき散らされたので、僕は途中何度か作業の手を止めてそれらを回収するはめになった。チーズをボウルに放り込む際にタングがぎゅっと握るので、その大半はスコーンの生地に混ざる段階ではすりおろした当初のさらさらの状態ではなくごつごつとした塊になっていたが、まあ、問題はないだろう。しばらくして、僕たちはおよそ同じ大きさの、あとは焼くだけのスコーンをほぼ等間隔で天板に並べ終えた。終わりが見えてきた。

後片づけをすませ、オーブンからスコーンを取り出すと（「だめだ、タング、取り出しはおまえにはさせられない……何でって、熱いからだよ」）、僕はタングを、次いで自分のエプロンを見下ろした。ふたりともきれいにした方がよさそうだ。僕の顔には湿った小麦粉が張りついているようだったし、髪の間にチーズの塊が入り込んでいる気がする。だが、それを伝えたらタングは気乗りしない様子だった。ある種の達成感で高揚していた僕は、家の横手の門の修理とペンキの塗り直しもすることにした。エイミーとボニーの帰宅までにはまだ時間があるはずだし、エイミーもきっと感心してくれる。どうせ粉やら何やらにまみれているなら、ついでにもうひとつ汚れる仕事を片づけてしまおう。だが、本当はそれだけでなく、僕はエイミーが隠し事をしているのを感じていて、心の奥底ではそれが僕や僕らの関係にまつわることなのではないかと不安だったのだと思う。もしかしたらエイミーの気持ちが変わり、真の意味で一緒に暮らしてはいないが同居はしているという現状はやはりよろしくないと考えているのではないか。僕自身はうまくいっている気がしていたが、前回ふたりの関係がまずくなった時には、そう思っていたのは僕ひとりだった。門を直さなくてはという思いが切実にこみ上げ、空き時間の有効活用のためだったはずが緊急事項となった。

「門を直さないとエイミーが出ていってしまう！」僕は出し抜けにそう言って庭に走り出ると、使いかけのペンキが半分でも残っていることを祈りつつ小屋に向かった。タングもあとから追いかけてきた。追いついた際のタングの顔を見れば、自分の行動がいかに突拍子もないかがわかる。それでも門は直すしペンキも塗り直す。決めたのだ。

沈黙。

「タング、ドライバーを取ってくれるかい？」

「タング？」辺りを見回したら、タングはいつの間にか柵に近づき、馬を見ていた。タングが歩いていく音に気づかなかったのは、僕が集中していたからだろう。家の中でタングのガシャガシャという足音を耳にするのは今や普通のことで、気にしなくなっているのも当然だった。それはさておき、目下僕は両手で門を支えつつ、ねじを歯の間にくわえていて、今にも手が離れそうだった。

「タング、頼むよ、戻ってきてくれ！　おまえの助けが必要なんだ。このままじゃ門を落としちゃうよ！」

「わかった」金属的な声が芝生の向こうから返ってきて、間もなく本人が戻ってきた。

「工具箱からドライバーを取ってくれるかい？」

タングはぽかんと僕を見た。「何を？」

「ドライバーだよ。長い金属の棒で、片方の端っこに持ち手があって、反対側の端っこは尖っているか、平らになっている」

「ふうん、わかった」タングが工具箱をのぞき込む。「ベンはどの端っこがほしいの？」

どっちだろう。ねじはくわえたままだし、溝がマイナスだったかプラスだったか、覚えていない。

「平らな方を取ってくれるかい？」

「わかった」タングがドライバーを差し出す。僕は片手を門から離し、ドライバーを受け取りつつ、同じ手でくわえたねじを取ろうとした。ねじの溝を確かめたら、案の定プラスだった。

「もうひとつの方のドライバーを取ってくれるかい？」

「ベン、それ取ってって言った」

「そうだけどさ。わかったよ、僕が間違ってた。だから……いや、ドライバーはいいや。代わりにこっちに来て門を押さえててくれるかい？」

「どこ押さえる？」

「教えてあげるよ。ほら」僕は自分がしゃがんでいた場所にタングを立たせると、僕がやっていたように門を持たせた。タングは難なく持ってくれた。最初からこうすればよかった。

門を柱に留め終えると、僕はタングに手を離してもいいよと告げ、ふたりで少し後ろに下がり、自分たちの仕事の成果を惚れ惚れと見つめた。

「タングが試しに開け閉めしてみるかい？」

「ううん、いい。今別に使わない」

「いや、そうじゃなくて……まあ、いいや」僕は前に出て門を押してみた。キーキーと軋んだ。

「よし」と、僕は両手を打ち合わせた。「次はペンキだ」


作業を終える頃にはタングはペンキまみれになっていた。タングにペンキ塗りを手伝わせることは、分類するなら〝当初はよい考えに思えたこと〟の項目に入るが、現実には非常にまずい思いつきだった。その姿は、アメリカの画家のジャクソン・ポロックがキャンバス代わりにロボットにも手を出したのかと思う有様だった。僕にしても人のことは言えない。腕時計に目をやった。間もなくエイミーとボニーが帰ってくる。それまでにペンキを落としておかないと、せっかくの頑張りが水の泡だ。とはいえ、よい方に目を転じれば、鮮やかな赤に塗られた門は光沢が出て見違えるほど美しくなり、歩道にペンキはほとんど飛んでいなかった。奇跡だ。

「ぴかぴか」タングの言葉に、僕もうなずいた。

「おいで。おまえをきれいにする物を探しにいこう」だが、タングは僕を見て後じさりした。タングは体の清掃があまり好きではない。もっとも、思い返せば前回僕がタングをきれいにした際には電動歯ブラシを使ったので、清掃という行為にタングが嫌悪感を示すのも当然と言えば当然だった。「大丈夫、歯ブラシよりましな道具を考えるから。約束する」僕はタングの手を取り、家に入るとそのまま車庫に向かい、入口のスイッチを押して、ひとつだけ下がっている裸電球をつけた。

「このどこかに適当な物があるはずだ」ふと洗車用の道具を入れたバケツが目に留まった。僕はバケツをあさり、オートグリム社の古いボトルを引っ張り出した。

「それ何？」タングが尋ねた。

「特別なローションだよ、くる……金属性の物をきれいにするための」

「ふうん。痛い？」

「ちっとも。ほら、ここに座ってごらん、試しに使ってみよう」使用方法欄に毛羽立ちのない布を使えと書いてあったので、僕は居間のサイドボードから古い眼鏡拭きを見つけてきて、作業に取りかかった。

いくらやっても終わりが見えず、かなり骨の折れる作業だった。僕がペンキのついた場所をオートグリム社のクリーナーで円を描くように拭く間、タングは黙って見つめていた。唯一、ペンキ汚れがきれいに取れた瞬間だけ「やったー！」と歓声を上げた。

最後のペンキ汚れが取れると同時に玄関の鍵がガチャリと開く音がして、エイミーの「ただいま！」という声が続いた。

「車庫にいるよ」と答えて、僕は立ち上がった。僕は相変わらずペンキまみれだが、少なくともタングはきれいになった。

「僕もぴかぴか、門と一緒！」タングが言った。エイミーが家と車庫とをつなぐドアから顔だけのぞかせた。

「何でこんなとこ……あら、タング、すてきになっちゃって！」

「イエイ！」タングが手を叩く。

「どうしてタングをきれいにしようと思ったの？」エイミーはそう尋ねながら僕を振り返ると、続けた。「何でペンキまみれなの？」

僕はにっと笑った。「見せてあげるよ」

五　解雇

「ベン、あなたに話さなくちゃならないことがあるの」ロボットと赤ん坊を寝かしつけたあと、エイミーが切り出した。僕は胃が締めつけられた。恐れていた瞬間がついに来てしまった。きっと今の彼女は幸せではなく、自分の家を探したいと言われるのだ。ボニーを連れてこの家を出ていってしまうんだ。

「何？」かろうじてそのひと言を絞り出した。タングと門を直しただけでは足りなかった。

「会社が人員整理をすることになって、その対象者に私も入っているの」

「はあ？」自分でも驚くほど大きな、嘘だろうという声が出てしまったが、正直なところ、僕は笑いたいのか泣きたいのかわからなかった。

「大丈夫」と、エイミーは言った。「まだ確定したわけじゃないから。ごめんね、あなたがそんなにショックを受けるとは思ってなくて。わかってたら、もっとましな伝え方を考えたんだけど……」

「いや、そういうことじゃないんだ。てっきりこの家を出たいと言われるんだと思ってたから！」

「出る？　私が出ていきたがる理由がどこにあるの？　私たち、うまくやってるわよね？　私は少なくとも今の状況ではこれ以上ないほど幸せだと思ってたんだけど」

「うん、僕もそう思ってた。ただ……ただ……」

「まさかずっとそのことで気を揉んでたの？　びくびくしてたの？」

「君はメールを受け取ってた……でも、僕には話そうとしないし、あれ以来君らしくなかった。だからてっきり……」

「ベンってば、あの時はとんでもない悪人が、私たちの居場所を突きとめてタングを取り返すために送り込んできたスパイロボットを追い払おうとしている最中で、おまけにボニーがタングにスパゲッティをぶちまけていたのよ。ただでさえてんやわんやだったのに、その上こんな爆弾発言、あなただって聞かされたくなかったでしょ」

「そうなふうに言われるとさ……」

「待って。急にタングと門を直したりしたのはそれが理由なの？」

「かもな」僕は足元に視線を落とした。首元から顔にかけて一気に赤くなるのがわかった。

「もうベンったら、ばかね。こっちに来て」そう言って、エイミーは僕を抱きしめてくれた。彼女の髪の匂いを何度か大きく吸い込んだら、肩のこわばりが解けていった。

「ごめん。今の会話、最初からやり直させてくれ。君の話をしてたのに。ごめん」

エイミーは体を離し、ほほ笑んだ。

「ベン、あなたに話さなくちゃならないことがあるの」

「何?」

「私、解雇されるの」

「解雇? そんなばかな話があるか。解雇なんてできないだろう?」エイミーがほほ笑む。「さっきよりましかな?」

「そうね」

「いや、でもまじめな話、弁護士を解雇できるなんて知らなかった」僕は困惑した。

「弁護士ってフリーランスで働いてるんじゃないのか?」

「法廷弁護士事務所に所属している人はそうよ。でも、私はその事務所を出て企業の雇われ弁護士として働く方がいいって決めたじゃない?」エイミーの微笑に後悔が滲んだ。「当時はいい考えに思えたの。その方が将来的にも安泰だって。ばかよね」

「先のことなんてわかりっこない。当時は本当にいい考えだったんだよ。君は会社のことも事業内容も気に入っていたわけだし。実は最低な会社だったのは、君のせいじゃない」

「ほんとにがっかりだわ。あの会社でならいい仕事ができると信じてたのに」

長い沈黙が流れ、僕は励ましの言葉を探した。そして、ふと思った。

「ちょっと待った、君は育児休暇中だろう。そもそも解雇なんてできるのか？」

エイミーはため息をつくと、うなずいた。「できるの。相応の事情がなければだめだし、慎重の上にも慎重を期す必要はあるけど、できる。問題なのはいくらでも曖昧に処理できちゃうってこと。それらしい理由を作って、合理的な手続きを踏んでいるように見せるのなんて簡単。今の私と同じ状況に置かれた女性たちを弁護する友人たちを見てきたけど、最終的には女性側が訴えを取り下げるケースが多いの。手に負えなくなってね——裁判を闘う相手企業はどこも社内弁護士がいるし、投入できる資金も多い。一方で、この国ではそういう女性に対する経済的な支援は皆無に等しい。おまけに授乳中となると……意識がどうしても子どもにいくでしょう。企業は赤ちゃんのいる母親を狙う最適なタイミングをよくわかってる。本当にひどい話よ」

「でも、君は弁護士だ、対抗できる。対抗するんだろう？　君なら大丈夫だよ」エイミーの能力を信じていると伝えたかったのだが、面倒を避けようとしているとしか聞こえない気がして、すぐに自分の言葉を後悔した。

「ベン、私ひとりで弁護士の軍団と対峙しなきゃならないのよ。向こうだって勝てる根拠がなければ解雇になんて踏み切らない。闘ったところで勝てっこない。それに」

と、エイミーは続けた。「こんな仕打ちをする会社に留まりたくはない」

それもそうだ。出社して会社の扉を通り抜けるたびに受けた仕打ちを思い出すだろうし、会社は会社で今までどおりにエイミーを見てはくれないだろう。最初に連絡を受けた時点で解雇は確定してしまったのだ。あまりに理不尽だ。

だが、それ以上に僕が心配だったのはエイミーの今後だ。彼女には仕事が必要だ。人の抱える問題を解決することが生きがいなのに、育児休暇からいつ社会復帰できるかわからないとなれば精神的に参ってしまう。戻る職場をなくしてエイミーはどうするのだろう。

幸い、彼女には考えがあった。翌日エイミーは、僕のエイミーは、有能で向上心に溢れ、僕があれほど長期間無職でいたことなど一生理解できないであろうエイミーは宣言した。

「あんなやつら、くそくらえよ」

「えっ？」エイミーは口汚い悪態をつくような人ではなく、解雇が——正確を期すなら出産も——言わせた言葉ではあったが、それでも衝撃的だった。何しろ彼女は下品な言葉とは無縁の熱い弁論でキャリアを築いてきたのだ。

「今回のことは今までのキャリアで最大の好機かもしれない。似たような会社に転職する手もあるけど、そんなのくそくらえよ。二度とこんな思いはごめんだわ。私はフリーランスに戻る。これまでとは少し方向性を変えて勉強してみるのもありよね。専門を人権からロボット権に変えて、ボリンジャーに対抗する手立てを調べてみようかしら」

「いいんじゃない？　人権もロボット権もそう大きく変わらないさ」僕としては今回も、君を応援しているよ、優秀な君の決めた道なら間違いないよと伝えたかったのだが、何もわかっていないようにしか聞こえなかった。実際、エイミーはそう言いたげな目で僕を見た。その視線は、「法とは複雑な生き物なの、素人にはわかりっこないわ」とも言っていた。

エイミーはそれを口にも出した。

「これから山ほど勉強しなきゃ」と、部屋を行ったり来たりする。「苦労するだろうし、顧客の基盤を築くにはきっと長い時間がかかる。昔の顧客の中には、私が新たなスタートを切ったと知って興味を持ってくれる人もいるかもしれないけど、職を退くということは、そこの扉が閉ざされるということ。企業内の弁護士という道を選んだ時点で、法廷弁護士事務所の扉はいったん閉ざされたはず。裏切り者とみなされるかもしれない。どうなるかは私にもわからない。とにかく問い合わせてみないと」

「そうだな」

「それに、私たちふたりとも実質的には研修中の身ということになる。しばらくはどっちもたいして稼げないわ」エイミーは歩き回るのをやめ、僕を見て眉をひそめた。

「それでもいい？」

「もちろん」僕はきっぱり答えた。

本当はそれでやっていけるかなんて見当もつかなかった。両親から相続した預金や債券を調べ、やり繰りする方法を考える必要があった。エイミーの貯蓄を把握しているのは本人のみで、それをこのタイミングで訊くことは酷でできなかった。こんな事態になったのはエイミーのせいではないし、新たなキャリアを築くチャンスを阻む権利が誰にある？　僕たち家族に直接関わる分野に踏み出そうとしている彼女を。

僕たちなら大丈夫、貯蓄を切り崩しながらでもやっていける。それに、経済的なことよりもっと重大な問題がある。目の前の脅威を取っ払ったとはいえ、脅威は依然としてそこにあるのだ。エイミーの計画はよい計画だった。

六　本

エイミーは計画を実行に移した。彼女が居間で仕事をしたがるのは昔からで、タングやボニーがいなかった頃は何ら問題はなかった。僕には書斎がある。ちなみにタングと出会うまでは書斎にいても現実逃避をするばかりで、まともなことなど何ひとつ考えていなかった。そんな書斎も近頃では医学関連の書籍、パソコンとその周辺機器、そして学習や記憶をする上で補助となるネズミの骨格模型などで散らかっている。

居間で仕事をすることの問題は、エイミーもそこら中に本を置きっ放しにすることで、はいはいをする赤ん坊やロボットがいるとそれなりに神経を使う。ボニーは何かというとエイミーの本の角をかじり、タングは……まあ、タングはただそこに座ってエイミーを眺めているのが好きだった。

「よかったら僕の書斎を使いなよ」僕は申し出た。

「ううん、ここがいいの。でも、ありがとう」そのひと言でこの件は終わりだった。

今や観衆まで加わったというのになぜ居間がいいのか、僕にはさっぱりわからない。

ある週末の午後、ボニーが昼寝をしてくれた隙に勉強しようと、エイミーと僕がそれぞれの仕事場にいたら、タングが僕のもとへやってきた。エイミーはソファにもローテーブルにも床にも法律関連の書籍を広げ、音がうるさいと気が散るからと、タングがコンピュータゲームで遊びたがっても許さなかった。タングは僕の前に置かれたネズミの骨格模型にちらりと目をやったが、それについては何も言わなかった。

「ずるい」と、タングが言いつける。「ゲームしたいのに、エイミー何であそこにいる？」

「エイミーは仕事をしなきゃならないんだ、それはおまえだって知ってるだろう。本を広げる場所が必要なんだよ」

「そう。そのことなんだけど」

「そのことって、何だ？」僕はネズミをひっくり返し、眼鏡を下げてその縁越しに模型を観察した。

「ベンに訊きたいことある。〝本〟って何？」

「何ってどういう意味だ？」僕は生返事をしつつ模型を宙に持ち上げ、ノートパソコンに表示した画像と実際に目にしている模型とを一致させようとした。

「エイミーの前にあるものが本って名前なの知ってる。でも本が何か知らない。本は――本たちは――何のためのもの？　何をするの？」

僕はネズミを置いた。今の質問は捨て置けない。僕はタングが本の何たるかをわかっていると思い込んでいた。別に秘密結社だけが利用を許された道具ではないのだ。少なくとも今の時代は。そこら中に溢れている。我が家の棚にも何段と並んでいるし、箱にもしまってある。それでもタングは今まで一度も本について尋ねなかった。そう思って、いや、尋ねる機会などなかったではないかと思い直した。僕もエイミーもボニーには寝る前に読み聞かせをしているが、その場に一緒にいる理由のないタングはその光景を目にしたことはない。僕自身、教科書や、動物のことを韻を踏みつつ描いた三十ページの児童書以外の本を最後に読んだのがいつか、思い出せない（ボニーは動物の本が好きなのだ）。エイミーにしても同じだろう。そんな状況では本が何のためのものか、タングにわかるはずもない。罪悪感が硬い塊となって腹の辺りに居座った。タングは娯楽としてのボードゲームやボール遊びやコンピュータゲームやインターネットは知っているが、僕はただの一度も本を与えたことがない。僕は読書用の眼鏡を外して机に置いた。

「タング、出かけるぞ」と言って立ち上がり、エイミーのいる居間に向かった。彼女は片方の足先を反対側の太腿の下に入れるようにしてソファに座り、もう一方の脚は座面に伸ばしていた。裸足のつま先を無意識のうちに小刻みに動かしている。集中しているところを申し訳なかったが、僕は声をかけた。

「エイミー、邪魔をして悪いけど、タングと出かけてくるよ、いいかな？」

「もちろん。どこに行くの？」

僕はタングはいるだろうかと背後をちらりと気にした。彼に聞こえるところで答えるのは少々気まずかった。何しろこの外出は本来ならば何カ月も前にしているべきものなのだ。タングは僕の書斎の入口に立ち、訝しげな顔をしていた。僕はじりじりと居間に入ると、ドアを閉めた。

「タングを本屋に連れていく。今さっき、本とは何かと訊かれたんだ……今になるまで何で教えてやらなかったのか。信じられないよ」

エイミーが顔をしかめた。どうやら同じ気持ちらしい。やがて口を開いたエイミーは、「ほんとだわ。教えてあげてない」と言うと、いったん口をつぐんだ。「私たち、ひどい親かしら？」心底恥じ入っている。

「ひどいかどうかはわからないけど、タングが本とは仕事のためだけのものだと思っているなら、それはよくない。ボニーのことは本好きになるようにと育てていながら、タングに何もしてやらないのは間違ってる」

「ほんとよね」そう言うと、エイミーは僕を見据えた。「それなのに、いつまでそこに突っ立ってるの？　ほら、行って！」僕は敬礼してにっこり笑うと、ひょいと居間を出た。ドアのそばで待っていたタングが、ますます怪訝そうな視線を寄越した。

「僕たちどこに行く？」タングがそう訊くのも当然だった。

「本屋に行くんだよ、タング」

本屋の入口を通り抜けた瞬間、タングの目玉が金属の頭から飛び出しそうになった。いや、完全には通り切ってもいなかった。僕たちが人を検知するセンサーの範囲内に立ち続けているせいで、背後で自動ドアが閉じて開いて、また閉じた。

「タング、もうちょっと中に進もう」

タングは振り返って自動ドアを見た。

「あっ。ごめんなさい、ベン。もっと中に入る。ちょっと待って」タングがガシャガシャと前進すると、ドアが閉まった。タングは店を丸ごと抱きしめたいとばかりに両腕を広げると、「この本、僕用？」と大声で言った。そして、すぐそばにあった、明るい装丁が美しい春の推薦図書が所狭しと平積みされたテーブルに手を伸ばした。

「それはタングにはちょっと合わないかもなあ。奥に子ども向けの本があるはずだよ。行ってみよう」僕はタングと手をつなぎ、店内を進んで、魚の泳ぐ水槽が置かれた黄色い区画へ入っていった。魚に気づくなり、タングは僕の手を離して手を叩き、目一杯声を張り上げて「魚！」と甲高い声で叫んだ。

「ベン！　見て！　このお店、魚いる！」

書店に魚がいる理由は謎だが、それだけですばらしい店だと思った。児童書コーナーは彩り豊かで居心地がよく、魚以外にも、腰掛け用クッションやちょっとしたお絵描きコーナーもあった（きっと小さな暴れん坊たちが本に落書きしてしまうのを防ぐためだろう）。タングはその後何分も水槽に顔を押しつけていた。魚にしてみたら生きた心地がしなかっただろう。とりわけ、タングの目玉が水槽のガラスに当たってカチンと音を立てた時には。やがてタングはクッションの上に金属の尻でドスンと腰掛けると、周囲を見回した。

「ベン！　ここ大好き！　本屋さんって、さーーーいこーーう！」

僕も周囲を見回し、タングの気持ちになってみた。たしかに最高だという気がしてきた。本の虫である両親やブライオニーを見て育ちながらも、僕はこれまで楽しみとしての読書には興味がなかった。だが、この場所がタングはもちろん、他の客にも喜びをもたらしているのを目の当たりにして、もっと早くに訪れればよかったと思った。

「なあ、タング、この本なんかどうだ？」僕は青と黄色の本棚に置かれた、ブライアンという名のイカの絵本に手を伸ばした。僕がタングの隣にしゃがんで本をぱらぱらとめくると、タングは顔をしかめながらも僕の肩越しにじっと中身を見つめた。イカのブライアンは自分が〝普通の〟魚とは違うと感じていて、どうやら仲間外れにされているらしい。だが、マークという名のイソギンチャクに助けられ、最後には自分を愛することを学び、幸せな気持ちを取り戻す。タングは顔をしかめたけれど、僕はタングが自分を投影できるぴったりの物語ではないかと思った。絵本を閉じ、買うつもりで小脇に挟んだ。もう中年なのに勢いよく立ち上がったら、膝が軋んでポキッと鳴った。僕は壁際の棚の前に行き、他にもよい本がないかと探した。タングも同じ理由で、横長の低い棚を隈なく見ている。それから数分、僕たちは本をぱらぱらとめくっては目を通すことを純粋に楽しんだ。

「ベン！」タングが突然呼びかけてきた。「これはどう？」タングの選んだ本を見にいった僕は、彼が何に惹かれたのか、すぐにぴんときた。それはきょうだいができることについて書かれた本だった。よいことや大変なこと、子どもが何を期待し、何を感じるか。作者はその物語に少しだけひねりを加え、年下のきょうだいの設定をロボットにしていた。タングとボニーのために書かれたような本だった。

僕たちはすぐさまその本を購入した。『イカのブライアン』も一緒に。

七　庭の厄介者

よくよく考えたならば予期できたことだったのだと思う。ボリンジャーが簡単に諦めるはずがない以上、ジャスミンも同じだ。それでも、ある朝カーテンを開けて庭にジャスミンが戻っているのを見つけた瞬間は強烈な一撃を食らった気分だった。ジャスミンはその場を離れたことなど一度もなかったみたいに、初めて庭に現れた時と全く同じ場所にいた。

「くそっ」僕は小声で毒づき、窓ガラスに額を預けた。二階から、ボニーのおむつを替えながら娘に話しかけるエイミーの声や、タングがフトンベッドから起き出す音が聞こえた。じきに全員一階に下りてくる。真実を伝えるか、それとも知らずにいさせてやるか。

隠し通せるはずのないことはわかっていた。エイミーのスリッパの足音が二階の寝室を出て階段を下りてくる。ボニーを連れたエイミーが軋む二段目を踏んだ瞬間、僕はあと数秒で決断しなければならないのだと悟った。きっとエイミーは、ボニーをミルクが残っている哺乳瓶と一緒に食卓のハイチェアに座らせたら、居間のカーテンが開けられ光が差し込んでいることに気づき、僕を探しに来るだろう。僕は居間の入口でエイミーの行く手を遮った。

「おはよう！」と妙に明るく挨拶し、大股でコーヒーマシンに近づき電源を入れて時間を稼いだ。

「どうしたの？」エイミーはすぐに怪しんだ。僕は遠回しな伝え方を探したが、無駄だった。「彼女が戻ってきたのね」

僕はうなずいた。エイミーはきびすを返して居間のフランス窓に向かった。僕の言葉を信じてはいても、その目で確かめずにはいられないのだ。

「もういや！　こんなの理不尽よ！」エイミーがいつになく感情をあらわにして嘆く。

「どうしてあのままいなくなってくれないの？」

「何が起きてる？」僕たちの背後から小さく不安げな声がした。振り返ると、タングがあどけない顔でこちらを見上げていた。エイミーと違い、タングはまだ状況を察していない。真実を告げるより他に仕方がなかった。

「タング、ジャスミンがうちを見つけて庭に戻ってきたんだ」

「そっか」タングの返事はそれだけだった。なぜだかあまり驚いたふうではない。

「でも、大丈夫だからね」エイミーが言い添えた。「あの程度のことでジャスミンを追い払えると考えた方がばかだったのかも。彼女はもっと賢いのかもしれない。だったら前よりもよい方法を考えるまでだわ」

タングはうなずいた。そして、僕たちの間を強引に通り抜けるとフランス窓を開けて外に出た。まだ朝も早いながら初夏の空気はすでに暖かく、僕はふと、今年が暑い夏になればジャスミンは熱を吸収しやすい黒色の体のせいで過熱状態になり、問題は消えてなくなるかもしれないと思った。だが、そうはならなかった。


エイミーと僕は窓辺に並んで立ち、タングがジャスミンの周りをガシャンガシャンと重たげに円を描いて歩き続けるのを見つめた。

「ジャスミンのことは放っておいて、こっちに戻ってきてくれたらいいのに」僕は考えていることをそのまま口にした。

「タングが彼女を傷つけるんじゃないかと心配してるの？」エイミーが驚く。「彼女が戻ってきたと知らされた時のタングは、ずいぶん落ち着いて見えたけど」

「いや、そうじゃないんだ。ただ、僕たち家族の間を引き裂こうとしている物のすぐそばにタングがいると思うと落ち着かなくてさ。はらはらするんだ」

「彼女のことをどうしたらいいか、タングなりに考えているのかもよ？」

僕は頬を膨らませた。

「タングなら何でもありだからな。単純に興味があるのかもしれないし。タングにしてみたら妙な気分だろうからな。まさか自分が、人工知能《AI》がうちの庭にたどり着く先例となるとは夢にも思わなかっただろうから」

エイミーは苦笑いをしたが、何も言わなかった。

「でも、実際問題、彼女のことをどうしよう？」僕の言葉はエイミーへの問いかけであり、自問でもあった。

エイミーは肩をすくめた。「わからない。あれこれ調べてはいるけれど、何しろ複雑な分野だから。理解するには時間がかかるわ。それを我が家のケースに当てはめて解釈するとなると、なおさらね。間に合わないんじゃないかと不安になる」

「だったら、もう少し時間を稼がないとな。彼女を説得して位置情報の送信をやめさせられれば、少なくとも君の時間は稼げる。ボリンジャーを止められないまでもさ」

「でも、どうやって説得するの？」

「さっぱりわからない」僕はタングの方に顎をしゃくった。「ただ、あんなふうにそばをうろうろして彼女を悩ませてもいいことはないと思う。ジャスミンにどう対処するかを決めるまで、タングの気を紛らわせるものが必要だな」

「手始めにタングをチップの再埋め込みに連れていったらどう？　あとは、あの子は前からボニーの子守をしたがっているから、試しにやらせてみるのもいいかもしれない。はいはいをする赤ちゃんの子守ほど目が離せないことはないもの」

「たしかに」

「ただ、私たち自身は遅かれ早かれ、タングがあなたのものではないという事実と向き合わなくちゃならない。私たちのものではないのだと」

「〝私たちのものではない〟って、どういうことだよ？」

「彼はボリンジャーのものよ、ベン。実際がどうあれ、法に照らせばあなたはボリンジャーからタングを盗んだことになる。もしジャスミンの情報送信が成功してボリンジャーが現れれば、彼にはタングを連れ帰る正当な権利がある」

「だけど、そんなの理不尽じゃないか！」

「そうね。でも、それが法律なの」

「何か手立てはないのか？」

「私も調査を続けるけど、その間に私たちの氏名と住所の登録されたチップをタングに埋め込めたら、少なくとも私たちが信頼できる所有者であり、この先もタングを手放すつもりはないのだという意思表示にはなる。いずれ裁判になったとしても、その事実が助けになるかもしれない」

「裁判？　避けられないのか？」

エイミーは平静を装って肩をすくめたが、心中穏やかではないはずだった。彼女が僕に負けないほどタングを愛していることを、僕は知っている。

「たぶんね」

「タングも出廷しないとだめなのか？」

「おそらくは」

「あいつにそんな苦痛は味わわせたくない」

「わかってる、私もよ。でも、その可能性があるという覚悟だけはしておかないとね」

「明日、チップの再埋め込みに連れていくよ」

エイミーは慰めるようにほほ笑むと、僕の手をぎゅっと握った。

「ベン、できることは全部しましょう。きっと大丈夫」

僕はため息をついて腕組みをした。

「いまだに不思議なのは、なぜジャスミンは抵抗しなかったのかってことだ」

「自治体が彼女の回収に来た時にってこと？」

「そう。彼女、ひと言も抵抗しなかった。なぜだ？」

エイミーは庭にいるジャスミンの方に顎をしゃくった。タングはこちらに戻りかけていた。「本人に直接訊いてみて。その間、私がタングの気をそらして、仮に彼女がいやなことを言ってもタングの耳には入らないようにしておくから」

僕は腕組みを解いて外に出ると、すれ違いざま、タングの肩を優しく叩いた。

「彼女、何て?」居間に戻った僕の腕をエイミーが取った。

「抵抗しなかったのは、僕たちに化け物みたいに思われたくなかったからだって」

エイミーが顔をしかめた。

「いやだ、彼女を捨てたことが急に申し訳なくなってきちゃった」

「うん、僕もだ」

「彼女のこと、もしかしたら翻意させられる気がしてきた」

「僕も同じことを考えてた。彼女はタングが考えているような、心のないロボットではないと思う。じゃなきゃ、僕たちにどう思われるかを気にするわけがない」その時、ふとある考えが浮かんだ。僕はすぐ戻るからとエイミーに合図すると、階段の下まで行った。「タング? タング、ちょっと下に下りてきてくれるかい?」

「何で?」小さく機械的な声が返ってきた。

「何でって、そうお願いしているからだよ。頼むよ、タング、手を焼かせないでくれ」

数秒後、ガシャンという音がした。タングがこちらに向かっていることに満足して、僕はエイミーのそばに戻った。

「どうかしたの？」エイミーの問いに答えようとした時、タングが怒った顔で居間の入口に現れた。

「僕、本読んでた」と、不機嫌の理由を説明する。「ベン邪魔する」

「ごめんな、タング、すぐに戻っていいから。ただ、その前にひとつ訊きたいことがある」

「何でベンがタングのところ来ない？」

僕はエイミーを見たが、彼女は肩をすくめただけだった。たしかに、なぜこちらから二階に上がらなかったのだろう。その方がずっと簡単だったのに。単なる怠慢か、あるいは親らしく指図したいという、僕の中につねにある欲求がそうさせたのか。

「今大事なのはそういうことじゃない」とごまかし、続けた。「それよりジャスミンのことで話があるんだ」

タングが左右の足を踏み換え始めた。明らかに警戒している。やはり僕の睨んだとおりだ。

「タングはジャスミンのことを単なる普通のロボットで、何も感じられない機械だと思うと言った。人みたいな意識や心はないと」

「うん」タングは用心深く僕を見た。

「でも、タングは間違ってた。僕は彼女には人格があると思う。おまえと同じように意識や心を持っていると思う」タングが黙っているので、僕は続けた。「そして、そのことをタングはわかっていたんじゃないかとも思ってる」

タングが視線を落とした。

やっぱりな、そんなことだと思ったよ。

「最初からわかってたんだろう、タング？　本当は自分が説明した以上の存在だとわかっていて、それでも僕たちをせき立てて彼女を捨てさせた。なぜだ？」タングがまた足を踏み換えた。「タング？　どうして僕たちに、本当のジャスミンとは違うように思わせようとしたんだ？」

タングは救いを求めてエイミーを見たが、彼女はかぶりを振った。「私を見てもだめよ、タング。ベンの言葉が正しいなら、あなたが自分でこの状況を何とかしないとね。私たちに嘘をついたことに対して責任を取らないといけない」

タングは肩をいったん上げてから下ろしてため息をつくと、言った。

「ジャスミンが僕と同じ賢いロボットって知ったら、ふたりともジャスミンのこと、家に入れるかもしれない。そうしたらジャスミンのこと好きになって、ジャスミン、家族になる。ジャスミン、僕よりすごい」タングがうつむき加減に上目遣いで僕を見た。「もし僕よりジャスミンを好きになっちゃったら？　ロボットふたり、場所足りないかもしれない。ふたりともジャスミンを選ぶかもしれない」

僕の視界の端でエイミーが身じろいだが、立ち上がりはしなかった。とっさにタングを抱きしめたくなったものの、躾の最中に邪魔をしたくなかったのだろう。僕はタングを両腕で抱きしめた。

「タング、僕たちが他のロボットをおまえ以上に好きになるわけがないじゃないか。今もおまえを手放さなくてすむように必死で手を尽くしているし、〝賢い〟ロボットが何体現れようと、そんなことは関係ない。おまえは変わらず僕たちのタングなんだから。この先もずっと、変わらずタングのことが大好きだよ」タングが僕の背中に手を回すのを感じた。エイミーもやってきて、タングの肩に手を乗せた。僕は体を離してタングの目を見た。「本当のことを話してくれてありがとう。最初から嘘をつかないでくれたらもっとよかったけどな。嘘をつくのは悪いことだと、前にも教えただろう。嘘をついたばかりにひどいことが起きることもあるんだ。ジャスミンがあのままリサイクルセンターにいたらどうなっていたか、想像してごらん。そりゃあ、今のところ僕たちは彼女を好きではないけど、彼女を死なせてしまってたかもしれないんだぞ。わかるか？」

タングはうなずき、うなだれた。

「それにジャスミンが激怒していた可能性だってある。彼女がどうやら寛大なようで本当によかった。戻ってきて僕たちを皆殺しにしようとしてもおかしくはなかった」

タングが目をみはる。エイミーが「ベン、いくら何でも大げさよ。タングも十分に反省していると思うわ」と言って、タングを見た。「そうよね？」

「うん。僕反省。嘘のことわかった。悪いってわかった」

「よし。でも、ジャスミンには謝った方がいいんじゃないか？」タングはエイミーと僕の顔を交互に見たが、エイミーも同意してうなずいた。

「うー、わかった。今行って謝る」

タングは僕たちの間を通ってフランス窓を引き開けると、デッキに出た。少しためらってからジャスミンの方へ歩き出す。

「僕たちも一緒に行ってやった方がいいかな？」僕の問いに、エイミーはかぶりを振った。

「ううん、自分で対処させましょう。ひとりでやることで責任感が芽生えると思うから」

「謝った」と言いながら、タングが居間にいる僕たちの前を通り過ぎていく。「もう本に戻っていい？」

「あー、うん、そうだな。彼女、許してくれたか？」

「うん。ハンガーで僕の顔の横ぶって、もう二度とあんなことしないでって言って、許してくれたから、もういいの」タングは足を止めずにそのまま階段に向かった。

「今のってつまり、ジャスミンはタングの顔を平手打ちしてから許してくれたってことか？」僕はエイミーに尋ねた。

「そう聞こえたわね」僕たちは顔を見合わせ、窓辺に近寄った。

ジャスミンは定位置で上下に浮遊しながら、穏やかに光を左右に揺らしていた。相変わらず謎めいている。

八 千里の道も一歩から

ある日動物病院から帰ったら、居間でエイミーが唇を引き結んでノートパソコンを睨んでいた。腕組みをし、一方の足先をもう一方の脚の太腿の下に入れて座っている。くつろいでいるようで、くつろいでいない。ボニーはエイミーの前の床に座り、ひっくり返した柄付きの深鍋を木のスプーンで叩いて至福の時を過ごしている。僕は靴を脱ぐと、娘のもとへ行き頬にキスをした。

「大丈夫か、エイミー?」

「ん?」

心ここにあらずだったようで、エイミーは頭を振って現実に戻ってきた。

「大丈夫か?ジャスミンのことが気になるのかい?」窓の外をちらりと見たら、案の定彼女はまだそこにいた。

「うん、ううん、ごめん、違うの。いいえ、違いはしないんだけど、それだけじゃないの。お父さんから連絡があったのよ」

「そうなんだ」それ以外にどう言えばいいのか、正直なところわからなかった。エイミーは実家の家族とは疎遠で、彼らからの連絡は誰からであろうと必ずストレスを運んでくる。

「木曜のお昼に会いたいと言われたの。今週はロンドンに出てきてるらしいのよ」

「わかった。会おう」

エイミーがソファの上で気まずそうにもぞもぞと動いた。

「ベン、お父さんは私に会いたいと言ってるの。つまり私だけってこと。あなたも一緒ではなくて」

「あっ、そうなんだ。何で？」

「父の言葉を引用すると、〝あいつが、おまえのたった一度の過ちを許せずに離れていくような男なら、そんな義理の息子はいらない。いい厄介払いだ〟って」

「すごいな」義父のことなどどうでもいいはずだが、その批判には傷ついた。「僕も同席するものと勝手に思い込んだのが間違いなのかもしれないけど、それにしてもさ。その言い草は理不尽にもほどがある」

「わかってる。会った時に私からもそう伝えるわ。メールで反論しても無駄だから」

「だろうな。僕たちの間にあったことをお義父さんはどうして知ってるんだ？」

「私たちが別れたことは、ボニーが生まれた時に会いにきて知ったの。きっと私が何か言ったのね。あの時は疲れてたから、説明が足りなかったんだと思う。もしくは何も説明しなかったか。心配しないで。会った時に父の理解を正しておくから」

「会うんだ？」

エイミーは鼻にしわを寄せ、頬を膨らませた。

「会うしかないわよね。何だかんだ言っても父親なんだし」

「お義母さんは？　お義母さんも出てきてるのかい？」

エイミーは苦い笑みを浮かべた。「ううん、お母さんは家で孫を見てるから」

「お義父さんがそう言ったのか？」

「そう」

「ふたりとも、ボニーも同じ孫だってことを忘れてるよな」

「そのようね」

「ランチにはボニーも連れていくのか？」

「もちろんよ。もうひとり孫がいるんだってこと、思い出させてくる」

僕はエイミーがかわいそうだった。もう子どもは十分だと思っていたところにうっかりエイミーを授かってしまった事実は、どういうわけか彼女の責任のように思われていた。昔からずっとだ。望まれていなかった上に兄姉が多かったエイミーは、たいして気にかけてもらえず、本や学校やインターネットを頼みに自ら育った。エイミーが家を出た時もほとんど気づきもしなかったような親なのに、彼女が家を出たことに対してはいまだに不満たらたらだ。親孝行な他の兄姉は皆実家のそばに暮らし、幸せな家族を演じてくれているのにというわけだ。エイミーの父は、自分たちの方がいかに幸せな人生を送っているかを知らせ、娘の頭の中に一抹の不安を残したいがために、彼女の人生に時折ひょいと顔を出す。そのくせ誰も実家に遊びにおいでとはエイミーを誘わない。

木曜日になり、終日大学にいた僕は、エイミーがつらい思いをしていないことを祈りながらそわそわと過ごした。ボニーが祖父に向かって吐き戻すなり目を突くなりしていればいいと思う反面、娘を誇りに思う父親としては天使のようでいてくれることを願った。エイミーみたいな娘がいてどれほど幸せかもわからない、ろくでもない義父であっても、ボニーのことはやはり認めてほしい。

一日の受講を終えて先に帰っていた僕は、直後にエイミーとボニーが帰宅した時には早くも爪を噛みながら居間を歩き回っていた。すぐにエイミーのそばに行き、腕を回した。彼女の緊張がゆっくりと解けていくのを感じた。

「どうだった？」僕は尋ねた。

「まあ、あんなものよね」エイミーの声は僕のシャツに当たってくぐもった。「ボニーはまだ言葉を話さないのかと訊かれたわ。まだだけど、もうすぐ歩き出しそうだって答えた」

「お義父さんは何て？」

「うちの子たちはみんな、九ヵ月で歩き始めて十一ヵ月でしゃべってたって」

「そうだろうとも。君もそのひとりに数えてくれてたか？」

「さあね」

「少しはボニーと遊んでくれたか？」

「まあね。一、二度、誇らしげなおじいちゃんの顔になりそうな瞬間もあったけど、押し戻しちゃったみたい」

僕は義父に毒づきそうになるのをこらえた。ボニーが僕の脚を支えに摑まり立ちをしてソファに登り、リモコンを口に入れながら、エイミーを抱きしめる僕を見つめる。

「君のことは？」と、僕は尋ねた。「君がどうしているかは訊いてくれたか？」

「うん。人員整理で解雇されたのに、なぜ会社を訴えないのかと訊かれたわ。説明する気にもならなかったけど。ひたすら黙ってたら、僕もお母さんも〝弁護士業なんてもの〟は何の役にも立たないと前々から思ってたですって」僕は体をこわばらせた。僕の胸に頭を預けていたエイミーがそれに気づく。「平気よ、心配しないで。私にはどうでもいい人だから」

「彼は君のお父さんなんだぞ」僕は到底気が治まらなかった。僕の両親は他界しており、この先関係を深めることは叶わない。片やエイミーは両親はぴんぴんしているが、どこかの段階で親子の関係は壊れてしまった。今回の父との再会前にエイミーが抱いていた希望のかけらにしても、会って早々に打ち砕かれた。

「また近々私に会いたいとは言っていたけどね」

「そうなのか？」

「それから……」エイミーは続きをどう言葉にすればいいか迷うように口ごもった。息を吸い、早口で言った。「僕がおまえを誇らしく思っていることはわかっているよなと訊かれた。だから、父からも母からもそんなふうに思われていると実感したことは一度もないと答えたら、ちゃんと心に留めておいてくれ、おまえはお父さんとお母さんの自慢の娘なんだからって」

僕は体を離してエイミーを見つめた。我が耳を疑った。

「お義父さんがそう言ったのか？」

エイミーはうなずいた。

「わけがわからない。お義父さん、死ぬのか？」

「そうは言わなかったけど、私もそれはちらりと考えたわ」

「君は何て返したの？」

「何で今になって、もう三十代の私にそれを言うのかって訊いたわ。どうしてもっと前に、一度でもいいからそう言ってくれなかったのって」

「いい質問だ」

「そうしたら、実はお母さんが転倒したんだと打ち明けてきた。腕を骨折して腰も怪我したけど、大丈夫だって。ただ、数分間意識を失ったらしく、心底恐ろしい思いをして、家族のことを改めて考えたんだって――家族全員のことをね――それで、私ともちゃんと連絡を取らなくちゃって決めたみたい」

「へぇ」

「あなたの言いたいことはわかる。私も素直に受け取っていいものか迷うわ。まあ、様子を見るしかないわね。千里の道も一歩からって言うしね」

当然のことながら、それから一週間ほどエイミーはどこか上《うわ》の空だった。法律書を手に取ってはまた下ろし、しょっちゅう宙を見つめて唇を噛んでいる。

「ベン？　ボニーがまだ言葉を話さないのはおかしいと思う？」

「どうだろう。でも、まだやっと一歳になるところだ。三歳になってもまだ言葉が出ないってわけじゃないんだからさ」

「そうよね」エイミーは立ち上がってキッチンに向かった。僕は床に座ってボニーとジグソーパズルをしようとしていた。タングは庭に出て馬を眺めるふりをしていたが、本当はジャスミンを観察しているのは明らかだった。ジャスミンはタングを不安にさせた。まあ、不安なのは皆一緒だが、家族で一番影響を受けているのはどうもタングらしい。

「せめて〝ママ〟とか〝パパ〟くらいは言い始めてないとおかしいと思う？」エイミーが居間の入口に戻ってきた。

「心配か？」

「わからない。心配なのか、心配するべきなのにしていないのか、心配だけど心配しない方がいいのか」

「ちょっと考えすぎなんじゃないかな」

エイミーがほほ笑む。「そうかもね」彼女がキッチンに戻ると、僕はスマートフォンを取り出した。そして、コーヒーの入ったマグカップふたつを手に戻ってきたエイミーに画面を見せた。

「ほら、ここに話し出すのは十一カ月から一歳三カ月の間と書いてある。それも文じゃない、単発の単語だ」

「うん、知ってる、前に読んだことがある。ただ……」

「ただ、お義父さんにボニーの成長が遅れていると暗に指摘されたのが気にかかる」

エイミーは赤くなり、コーヒーに目を落とした。

「まだ歩き出してもないし」と、エイミーは言った。

「そうだな、でもあと少しのところまで来てる。ちゃんと歩き出すよ」

「そうよね」

「ボニーは順調だと思うよ、本当に」そう言ったものの、エイミーの懸念は僕の頭の中にもじわじわと浸透した。もしボニーの発達が遅れているのだとしたら？　その原因が、僕たちがタングに、そしておそらくはジャスミンにも気を取られすぎてきたことだとしたら？　家庭の状況がボニーの発育を妨げているのだとしたら？

その時だ。僕たちが気を揉んでいることを見抜いたかのように、ボニーが立ち上がってフランス窓まで歩いた。自分ひとりの力で。

ぽっちゃりとした指を窓ガラスに当ててタングを指差そうとしたボニーに、エイミーと僕は飛びついた。そのまま抱き上げ、ぎゅっと抱きしめ、おめでとうと祝福した。ボニーはむずかり、下に降ろせと暴れた。エイミーはボニーにキスをし、僕はブライオニーに電話した。

九　屋内遊戯場

エイミーが、ボニーも歩き出したことだし、誕生日パーティを子ども向けの屋内遊戯場で開いてあげたら絶対に喜ぶと言い出した。ボニーは歩くのと同じだけ転ぶのに……いや、だからこそなのかもしれない。屋内遊戯場のことは話に聞いたことがあるだけで、これまでのところボニーを連れて地元の遊び場に出かける大変な役目はもっぱらエイミーが引き受けており、付き添いはブライオニーがしてくれていた。だから僕自身は未体験だったし、それで一向に構わなかった。聞く限りは行っても親は地獄を見ることになりそうなので、どうしてもという時が来るまでは避けて通りたかった。

娘の一歳の誕生日パーティこそ、そのどうしてもの時だろう。

エイミーが招待したのは歌やベビーサインのサークル、子連れでおしゃべりや情報交換ができるコーヒーサークル（コーヒーを飲むのは赤ちゃんではないと思うが、世の中、何があっても不思議はない）などで一緒のボニーの小さな友人たちで、遊技場には子ども十五名ほどとその親の分の予約を入れた。僕は何が何でもタングも連れていきたかった。仮に僕の手をただ握って過ごすことになってもいい。だが、タングはいまいち乗り気ではなく、エイミーも同情していた。

「タングが果たしてどれだけ楽しめるか。登る動作の必要な場所がたくさんあるから。ボールプールに座っていることならできるだろうけど」

実際そうなった。タングと僕は、小さな子どもたちが繰り返し投げつけてくる明るい色のプラスチックボールの海の中に座っていた。子どもたちはタングも遊具のひとつと勘違いし、よじ登ろうとさえした。僕たちのパーティとは関係のない、少し年長の子どもなど、なぜタングは赤や青や黄色ではないのかとまで尋ねた。じっと我慢し、「僕、金属だから」とだけ返事をしたタングはえらい。

僕は「ごめんな」と、声は出さずに唇だけ動かして伝えた。「やっぱりタングには留守番しといてもらえばよかったかもな」だが、タングはかぶりを振った。

「ううん。もしお留守番したら、僕、外のジャスミンとふたりだけになる。僕それは心配。ここだったら大変だけどベンと一緒。エイミーも。ボンニー……はあんまり一緒じゃないけど」

タングの気持ちは理解できた。ボニーのことは大好きなのだろうが、その一方で受け入れ切れずにいる。タングにしてみればボニーは僕たちの間に割り込んできた存在で、自分より手がかかる分、皆の注目を一身に集めているとしかとらえていない節もある。ボニーの何がそんなに特別なのか、タングは理解に苦しんでいた。たいしたこともできず、できることがあるとすれば、それはたいていタングを困らせることなのに、と。ついでに、タングは僕たちがボールプールに座っている意味も理解できずにいた。いや、それは僕自身の気持ちを投影しているだけかもしれない。

それでもボニーの誕生日ケーキと帽子が用意された特別なパーティルームへ移動すると、状況は好転した。ブライオニーはタングにもお楽しみ袋を用意してくれていた。タングはケーキは食べられないし、袋に入っていたプラスチックの笛を吹くこともできないが、紙製の三角帽子はいたく気に入り、その日はゴムが切れて帽子が落ちてしまうまでずっとかぶっていた。タングはボニーの隣に座り、彼女がジャムサンドやポテトチップスを鷲掴みにしては口いっぱいに頬張る様子に見入った。家ではどちらも食べさせてもらえないので、ボニーにとっては大変なご馳走だ。皆に注目されてどんどん上機嫌になっていくボニーの隣で、ボールプールで冷め切っていたタングの心も解けていった。ボニーとは反対側のタングの隣に座っていた子どもが、ジャムでべとべとになった手を伸ばしてケーキの塊をタングの横顔に押しつけるまでは。男の子の母親が身を乗り出し、謝りながら赤ちゃん用のウェットティッシュでタングを拭こうとしてくれたが、かえって汚れが広がっただけだった。そこへ新しい遊びを気に入ったボニーが嬉々として自分の皿からケーキをひと切れ掴み、ロボットに投げつけた。

一応褒めておくとそれは会心の一撃で、ケーキはペシャッという音とともに見事タングの頭頂部に落下した。

「ボニー!」僕は語気を鋭くしてせいぜい厳しい親の顔をしてみせたが、効果はなかった。というのも、僕の声にかぶせるようにタングが甲高い声を上げ、手近にあったケーキをボニーに投げつけたからだ。タングが奪ったのは最初にタングの顔にケーキを押しつけた子どものケーキだったので、僕はおあいこだと思ったが、男の子はそうは思わなかったらしく泣き出した。ケタケタと笑うボニーを見たら、タングの投げたケーキが横顔に命中し、金髪の巻き毛がジャムとクリームまみれになっていた。ボニーにとっては人生最高の出来事だったようだが、僕は前かがみになってふたりの間に割って入ると人差し指を立てた。

「ふたりともやめなさい。食べ物を投げるのは悪いことだぞ」そして、ふたりとも謝りなさいと続けようとして、ボニーがまだ話せないことを思い出した。そうなるとタングひとりに謝らせるのは不公平だ。ボニーは大きく見開いた目で僕を見て、タングを見て、もう一度僕を見ると、下唇を突き出した。僕は泣き叫ばれることを覚悟したが、そうする代わりにボニーはタングを指差すと、身を乗り出して短い腕を精一杯タングの首に回して言った。

「タング」

それ以来、ボニーとタングは大の仲良しになった。ボニーが初めて発した言葉が自分の名前だった、それほどまでに自分はボニーにとって大事な存在だったという事実に、タングは有頂天になり、ボニーをひとりの人間として見るようになったとたんに彼女にまつわるすべてを知りたがった。

「何でボニーはお昼も寝るの？」（「赤ちゃんだからだよ、タング」）「何でボニーは時々、夜起きるの？」（「赤ちゃんだからだよ、タング。それに誰だって夜に起きることはある」）「何でボンニーは遊ばないの？」（「遊んでるよ。ただ、まだ小さいからタングとたくさんは遊べないだけだ」）「何でボンニーはお尻に小さい上掛けを掛けてるの？」

赤ちゃんひとりの世話だけでも、親がふたり揃っていようが大変だ。その上子どもみたいなロボットのひっきりなしの質問に答えつつ、彼の要求や欲求にも目を配っていると、こちらもいっぱいいっぱいになってくる。そんな中、獣医学部に戻っていた僕はかつて知っていたはずの知識を忘れている現実を突きつけられるたびにくじけそうになった。エイミーやタングやジャスミンやボニーやボリンジャーやその他もろもろに対する心配で頭がいっぱいで、動物生理学の知識が脳から閉め出されていく。これで万が一にも――また――獣医師免許を取り損ねたら誰も救われない。

発語と歩行をほぼ同時に見せてくれるというボニーからの贈り物があったにもかかわらず、いつ見てもつねに庭にいるジャスミンの存在に、エイミーも僕もストレスがたまり始めていた。僕たちはジャスミンを追いやることに失敗した。彼女は庭に舞い戻り、タングを手放さないための法的根拠を見つけるというエイミーの試みも今のところは空振り続きだ。エイミーがフランス窓のそばを通ったりキッチンで湯を沸かしたりするたびに視界に入り、寝室のカーテンを開けてもやはり目に飛び込んでくるジャスミン。僕の問題でもあるんだよと、エイミーの気を楽にしようとしたが、彼女は打開策を見つけなければというプレッシャーに日に日に押し潰されていった。最近は塞ぎがちで、僕は心配になってきた。

ふたりとも気分転換が必要だった。数時間の息抜き。おいしいものでも食べに行きたい。ただしそれには問題があった。子守を頼める相手はブライオニーしかおらず、今までもさんざん頼っているのだ。僕の両親はすでに他界し、エイミーの家族とは離れて暮らしている上に向こうからの連絡はほとんどない状態なので、そうならざるを得なかったのだが、当然のように姉を当てにすることに僕たちは引け目を感じ始めていた。

そんな中、タングが子守をしてみたいと申し出てきた。

僕は懐疑的だった。エイミーは妊娠中も分娩の際もタングにおおいに助けられたから、ロボットに我が子の世話を任せて出かけても大丈夫だと判断したが、相手は意思のあるロボットだ。僕はエイミーほどの確信は持てなかった。思えば一年前、僕はすぐにふらふらとどこかへ行ってしまうタングに、その癖は直さないとだめだと日々言い聞かせていた。タングがけっしてボニーを傷つけたりしないことは僕もわかっていたが、ボニーを置いてどこかへ行ってしまわないとは言い切れない。

結局、僕たちはタングにお試しの子守をさせてみることにした。タングには買い物に出かけてくると伝え、ボニーの手元にスティックパンと、牛乳と水の哺乳瓶を一本ずつ用意すると、ずしりと重い彼女をソファのタングの隣に座らせた。そして、幼児向けのテレビ番組をつけ、農場の動物たちが画面を横切るのを見届けると、テレビを見るふたりを残して出かけた。

二十分。留守にしたのは二十分だ。

私道に車を乗り入れ、玄関を開けるや否や、悲鳴が聞こえた。

ボニーはベビーサークルの中に座っていた。最近はボニーをそこに入れることはなく、居間に置いたままのサークルは半ばおもちゃ置き場と化していた。タングはサークルの外にいて、赤ちゃん用の靴下の片方と綿モスリンのおくるみを頭にかぶっていた。僕たちに背を向けて、「だめだめだめだめだめだめだめだめ」と叫んでいる。赤ん坊はロボットの手をぎゅっと握りしめたまま離さない。タングは苦痛に足をドタバタと踏み換えていたが、それがまたボニーにはたまらなくおかしいらしい。それでも僕たちを見つけるとぱっと手を離して泣き出したが、僕たちの帰りにいまだ気づかないタングは頑張って「しーっ」という声を出そうとし、柵の隙間からボニーの髪を撫でようとした。

「だめだめだめ、ボンニー泣かないで……泣かないで。泣かないのボンニー。タング、ボンニーのお世話する。タング、ボンニー大好き。泣かないで！」

エイミーがハンドバッグをソファに放り出し、タングの隣にひざまずいて小さな金属の肩に両腕を回した。タングはびっくりして飛び上がったが、エイミーを見てよほどほっとしたのだろう。ベビーサークルから腕を引き抜くとエイミーの首に抱きついた。僕がボニーを抱き上げると、彼女はぴたっと泣き止んだ。嘘泣きだ。

「もう大丈夫よ、タング、私たちがいるからね」エイミーはなだめた。「タングは大丈夫？」

「ボンニー大変。ボンニー、動くのやめない。追いつけない。遅すぎる。タング、ボンニーなくすの怖い。タング、ボンニー柵に入れた。ボンニー安全にした」

「何でボニーを突っついてたんだ？」僕は訊いた。もう少し優しい訊き方をすべきだったかもしれない。「そのまま腕が柵にはまっちゃったら大変じゃないか」

「突っついてない！ 靴下返してあげてた。足、冷えるのだめ。ボンニー外に投げたから返してあげた。ボンニーまた投げて、僕の手掴んだ。靴下どこか行っちゃった」

僕は身をかがめてタングの頭に載った靴下を取ると、ボニーに履かせた。タングはエイミーから離れた。

「もうボンニーのお世話二度としない。寝てくる」そう言うと、きびすを返してガシャガシャと二階の自室へ上がっていった。

タングの子守としての短いキャリアが終わった今、僕たちの子守探しは振り出しに戻ってしまったが、前にも言ったとおり哀れなブライオニーにはさんざん子守を頼んできたので、できれば今回は煩わせたくなかった。しかし、結局はエイミーが電話でブライオニーに泣きつき、とある週末、姉はエイミーと僕が日曜日の昼をゆっくり楽しめるよう、自分の子どもたちを父方の祖父母に預けてくれた。

階段の下でエイミーを待っていた僕は、彼女が自室から下りてきて隣に立った瞬間、何年も前に初めて会った時、エイミーに目を奪われた感覚を思い出した。エイミーは脚に美しく添うジーンズに黒のジャケットを合わせ、中にはピンク色のボートネックのトップスを着ていた。波打つ金髪は、「ああ、これ寝起きのままなんだけどね」とばかりに後ろに流していたが、そのスタイルに仕上げるには相当時間がかかったはずだ。どんなレストランに行こうと、エイミーはつねにふさわしい装いをした。今日はしゃれた店を選んであったから、僕はシャツにズボンという出で立ちだったが、今さらながらにスマートカジュアル感を足し忘れたことに気づいた。

キッチンでボニーと一緒に鍋やフライパンの蓋をガンガン鳴らしているブライオニーと、テレビの前にちょこんと座って『スター・ウォーズ』を見ているタングを残し、僕たちは出かけた。誰も気に留めていないようだったので、僕は「じゃ、行ってくるよ！」とだけ声をかけ、エイミーとともに家を出た。

玄関扉に鍵を差し入れた時、ウィーンという低い音が聞こえた。家にロボットがいると機械音そのものは珍しくない。扉を開けながらエイミーとふたり、顔を見合わせて眉をひそめたのは、それが聞き慣れない音だったからだ。タングが出すさまざまな機械音やガシャガシャと歩く音や甲高い歓声や悲鳴なら今やすっかりお馴染みだが、今耳にしている音は聞いたことがない。

「ジャスミン？」エイミーの問いに、僕はかぶりを振った。

「彼女は静かだ。そもそも家の中にいるかな。ブライオニーが入れてやるとは思えない」

入れてやってはいなかった。音はジャスミンのものでもなかった。背後で玄関の扉が閉まると同時に、僕たちの目の前をタングが廊下をすーっと滑って居間から家事室へと入っていった。滑って、だ。ガシャガシャともいわず、よろめきもせず。滑って。そして、ウィーンという低い音を立てているのはタングだった。いや、正確にはタングの下で彼の全体重を受けとめているロボット掃除機が動こうともがいている音だった。いい加減うんざりして聞こえるのは気のせいではないだろう。

すーっと横切りながら、タングがこちらを向いてにかっと笑った。

「見て！　ベン！　エイミー！　ボンニー問題、解決したよ！　お掃除ロボに乗って追いかける。これ、僕乗せて動くの！」次の瞬間、ロボット掃除機がガガガと低く咳き込むような音を立て、タングの下で息絶えた。タングは足元を見下ろした。「あれ」

僕はタングに近づき、ロボット掃除機から降りるのを手伝ってやった。「これに乗るにはおまえはちょっと重すぎるんじゃないかな、相棒。そもそも上に物を載せるようにはできてないと思うぞ」

「でも僕見た……僕、線の上で見た」僕はぽかんとしていたらしく、タングが詳しい説明を始めた。「僕、猫がお掃除ロボに乗ってるの見た。猫、ロボに乗ってキッチンぐるぐるする。ほんとに見た！」タングは大きく見開いた目で信じてと訴えるように僕を見た。僕はようやくぴんときた。

「猫がお掃除ロボに乗って移動してるのをオンライン動画で見たってことか？」

「そう」

「タング、猫はおまえよりもうちょっと軽いからさ、同じようにはいかないよ！　別の方法を探さないと」

とたんにタングはしょんぼりした。「僕、ボンニーに追いつきたいだけ。ボンニー速すぎる。僕、ボンニーには遅すぎる。僕、一緒に遊びたいだけ」

僕はタングを抱きしめた。「わかってるよ、相棒。大丈夫、一緒にいい方法を考えよう。それはそうと、お掃除ロボを直さないとな」

「ごめんなさい、ベン。ロボ壊してごめんなさい。ロボ傷つけたくない」タングはその場にしゃがんで、潰れてしまったロボットを撫でた。「これ、僕と同じじゃない、僕みたいに感じないと思う。でも、傷つけたくない。もしかして感じてるかもしれないから」

そういうわけで、タングに備わった人間の特性リストに「悔恨」が加わった。

十　ローラースケート

タングが次に思いついた案の方がロボット掃除機に乗るよりましだったが、実現するには僕の頑張りが相当必要だった。タングがそれを思いついたのは、ある日、息抜きが必要なエイミーのために僕がタングとボニーを公園に連れ出した時のことだ。その朝、エイミーは唇をつまみながらキッチンの窓からじっと外を見つめていた。ボニーとタングは居間でテレビを見ており、放置されたエイミーの法律書がそこら中に散らかっていた。

「大丈夫か？」

エイミーが振り返って僕を見た。

「どこかにひとつくらい、いい判例があるはずだと思ってたの。ボリンジャーに対抗し得る何かが。でも、多少なりとも関連のありそうな判例さえ見つからない。前はこういう調査は得意だったのに。あの解雇……あれで自信を打ち砕かれちゃったみたい。ばりばり働いてきたつもりだった。それなりのキャリアを築いたつもりだった。それが、ポンッ！ 赤ちゃんが生まれたとたん、ガラガラと崩れていったの。女が子どもか仕事かを選ばなくちゃならない時代は終わったかのように言われてるけど、いまだにそうよ」

僕はかける言葉が見つからなかった。大丈夫、君なら何か見つけられるよと言えば、エイミーの気持ちを軽く見ていると取られかねない。かと言って、一緒になってマイナス思考の蟻地獄にはまっても何にもならない。僕はエイミーの肩に腕を回した。それくらいしかしてやれることがない気がした。しばらくして、僕は言った。

「僕は君を信じてる」

エイミーがため息をつき、「ありがとう」とつぶやいて僕に頭をもたせかけた。一、二分、そうしていただろうか。エイミーが言った。

「それに、なかなか集中できない」

「そうだろうね」

「ボニーを産んだこともタングをうちに迎えたことも、後悔はしてない。ただ……」

「いいんだ、説明しなくてもわかる。ふたりの相手をするのは大変だ」

「うん」

その時ふと、僕にできる、現実的に役に立つことを思いついた。エイミーに少しばかりひとりの時間をあげる方法。

「僕がふたりを連れてちょっと出かけてこようか？」

その申し出をエイミーは迷わず受けた。もっと早くにこうしてあげればよかったと思ったが、僕は僕で自分の研修や考え事で頭がいっぱいだったのだ。むろんエイミーのことは心配だったが、こちらから何らかの打開策を見つけてやった方がいいとまでは考えていなかった。たぶん、僕の頭の中ではエイミーは今でも僕の助けなど必要のないやり手のエイミーで、そもそも僕のものではなく、幸せにしてやる権利もないと思っていたのだ。

それはともかく、そういう事情で僕は平日に赤ん坊とロボットを公園に連れていくことになった。自ら望んでしたことだが、不安が全くなかったと言えば嘘になる。

車から公園の遊具広場に向かって歩いていた間には問題なく過ごせそうな気がしていた……まあ、それなりには。ベビーカーに乗ったボニーは脚を上下にぶらぶらさせながら、僕がいくらやめなさいと注意しても構わず自分の拳を噛み続け、タングはタングで僕の隣を歩きながら、ベビーカーを押すのを〝手伝う〟と言ってきかなかった。

「タング、頼むからハンドルから手を離してくれ。僕ひとりで押す方が断然楽なんだよ」

「やだ、手伝う。僕、ベン手伝う」

「気持ちは嬉しいけど手伝えてないじゃないか。見てごらん。あっちへ行ったりこっちへ行ったりしてるだろ?」

タングは体をぴくりとさせるとベビーカーから手を離し、ふくれっ面《つら》で僕の隣を歩きながらガムテープをいじり始めた。僕は顔をしかめて目をぐるりとさせた。体を引きつらせる仕草は新しいが、体の正面にある胸のフラップについては、テープで留めなくてもすむように直させてくれと再三頼んでいるのに、タングは頑として首を縦に振らない。タングにとってそのガムテープは、僕との時間を記念するバッジみたいなものなのだ。僕と出会うまでは胸のフラップは四六時中ぱかっと開いていたようで、そのたびに自分で閉めていたらしい。そのまま放置するわけにもいかず、僕はガムテープで留めた。たかがガムテープにタングがここまで愛着を持つとわかっていたなら、最初から頑張ってきっちり直したのに。ガムテープをいじる仕草が、むくれたりいじけたりした時の感情表現としてすっかり定着してしまった今となっては、もはや外させてくれそうにない。

話を公園に戻そう。男がひとりで赤ん坊を連れて公園の遊具広場に行くと、二種類の視線を浴びる。ひとつは子どもを遊びに連れ出すなんてすてきなお父さんという視線。もうひとつは、明らかに我が子を連れているにもかかわらず、男が遊具広場にいるなんて気味が悪いという視線だ。そこにタングみたいなロボットも連れていると、人々の視線はもう少し曖昧になる。たいていは困惑の目で見られる。とりわけ、赤ん坊からは前回大喜びしていたはずのブランコに乗せられたのが気に入らないと泣き叫ばれ、ロボットには、なぜだかひとりで回せてしまった丸い回転遊具から〝降りたい〟と泣き叫ばれるという窮地に立たされている時には。誰も大丈夫ですかとは声をかけてくれない。皆きっと、我が子にはいらいらさせられることも多々あるが、ロボットがいないだけましだと安堵しているのだろう。ロボットを所有している人にしても、それは洗車などをしてくれる労働力としてのロボットであり、公園に行きたがるロボットではない。

僕がボニーをブランコから抱き上げてベビーカーにぽんと座らせると、とたんにボニーは泣き出し、再度ブランコを指差した。

「だめだ」僕は言った。「まずはタングを助けるから、それが終わってからな」

僕は小走りでベビーカーを押し、問題の回転遊具の一メートルほど手前で止まった。ボニーはぐるぐる回っているタングをひと目見るなり、ブランコよりよほど面白いと思ったらしく、キャッキャと笑い出した。だが、僕が遊具の手すりを摑んで引っ張り、回転を止めたら、タングはちっともおかしがっていなかった。

「ボンニー笑うの、やめさせて！」と、ボニーを睨む。「おかしくない！　ない！　ない！　ない！　ベン、やめさせて！」

「やってみるけど、ボニーが何をおかしがるかなんて僕にはコントロールできない。

タングも知ってるだろ」僕は遊具から降りるタングに手を貸した。少しよろけたタングを転ばないように支える。

「でも、よくない！　僕困ってるのに笑うの、よくない！」

「たしかにそうだよ、だけどそれを理解するにはボニーはまだ少し小さい。タングもそれはわかるだろう。お兄ちゃんなんだから、気にせずに受け流すことも覚えないと」

タングが振り返って今度は僕を睨んだ。「そんなのずるい！　ベン、いっつもボニーの味方する。小さいからってだけで。人間だからってだけで！」

タングの言葉を理解したかのように、ボニーがぴたっと笑うのをやめた。目を見開いて僕を見る。タングも目を見開いて僕を見ている。僕はふたりに向かって顔をしかめ、タングの言葉が胸に刺さった痛みは気にするまいとした。タングの表情を見る限り、言うつもりのない言葉が思わず口をついて出てしまったようだ。それがタングの本心かどうかは定かではないが、言ってしまったことを後悔しているのはたしかだ。せっかくふたりが仲良くなりつつあるのに、タングを大声で叱りつけても何の解決にもならない。

「タング、今の言い草はとても意地悪だぞ。それに本当のことでもない。本当ではないとタング自身もよくわかっているはずだ。だいたい、ボニーのすることを見てタングが笑ったことだって何度もあるだろう?」

タングはうなずき、視線を落とした。

「ごめんなさい、ベン。今言ったこと、ごめんなさい。本気じゃない」

「本気じゃなかったのはわかってるよ、タング。頭にきただけなんだよな。それでも、ちゃんとごめんなさいを言ってくれてありがとう。えらかった」僕はタングを抱きしめた。タングはガムテープをいじっていたが、やがて顔を上げた。

「ボンニーのこと、小さな滑り台に連れていったら? ブランコより好きかも?」

僕はタングから体を離し、彼とボニーを交互に見た。

「いい考えだ、タング。そうしよう」僕はタングと手をつなぎ、ふたりでベビーカーを押して、回転遊具からはちょうど反対側の端にある赤ちゃん用の滑り台に向かった。まずは僕がボニーを滑り台のてっぺんに座らせてから、タングと僕とでボニーの手をひとつずつ取り、滑る彼女を支えてやった。下まで下りた時、僕はタングが何かに気を取られていることに気づいた。目を丸くして、僕の肩越しに遊具広場とその近くの歩道を凝視している。

「タング? どうした? 何か気になることでもあるのか?」

タングは僕を一瞥しただけで、すぐに視線を戻した。

「ベン」と、静かに呼びかける。「見て! あれ見て! あの子たち見て!」

僕は振り返ってタングが見ているものを確かめた。

「何だよ。親と遊びにきている子どもたちがいるだけじゃないか」

「そう。でも、見て！　あの子たち……あの子たちタイヤついてる。何でタイヤついてる？　アップグレードしたの？　どうやってタイヤつけた？」

「ローラースケートを履いてるだけだよ、タング」

「ローリー……何？」

「ローラースケート。タイヤのついている特別な靴で、あれを履くと歩く代わりに滑れるんだ。ブライオニーや僕も子どもの頃には持ってたけど、当時はもうはやらなくなってきてた。どうやらブームが戻ってきたみたいだな」

タングはボニーの手を離し、遠ざかっていくローラースケートの子どもたちを全力で追い始めた。

「タング、戻っておいで！」僕は言い、ボニーを腰に抱えた。

「スケートいるの！」タングが肩越しに大声で答える。「いるの！」

「何でだよ？」僕も叫び返し、ボニーを急いでベビーカーに乗せ直すと、タングとの距離を詰めた。

「そうしたら僕、ボンニーと同じくらい速くなる！」

スケート靴を履いた子どもたちやその親にタングが追いつけるはずもなく、そこが問題だったのだが、振り返った彼らは、大声を上げながら両手を突き出してガシャガシャと追いかけてくるロボットに当然のことながらぎょっとした。おかげで僕まで彼らを安心させる言葉を叫ぶはめになったが、それで皆の警戒が解けたとも思えなかった。それはともかく、タングには子どもたちとは違うスケート靴が必要で、最終的にはその理屈を使って子どもたちを追いかけるのをやめさせた。タングはこの世にスケート靴はそれしかないとばかりに、あの子たちのローラースケートがほしいと言い張ったが、あれではタングには小さすぎると指摘すると聞き分けた。

「おまえ用のスケート靴を買ってやるけど、あれと全く同じというわけにはいかないよ。子どもたちの足はタングの足より幅がずっと狭いんだ、わかるか？」

タングはボニーの足に目をやり、次いで自分の足を見下ろした。

「うん」

「だから、特別に幅の広いスケート靴を買わないとタングの足は入らないんだ。な？」

「わかった。でも、すぐに買うでしょ？」

「ああ。帰ったらインターネットで調べてみるよ。どんな物があるか」

約束どおり、僕は帰宅するとボニーにスティックパンを持たせて座らせ、タングにはゲームで遊んでいてもらい、その間にロボットの平らな板状の足幅に合うスケート靴をオンラインで探した。検索用語の選択が難しかった。〝ロボット用のスケート靴〟では何も引っかからない。〝足の大きな子ども用のスケート靴〟でもヒットはなし。ロボット用のスケート靴などあるわけがないと画面から言われている気がし始めた頃、僕は半ばやけになって〝肥満児用のスケート靴〟と打った。考えてみればサイズだけでなく構造上の頑丈さも重要だからだ。タングは重い。十歳前後の子どもを対象としたスケート靴など、タングの体重がかかればロボット掃除機と同様にたちまち潰れてしまうだろう。本人はアルミニウム製だと主張しているが、それは全くのでたらめで、当時ボリンジャーの手元にあった合金鋼板か何かで作られているため軽くはない。

結局、僕が手作りするしかないのかもしれない。タングの胸のパネルに貼られたガムテープを見れば僕の日曜大工の腕などたかが知れていたが、家の中の修繕をこなせる男を目指すなら今しかない。僕はタングとボニーにとってよい父親でありたかったし、親ならばこういうことをしなければならない時もある。そのためにホームセンターで金属板や、鎖なり紐なり木材なりを買ってこなければならないなら、そうしようじゃないか。

実際、僕がしたのは基本的にはそういうことだった。ホームセンターで耐荷重百キロという、衣装箪笥用の耐久性の高いキャスターを見つけた。そばを通った陳列係のロボットに、このキャスターならこれくらいの高さの（と、床から百三十センチほどの高さを手で示した）鋼でできた小さな箱型ロボットを支えられると思うかと尋ねたら、大丈夫だろうとの答えが返ってきた。さらにキャスターの用途を伝えたら、親切なそのロボットはちょうどよさそうな幅の雨漏り防止用の金属板が置いてある場所を示し、それを適当な長さに切るよう助言してくれた。そして、目を泳がせる僕を哀れみ、希望のサイズに切りましょうと言ってくれた。ついでにねじとロープを僕に買わせた。ドライバーも。要は工具セット丸ごと一式だ。ロボットの給料が歩合制なのかどうかは謎だが、このロボットはその日の生活費をきっちり稼いだに違いない。

僕が工具類や材料でぱんぱんになった大きな買い物袋を複数抱えて玄関を開けたら、エイミーが目を丸くした。

「何それ……？」

「タングにローラースケートがほしいと言われてさ」

「いいわ、買ってあげましょ」

ロボットがローラースケートをほしがってもエイミーは少しも驚かなかったが、相変わらず眉を上げたまま訝しげに荷物を見ている。

「それがそう簡単にはいかないんだ。タングに合うスケート靴は売ってなくてさ。だから作ってみる」僕は足で蹴って玄関扉を閉めると、よろよろと右に折れ、荷物を抱えて車庫につながるドアに向かった。

「そっか。私も手伝おうか？」と、エイミーが言う。

「いい。ひとりでできる」きっぱり答えたはいいが、ぶっきらぼうに聞こえた気がして、僕は口調を和らげた。「自力でやってみたいんだ。その気になれば僕も日曜大工をできるんだってところを見せなきゃならない気がしてさ。そもそもここまで苦手にしていなければ、タングもいつまでもガムテープを胸に貼りつけているはめにはならなかった。僕にもちょっとくらいは日曜大工の才能があるのか、確かめてみたい」

エイミーはうなずいた。「わかるわ。じゃあ、紅茶でも淹れるわね」そして、僕の買い物袋に向かって頭を傾《かし》げた。「長丁場になりそうだから」

僕はほほ笑み、車庫のドアの取っ手を肘で押し下げた。

僕はエイミーのよく磨かれた、実用的ではない、娘が生まれる前からある車に傷をつけないよう、車庫から私道に移すと、買ってきた物を床に並べた。車庫に入って数分しないうちに家と車庫をつなぐ扉が開き、タングの形の影が工具類の上に落ちた。

「紅茶持ってきた。エイミーが、ベン、お茶必要って言った。僕、マグカップ持ってきた」タングは車庫の階段を慎重に下りると、ひざまずいている僕のそばまで来て紅茶を差し出した。料理上手への道のりは果てしなく長そうだが、マジックハンドの手でマグカップを掴み、ひとつの部屋から別の部屋へ、今回の場合はひとりの人から別の人へと運ぶのは得意だと、本人も自覚していた。タングは誰かに紅茶を運ぶことが好きだった。自分の存在価値を実感できるのだろう。

「ありがとう、タング、おまえは本当に優しいな」

タングはうなずき、僕の作業を見守ろうと、扉の前にある階段の一番下の段に座った。

「何してるの？」と訊いてくる。本当のことはあまり言いたくなかった。うまくいかなかったらどうする？　頑張ってはみたものの、まともに留められなかった金属板とキャスターの山だけが残ってしまったら？　だが、辛抱強く返事を待つタングに、僕も最後には正直が一番だと覚悟を決めた。

「ローラースケートを作るんだよ、タング。少なくとも作りたいとは思ってる」

タングがキャーと歓声を上げて勢いよく立ち上がり、僕の首に抱きついた。

「ありがとう、ベン！　ありがとう！」

僕はタングの小さな金属の背中をぽんぽんと叩いた。「言っておくけど、こういう物作りは初めてなんだ。失敗するかもしれない。うまく作れなくてもがっかりしないでくれよな」タングは体を離すと、じっと僕を見つめ、言った。

「僕、ベン信じてる。ベン、やり方見つける。ベンならスケート作れる、僕知ってる」そして、また階段に座った。仮に失敗に終わっても見られずにすむよう、タングにはあっちへ行っていてほしい気もしたが、希望に満ちた顔を見ればこの場を離れる気のないことは一目瞭然だったので、そのままいさせてやった。

三時間半後、紅茶四杯と、その後にビールも一杯飲んだところで、僕はタングの手を取り立ち上がらせた。互いに緊張していたが、ロボットの全体重がかかった瞬間、僕は安堵のため息をついた。ここまでは順調だ。ベン製のスケート靴はひとつ目のハードルは越えた。タングが立ち上がっても崩壊しなかった。

「どっちかの足を動かしてごらん、タング」僕が促すと、タングは右足を前方に出した。だが、その感覚が怖かったらしく、慌てて足を元に戻そうとしたら、勢いがつきすぎて今度は背後の階段に足をぶつけてしまった。

「大丈夫だよ」僕は声をかけた。「初めてローラースケートを履いた時はうまくいかないものだ。最初から滑り方を知っている人なんていないんだからさ」だが、タングは信じていない様子だ。「そうだ、こうするのはどうだ？　タングは一切動かずに、僕が引っ張るんだ。そうすれば車輪で動く感覚に慣れられる」タングは下からすくうように僕を見たが、言われるまま足をまっすぐの位置に戻し、僕が引っ張る間、じっと固まっていた。一分ほどして、タングの顔いっぱいに笑みが広がった。

「ベン、僕動いてる！　すーって動いてる、ガシャガシャいってない！　右とか左によたよたしてない！　これ、すばらしい！」最後のひと言に僕は驚いた。それはタングから聞く新しい単語で、彼が自分の気持ちを言葉にして表現できたことが僕は嬉しかった。スケート靴がうまく機能していることにも胸を撫で下ろした。

「よし、今度は片手だけつないで滑ってみようか？」

タングはうなずき、僕の左手を離した。僕はタングと並んで引っ張りながら、車庫内を進んだ。すべてが非常に順調に運んでいたその時、タングが勇気を出して自分から動いてみようと試みた。一方の足を蹴って床から離し、自分の体を前へ押し出そうとしたのだ。その試みはある程度成功した。タングはたしかに前に進んだ。不幸だったのは、勢いがつきすぎて僕の右手を離してしまい、跳ね上げ式の車庫のドアに突進してしまったことだ。そのまま激突したタングは横ざまに転び、車庫の扉には大きなへこみができた。タングの悲鳴を聞きつけ、数秒後にはエイミーが家から飛んできた。

「いったい何事？」

「何でもないよ」と答えながら、僕はタングを助け起こしに行った。「滑って転んだだけだ。どれ、体を見せてごらん」僕はその場でタングをぐるりと回した。どうやら扉の開閉に関わる構造部に激突したらしく、タングの側面にも大きなへこみができていた。思わず顔をしかめた僕を見て、タングが言った。

「ひどい?」

エイミーと僕は顔を見合わせた。

「いや、そこまでひどくはないよ。まあ、でも修理は必要だろうな。体の内側に痛いところはないか?」タングはかぶりを振った。「壊れているような感じがするところは?」やはりかぶりを振っている。「それならロボットの出張修理サービスを呼んでみよう。きっと治してくれるよ」タングの瞼が斜めに下りた。顔をしかめているらしい。「大丈夫、あっと言う間にきれいに治るから。約束する」

「ベン?」

「何だ、タング?」

「僕、もっとローラースケートの練習いるみたい。ベンの手、もう一回両方つないだ方がいいみたい」

十一　チャイルドロック

その日の午後にはロボットの出張修理サービスが来てくれた。機械工はニックという名の顎髭を生やした二十代の男で、だぼっとしたジーンズにシャツというだらしない出で立ちだった。ニックはタングを見るなり口笛を吹いた。

「うおっ、ずいぶんレトロなロボットだなぁ。アップグレードするつもりはないんですか？」

タングと僕はやれやれと顔を見合わせた。かつては、僕が本気でアップグレードを考えるのではないかと怯えたタングが僕の脚にしがみついていた時期もあった。だが、近頃ではお互いに冷静だ。そう言われるのは初めてではなく、むしろ耳にタコができるほど聞かされてきたし、これが最後になることもないだろう。

「いや」僕は答えた。「この子は特別だから。百万にひとりの存在だから。いや、一兆にひとりだ」

「わかった、わかりましたよ、お客さん」機械工は両手を上げた。「気に障ったなら謝ります」

「いやいや、いいんだ」そのつもりはなかったが、むっとして聞こえたらしい。「語れば長い話でね。それはともかく見立てはどうかな。へこみのことだけど」

ニックはタングの周りをぐるりと回ると、今度は前かがみになり、車高を高くして大きなタイヤを履かせた車みたいになっているタングの体を観察した。そして、鼻にしわを寄せた。

「あいにくこれを直せる道具は持ち合わせてないな。店に連れていってもらった方がよさそうです」

「店？」

「車の整備工場《ガレージ》です」

「だけど彼は……車じゃない」

「わかってます、大丈夫、そう呼んでるだけだから。雰囲気は手術室の方が近いかな。電子回路を扱うからいわゆるガレージより清潔です。埃を入れるわけにはいかないから。それでも何となく似ているところもあってガレージって呼びたくなるんですよ」

「まあ、そうなのかもな」

「ちなみに今日の午後も空きがあると思いますよ。よかったら確かめますけど」僕はうなずいたが、ニックは答えを待たずに頑丈そうな鞄から早くもタブレット端末を取り出していた。「うん、空いてる。一時二十分、二時四十分、三時五十分。都合のいい時間はあります？」

「あー、うん、どれでも大丈夫かな。とりあえず、そうだな、二時四十分で予約してみようか？」僕は何とはなしに同意を求めてタングを見た。タングは肩をすくめた。

機械工はタブレット端末を何度かタップした。

「よし、予約完了」

「君が担当してくれるのかな？」僕の問いに、ニックはかぶりを振った。

「いや、担当はディランです。大丈夫、あいつはいいやつです。その子をちゃんと直してくれますよ」ニックはタングの方を示した。

「そう言ってもらうと心強いよ」

「ひとつ確認ですけど、保険には入ってますか？」

「保険？」

ニックはもう一度タングの方を示した。

「彼、火災保険の補償範囲に入ってます？」

「えーっと……いや、わからないな。たぶん入ってないと思う」

「なるほど。いや、へこみとかそういう類《たぐい》は保険でカバーされてることがたまにあるんです。事故がどこで起きたかにもよるんだけど。とりあえずお客さんの保険会社に僕から電話してみますよ。カバーされてたら儲け物だから。「ロボットってのは金食い虫……」

ニックはふと口をつぐむと、タングを見た。「……いや、ほら、修理代が高くつくこともあるし」

「わかった、ありがとう、自分で電話するよ」

「他に今できることはありますか?」機械工が僕の最後のひと言は聞き流して言った。

僕はとっさに家周りのやるべき仕事を片っ端から思い浮かべた。消えなくなってしまった芝刈り機の照明、たまにリセットボタンを五秒間長押ししないと動かなくなる食器洗浄機。買った時からの不具合だ。ただ、その食器洗浄機に買い替えたのはちょうどエイミーと僕が和やかに言葉を交わせなくなっていた時期だったから、当時を思い出したくなくて故障の話を持ち出すことを避けていたのだと思う。

「特にはないかな、ありがとう」僕は短く答えた。

「了解です」ニックが名刺を差し出した。「また出張修理が必要になったら呼んでください」

「そうするよ、ありがとう」

ニックは僕たちににっと若々しく笑いかけると、ワゴン車に戻った。「それじゃあ、今日の午後二時四十分にディランがお待ちしてます」

そして、親指を立てると走り去った。僕は名刺で自分の顎をぺしぺしと叩いた。

「というわけで、タング。二時四十分だってさ」

機械工の勧めに従って僕は保険会社に電話した。

「あのー……うちのロボットなんですが、建物だか家財だか……よくわからないけど、その補償対象になってますかね」どう切り出すか、ろくに考えないまま連絡してしまったことに、電話をかけてから気づいた。

「これまでにお手続きの電話をいただいたことはございますか？」

「いえ、保険のことは今日まで失念していたので」

「そういうことでしたらおそらく補償対象には含まれていないでしょう。一般的にはロボットの価値は主契約に含めるには高すぎますので。メーカー名と型番を教えていただけますか？」

「えーっと」僕はまた口ごもった。「それが、そういうのはないんですよね」

「自作ということでしょうか？」

いや、それもちょっと違うんだが。

「はい、まあ、そんな感じです」

「かしこまりました」受話器の向こうからキーボードを叩く音がした。「ちなみに、お客様のロボットの主要機能は何になりますか？」

「ロボットの何ですか？」

「主要機能です。主な仕事は何になりますか？　どういった目的で作られたロボットなのでしょう？」

「ああ、そういうことですか。難しいな。購入品でもなく……単に、その、手に入れたものなので。まあ、あいつの主要機能は僕を怒らせることなんじゃないかって気がたまにしますけどね」僕が緊張気味に笑ったら、意外にも相手も笑った。

「ははは、そうですね、たしかにそんなふうに思えることもあります。単純極まりない命令を理解してくれず、言い方を変えて三回くらい言い直さないとわかってくれなかったりします。時々、彼らにも意思があるのではないかという気がします」

「そうなんですよ！」何だかんだ言って普通のロボットもタングとそう変わらないのかもしれない。沈黙が流れ、僕はオペレーターの質問に答えていないことに気づいた。

「彼の主要機能は……そうだな、ただそこにいることかな。彼は家族の一員なんです。それ以外に説明のしようがありません」

「コンパニオン・ロボットのようなものでしょうか？」

「まあ、そうですね。いや、いわゆるコンパニオンとは違いますが」僕は慌てて言い足した。アメリカのAI売春宿「ホテル・カリフォルニア」であらぬ誤解を受けたことを思い出したのだ。今回はそこのところははじめから明確にしておきたい。だが、オペレーターは淡々と確認作業を進めていく。またタイピングの音がした。

「ロボットの所有期間はどれくらいになりますか？」

僕はしばらく考えた。

「二年ほどになります」

「既存の欠陥はありますか？」

「ありません」僕は嘘をついた。

「定期点検は受けていらっしゃいますか？」

「えっ、何をですか？」

「定期点検です」

「いえ……その、どこで受けられるのかも知りません。定期点検のことも今まで頭になかったので」

「ロボット修理専門店に持ち込めば、どこでもやってくれますよ。よろしければご自宅近辺の修理店のリストをお出ししますが、インターネットで検索してもすぐに見つかるかと存じます」

「それなら大丈夫です。あとで……」〝修理に行くので〟と言いかけたのを、すんでのところで止めた。危うく嘘が露見して話が打ち止めになるところだった。

「少なくとも年に一度は定期点検を受けられることをお勧めいたします。中にはそれ

より も頻繁な点検が必要な場合もありますが、弊社では年に一度の点検のみをお願いしております」

「わかりました、検討してみます、ありがとう」

「こうしましょう、こちらの記録には最近点検を受けたと記載しておきます。お客様が近日中に点検を受けてくださるなら、同じことだと思いますので」

「ありがとう、そうしてもらえると助かります」

「ところで、価値についてお考えになられたことはございますか？」

「価値？ ロボットのですか？」

「ええ。減価償却を加味したお客様のロボットの時価はどれくらいだと思われますか？」

「あー……えーっと……ちょっとわから……」

その時、裸足のエイミーが腰にボニーを抱え、空いた手にトーストを持ってそばを通りかかった。

「エイミー」僕は受話口を手で押さえ、声をかけた。「保険会社にタングの価値を知りたいと言われたんだけど。どれくらいだと思う？」

「プライスレスよ」エイミーはそう言うと行ってしまった。

「それじゃ保険会社には通用しないよ、エイミー！」と彼女の背中に呼びかけたら、キッチンの奥から返事が返ってきた。

「他に何と答えろって言うの？　ばかげた質問をしたのはそっちでしょ！」

僕はため息をついて電話に戻った。

「あの子に値段はつけられません」

「ですが、ロボットを補償プランに含めるのであれば価値を申告いただかなくてはなりません。弊社としてもお客様の想定される再調達価格を知っておく必要がございます」

「そこが難しいところで、あいつの代わりなど調達できないんですよ」

「それはどういうことでしょうか？　再調達する資金がないということでしょうか？　それでしたらお客様のお力になれるよう弊社も最善を尽くし……」

それはどうだろう。所詮相手は保険会社で、僕の限られた経験に照らせばその反対のように思われたが、彼と議論するつもりはなかった。

「いえ、そういうことじゃないんです。ただ……ただ」僕は決断した。「すみません、無駄にお時間を取らせてしまいました。うちのロボットを補償プランに入れるのは無理なようです」

「ですが……。お客様がそうおっしゃるのでしたら承知いたしました。ただ……」

僕は彼を遮った。「いろいろ込み入ってるんです。うちのロボットは複雑な存在で、保険金請求の観点からあの子について説明するのは難しそうです。申し訳ない」

通話を終えると、僕はエイミーのもとへ行った。

「ごめん、エイミー、タングを保険に入れられなかった。あいつが自分を傷つけちゃった場合は修理費を全額自己負担するしかない」

「気にしないで」エイミーは特段驚きもしなかった。そして、驚かないわけを説明するように続けた。「そうなるだろうって教えといてあげればよかったわね」

「今さらどうもありがとう」僕の言葉にエイミーはにやりと笑い、ハイスツールからするりと降りると、そこら中をぐちゃぐちゃにしながら昼ごはんを食べているボニーからいったん離れ、僕の頬にキスをした。そして、部屋を出ていきがてら言った。

「ちょっとだけボニーを見ててくれる？　二階から本を取ってくるから」

タングと僕は午後二時三十五分に整備工場の前に車をとめた。受付は見当たらず、体のへこんだ戸惑い気味のタングを従え、きょろきょろと中を見て回っていたら、赤い髪を刈り上げスタイルにした小柄な娘が近づいてきた。自分がおじさんに思えてくるほど若い子で、若さゆえの屈託のない退屈そうな顔で僕を見上げ、ご用ですかと言った。僕は無意識に自分の髪をかき上げた。タングと出会う前から混じり始めていた白髪は、タングが来て以降目に見えて増えている。

「僕は――僕たちは――二時四十分にディランさんに修理の予約をしている者です」

彼女は腰のポケットからタブレット端末を取り出し、タップした。

「すぐに来ますので」という彼女の言葉が終わらないうちに、ディラン本人が大股で近づいてきて名乗った。いや、名札に名前が書いてあった。ディランは娘を睨んだ。

「それ、ポケットに戻すなよ、壊れちまうだろ」タブレット端末をしまいかけていた彼女に、ディランが釘を刺した。娘は敬礼をしてそそくさとその場を離れた。タングと僕はちらりと目を見合わせた。口論の場に居合わせるのはつねに気まずいものだが、店の従業員同士のものとなるとますます気まずい。

「すみませんね。僕がディランです」

「こんにちは」

「予約のことはニックから聞いてます」とほほ笑むと、ディランはタングに目をやった。「おおっ、すごい。ニックのやつ、冗談を言ってたんじゃなかったんだな。その子はたしかに〝特別〟だ」

第一印象は悪くなかったディランだが、彼が最後の言葉を、ご丁寧に両手の人差し指と中指を使って引用のジェスチャーまでしながら口にした瞬間、僕はつまらない男だと思った。一方タングはディランの言葉を額面どおりに受け取り、にかっと笑いかけた。

「僕、自分をへこませたの」と、教えている。

「ああ、かなり大胆にへこませたな」ディランは工場内に出入りする人や機械のせわしない流れの邪魔にならないよう、僕たちを片側へと促した。そして、タングの身長に合わせて体をかがめると、へこみをじっくり観察した。

「治せる？」

タングが自分で修理の交渉を進めていくので、僕は何も言わず、いつでもタングの援護射撃をする用意があるんだからなと、ディランの後頭部を睨んでいた。

「ああ、治せるよ。ちょちょいのちょいだ」ディランは立ち上がると、僕に尋ねた。

「彼のライセンス書類は手元にありますか？」

「またそれか。ついさっき、その話を保険会社としたばかりなんですよ。タングにライセンスはないし、保険にも入ってないし、チップも埋め込まれてません」

「うーん」

さらに言葉を続けようとしたディランを、僕は遮った。

「今挙げたものがないと、へこみは直せないと言うつもりなんでしょう？」

「あー……まあ」

僕がいら立ち唸ったら、タングが前に進み出てディランのズボンの裾を片方摑んだ。彼を見上げ、何度か瞬きをする。

「ベン、僕にチップ埋め込む。予約した。でも、僕今すぐ修理必要。へこみあると、僕悲しい」

チップ埋め込みの予約などしていないのだが、機転を利かせるタングに僕は感心した。それと同時に、タングの口からさらりと嘘が出たことに改めて不安を覚えた。決意の揺らぎ始めたディランに、タングがとどめの一撃を加えた。

「おーねーがーいーーーー……」

ディランはため息をついて周囲を見回すと、僕の方に身を乗り出した。「わかりましたよ。今回だけは特別に修理します。でも、それは彼をあんな姿で歩き回らせたくないからだ。そんなのかわいそうじゃないか。それに、あんな状態でこの工場を出ていってもらっても困る。ひどい頭で床屋から出ていくようなものですからね。言っている意味、わかります？」

「ええ、たぶん。ありがとう」僕はディランへの好感を取り戻した。

「所要時間は、そうだな」ディランは金属製の腕時計に目をやった。「四十分くらいかな。その頃に戻ってきてもらえますか？」

「付き添うことはできないんですか？」

タングはディランのズボンから手を離し、僕の脚にしがみついた。「ベンも一緒じゃなきゃやだ」

ディランは肩をすくめた。「そこは頑張ってもらうしかないな。奥の修理エリアにお客さんを入れるわけにはいかないんですよ、ここの従業員以外は保険の対象外なので。これに関しては例外は認められません。申し訳ないけど」

僕はタングを見下ろし、脚から離れさせた。「いいか、相棒、修理にはひとりで行ってもらわなくちゃならない。でも、タングが出てくる時にはちゃんとここにいるからな」

タングは聞き分け、ディランについて奥へ入っていった。

僕から引き離されるという試練はあったものの、ディランの修理の腕にいたく感じ入ったタングは、誰かが自分を見るたびにへこみがあった体の側面を見せびらかした。タングの嘘を真《まこと》に変えようと、僕はチップ業務センターに予約を入れたが、いざタングを連れていく段になると良心が咎めた。僕はたとえそれが楽しいどっきりのためであっても、タングに隠し事をするのが好きではない。タングの作り主のボリンジャーを、彼の暮らす南太平洋の孤島に訪ねた際、その理由をうっかりタングに伝えそびれて以来、ずっとそうだ。あの時、僕がタングにきちんと事情を話していれば多くの苦しみは避けられたはずで、同じ過ちを繰り返すことになったらと思うと不安だった。チップを埋め込むことを前もってタングに教えるべきだったのではないか。伝える機会ならあった。ただ、修理の時と同様に今回も僕たちは引き離される恐れがあり、それを知ればタングはかなりの確率で車に乗らないと言い出すだろう。だが、チップの埋め込みは避けては通れない。

チップ業務センターに向かう道中、僕はどう説明すれば怯えたタングが車のドアを開けて歩道へ身を投げるような事態を避けられるか、考えた。

「空港に行った時のことを覚えているかい……」

「プレミアムーーーー！」当時を思い出し、タングが小さな声で嬉しそうに言った。

「いやいや、その時じゃなくて、アメリカから日本に行った時のことだよ。それは覚えてるかい？」

タングは助手席に沈み込んだ。テキサス州ヒューストンの国際空港での、出国ゲートの手前から向こう側への移動は愉快なものではなかった。僕は会話の糸口を間違えた気がした。

「うん」タングはそれだけ言うと、ガムテープをいじった。

「チェックインカウンターと保安検査場の優しい係員さんたちのことは覚えているかい？　タングのチップが壊れていたにもかかわらず、通してくれた人たち」

「うん」タングが少し元気を取り戻した。あの時の体験全般を思うと、あのふたりはもはや天使だ。

「なぜタングにチップを入れておかなくちゃならないのかは、わかるかい？」

「うん。持ち主わかるため。住んでる場所わかるため。僕迷子になった時のため」

「そのとおり！」タングの最後のひと言と、おかげで自分の仕事がずいぶん楽になったことに僕は気をよくした。それでもチャイルドロックはひそかにかけておいた。

「そう、万が一タングが迷子になった時のためだ。そんなことになったら本当に困るからな。おまえをなくしたくはないからさ」

「やだ……やだ……やだ……迷子、やだ！　やだ！」動転したタングが手足をじたばた振り回し始めたので、僕はいったん車をとめるはめになった。タングがこちらを向いてパニック状態で僕のシャツを掴んだ。「僕をなくさないで、ベン！　ずっとずっとタングを見つけて。お願い！」

「わかってるよ、タング、それこそが肝心でさ。僕がタングに話したかったのもそのことなんだ」タングは戸惑いながらも僕の腕を離した。「いずれはタングのチップを交換するか、せめて修理をしなくちゃならないことは、お互いわかってただろう？　いつかボリンジャーに見つかるんじゃないかなどとは考えたくもないけど、万が一ジャスミンが僕たちの居場所を彼に伝えてしまった場合に備えて、タングの住所を明確にしておいた方がいい。タングの帰る場所がどこかを。それは僕たちのところだって」僕は言わずもがなのことをつけ加えた。タングは一分ほど僕の言葉に考えを巡らせていた。やがて助手席にまっすぐ座り直すと、前方を示した。

「ほら、ベン、運転続けて」と、指図する。「チップ交換しないと」

「そうだな、タング……いい考えだ」

十二　ライセンスとチップ

チップ業務センターで待っていたのは門前払いに近い対応だった。ガシャガシャと音を立てて真っ白に輝く受付エリアに入り、予約を告げたまではよかったが、タングにライセンスがなく、購入証明などというくだらないものもないと判明するなり、相手は一切の関わりを拒んだ。

「でも、チップならすでに埋め込まれてるんですよ、それを何らかの証明とするわけにはいかないんですか？　壊れているとはいえ……」

「申し訳ございませんが、それは致しかねます。どこかから拾ってきたチップという可能性もございますので」

それは全くそのとおりで、チップはタングが拾ったものだった。それでもこの対応は腹立たしい。きびすを返して車に戻り、乗り込もうとしていたら、受付係が走って追いかけてきた。

「お客様」と呼びかけながら僕にさらに近づき、周囲に視線を走らせた。そして、人に聞かれる心配がないことを確かめると続けた。「私のいとこが同じ問題で困ったことがあるんです。パブである男からロボットを譲り受けたとかで。本来ならお教えしてはまずいんですが、この先にあまりうるさいことを言わない店があります。この意味、おわかりになりますね。何か書くものはありますか？」僕は車内を見回し、ドアポケットに突っ込まれたコーヒー店の紙ナプキンを見つけた。受付係はボールペンをカチッと鳴らすと、住所を書いてくれた。

「私の紹介だということは伏せておいてくださいね」と念を押し、ウィンクをして建物内に戻っていく。

「ありがとう」背中に呼びかけたが、受付係は振り返らなかった。「おいで、タング、次の選択肢を当たってみよう」

怪しげな紹介先の正体は、本業の傍らチップの埋め込みもしている修理店だった。正規のチップ業務センターの男の言葉どおり、何も訊かれなかった。髪型の怖い大柄な女性に状況を説明したら、彼女は共謀者よろしく僕とタングににやりと笑いかけてきた。

「事情はわかりました。ちなみに、彼に知覚能力や意識はありませんね？」と、僕を睨むように見据える。タングが彼女を、次いで僕を見上げた。

「僕、あるよ」と、誇らしげに伝える。だが、女性は僕だけを見続けた。

「えー、その、彼が言うとおり……」

女性は盛大なため息を漏らすと、目をぐるりとさせた。

「彼に。知覚や意識は。ない……そうですよね？」

そこでようやく彼女の言わんとしていることに気づいた。タングも同時にはっとした。

「ああ……いや、もちろん、知覚も意識もありません」僕は答えた。

「えーっと……ウィーン」と、タングも言う。「カチッ。ポン」

「よかった。それではこちらへ。少しお待ちいただくことになりますが、そう長くはかからないと思いますよ。簡単な作業ですから」女性は僕たちをマジックミラーらしきものと、ぐらつくテーブルと椅子のある控室に案内すると、僕に座るように手振りで促した。タングは立ったままだったが、本人はそれで満足らしかった。女性が部屋のドアを開けたまま出ていったので、待っている間、僕たちは外の様子を眺めていた。しばらくして、僕は彼女がドアを閉めていってくれたらよかったのにと思った。

そこは倉庫、というより飛行機の格納庫に近く、納屋などによく見られる波形プラスチックの屋根と波形のコンクリートの壁に囲まれ、車庫でお馴染みの跳ね上げ式のドアが表に面して三つ並んでいた。かつて車の修理工場だった場所をロボット修理用に再利用したのだろう。何しろ最近では車の修理といってもその大半は搭載コンピュータの不可解な暴走を止めることを意味する。

ロボットの体の部品が、肉を吊り下げるためのおぞましい鉤に引っかけられたり、木製の作業台の上に広げられたり、万力に挟まれたりして、建物内のそこここに散らばっていた。四、五人の男女が溶接用の面をつけ、パネルやリベットの上に上体をかがめている。これといった安全策を取るでもなく、火花が盛大に散っていた。建物内全体にエンジンオイルと、それとは別の特定できない匂いが充満していた……パーティ用クラッカーを鳴らした時に感じる、焼けるような匂いだ。無煙火薬かもしれない。

タングは不安げだった。

「こんなところに連れてきてごめんな」僕はタングの手を握った。「でも、他にどうしようもないんだ。チップを埋め込まないとおまえのライセンスをもらえない。だけど、僕がタングの持ち主だと証明できない以上、さっきのきれいな場所でチップを入れてもらうわけにはいかないんだ」

タングはしばらく僕を見つめると、言った。

「いいの。大丈夫。わかってる。僕、ベンの持ち物じゃないから証明できない」

「いや、そういうことじゃ……いや、そうだ。タングの言うとおりだ」タングがいくら自立したロボットでも、法律上は誰かが彼を所有しなくてはならないのだとは、僕にはとても言えなかった。

僕は立ち上がって部屋のドアを閉めた。

埋め込み用のチップガンは刺青ペンに似ていた。実際に見たことはないから、僕の想像する刺青ペンと似ているだけだが。もしくは耳にピアスの穴を開ける道具に似ている。こちらはブライオニーが十四歳の時にピアスの穴を開けたがり、両親がうんと言うまで駄々っ子みたいに足を踏み鳴らし、なぜか僕までショッピングセンターに連れていかれたので見たことがある。それはともかくチップガンの見た目の恐ろしさに、ひと目見るなりタングは目を剥いた。瞼が頭の中に完全に引っ込むほどの勢いだった。

埋め込み担当者は痛くはないと請け合った。

「俺はもう何百回とこれをやってきたんだ」男がコーヒーの着色で黄色くなった歯を見せて笑った。「痛くないよ。ほとんど。ちょっと押し込まれる感じがするだけだ」

男はタングの肩にあるリベットとリベットの間にペンチを差し込み、タングが僕と出会う以前に自ら差し込んだ壊れた古いチップを取り出した。口笛を吹き、へこみのある菱形の物体を傍らのトレイにポンと落とした。続いてチップガンを手に取り、同じ位置のより深い場所に狙いを定めた。引き金を引いたらガチッと音がして、それであっけなく終了だった。

「あれっ」と、タングが言った。「僕、もっと大変と思った。簡単だったね」

「しーっ」僕はタングを睨んだ。「タングはただの機械ってことになってるんだぞ」

「あっ、そうだ、ごめん」返事をされては状況は悪くなるばかりだ。と、次の瞬間、タングが古いテレビやラジオの雑音みたいな音を立て、異国の悪態らしき単語をいくつか発した。そして、〝僕には知覚も意識もないですよ〟という演技にしては少々やりすぎだと僕が思ったその時、タングの内側から何かが弾ける音がして、彼は見る限りはいつものタングに戻った。

「何？　何でそんな顔してるの？」

タングの言葉に、チップの男と僕は顔を見合わせた。

僕はいったん開いた口をまた閉じて、今しがた起きた出来事は気にしないことにした。チップの男はピアスをした眉を上げて僕を見た。

「今のは一切聞かなかったことにしておくよ」ありがたい申し出に、僕は笑顔を返した。「さてと、埋め込みは完了。机にいるジーナに住所を渡してもらえれば、彼女がその場で名前と住所をチップに登録してくれるから」

「ありがとう」僕は彼の手を取り握手した。「本当にありがとう。気にかかっていたことが解決して心が軽くなったよ」

だが、あいにく一連の手間は腹立たしいほどに徒労に終わった。

「購入証明?」受話器の向こうから告げられた言葉がにわかには信じられなかった。

「はい、領収書か請求書で結構です」ライセンス登録事務所の女性は淡々と言った。

僕は小声で毒づいた。さんざん苦労してタングにチップを埋め込んだのに。どうしていいかわからず、僕は時間を稼ぎ……嘘をついた。

「それは、その……持ってないんです。引っ越しの時になくしちゃって。それでも彼にはうちの住所が登録されたチップが埋め込まれています、それではだめなんですか?」

「残念ながら。その気になれば誰でもロボットにチップを埋め込めますので。そのあたりは法の厳格化が検討されていますが、何しろ新しい制度ですので、抜け穴をひとつずつ潰す作業の最中なんです。ですから、当面有効なのは購入証明のみとなります」

「仮に僕が自分で製造したロボットだとしたらどうなるんです?」

「AI製造許可証はお持ちですか?」相手の口調が一変し、僕はこの線から攻めるのは非常にまずいのだと瞬時に悟った。

「いえ、持ってません、単なる仮定の話です」と、慌てて言った。「僕が作ったわけではありません」

「安心しました。当局が過去に遡ってロボット製造の許可証を発行することはまずありません。もし自作されていたなら、かなり厄介なことになっていましたよ」

ボリンジャーの犯罪リストに〝ロボットの無許可製造〟も加えよう。そう考えつつも果たして無許可なのかは不明だった。ただし、事故を起こした案件に携わっていたのだから、許可があったとしてもどこかの時点で一度は失効したと考えるのが自然だ。そして、その後改めて許可を取得した——いや、できた——とは思えない。僕はため息をついた。許可は失効していたはずだ。そうでなければ当局もボリンジャーがタングにしたことを把握していたはずではないか。当局がＡＩ製造を許可制にしているのはそのためだろう？

「こうなることを恐れてたのよね」僕がライセンスとチップにまつわる遺憾な顛末を説明すると、エイミーはそう言った。

「そんなこと一度も言わなかったじゃないか」つい非難がましくなってしまった。こうなることが最初からわかっていたのなら、なぜ僕が駆けずり回るのを止めずに見ていたのか。僕はその疑問をエイミーにぶつけた。

「わかっていたわけじゃないからよ。私はそうなることを恐れてたと言ったの。そうなると思ってたわけじゃない。ひょっとしたら万事うまくいって、私の心配は杞憂に終わってたかもしれない。それなのに、〝ねえ、ベン、私ならわざわざそんな手間はかけないわ、どうせ門前払いを食らうだけだもの〟なんて言うのはおかしいでしょ。あなたはチャレンジしなくちゃならなかった。私たちはチャレンジしなくちゃならなかった」

エイミーの言うとおりだった。

「ごめん」謝ると同時に怒りが湧いた。エイミーにではなく、自分とこの状況に対してだ。僕は、庭の定位置に空中停止して、防犯装置の忌々しいレーザービームよろしく赤い光を左右に動かしているジャスミンを指し示した。

「八方塞がりだよ。たとえボリンジャーが一生現れなかったとしても、購入証明も所有者証明もないんじゃ、タングのライセンスを取得できない。ライセンスなしでは定期点検も受けられない。それは修理工場の人にはっきり言われた」

「でも、タングを保険に加えないなら……」

「もちろん、そのための点検は必要ない。だけど、この先あいつの調子がおかしくなったらどうする？　エイミーはパラオのホテルにいなかったからわからないだろうけど、あの時は本当にひどかった。あんな思いは二度とごめんだ」

エイミーはうなずいた。かつてのふたり旅の道中、タングは日射病になり、危篤だか何だか、とにかく意識を持つロボットにとって危ない状態に陥った。「あの時、ホテルに何も訊かずにタングを助けてくれる技術者がいて本当によかった。あれこれ訊かれる可能性があるとは当時は考えもしなかったから。なぜタングをそばに置きたがるのかと問われることには慣れたけど、そもそもタングを所有する許可があるのかと訊かれたことはない」

「ホテルとしては、一緒に旅をしているのだから、当然あなたが所有しているものと思ったんでしょう」

「今回の件は全部僕が悪い。僕がボリンジャーを探しになど行かなければ、タングが僕といることを知られることも、こんな厄介な事態を招くこともなかった……」

「そして、今頃タングは死んでたでしょうね。シリンダーのひびが大きくなって中の液体が漏れ出たら、それで一巻の終わりだったはず。起きたことにはすべてちゃんと意味があるのよ。自分を責める必要はない。責めてはだめよ」

「他にも心配なことがあるんだ。チップを埋め込んだ時、タングがおかしくなってさ」

「どんなふうに？」

「説明するのは難しいんだけど。タングが知るはずのない妙な単語を発してた。外国語も交じってた気がする。定かではないけど。とにかく変だった。タングがまた壊れたらと思うと不安だよ。せめてもの救いはチップを埋め込めたことだ。少しは前進だよな」

　エイミーは僕に腕を回し、落ち着くまで髪を撫でてくれた。

「カトウにメールしてみたらどう？」エイミーが言った。「修理店でのタングの様子を説明して、思い当たることがないか訊いてみるの。ボリンジャーに訊くのが一番だろうけど、次善の策ではあるでしょう？」

「いい考えだ。そうするよ」タングと僕が旅の途中で友達になったカトウ・オーバジンのことは、エイミーにも話していた。少し前まで東京に住み、今は最愛の女性リジーとテキサス州のヒューストンで暮らしている。ふたりを結びつけたのは僕なんだと皆に自慢して悦に入ったこともあるが、リジーについてはあまり触れない方が賢明だ。

「前にも言ったはずよ」長い間《ま》のあとでエイミーが言った。「一緒に方法を見つけましょって。あなたとタングは本当に多くのことを一緒に乗り越えてきたんだもの。誰にもふたりの間を引き裂けやしない。ましてや国外追放になった札付きの犯罪者になんて。仮にジャスミンが位置情報の送信に成功してボリンジャーが私たちの居場所を突きとめたとしても、この国に来ることさえ叶わない可能性も高い。ああいう人を易々と入国させないための措置は講じられているはずだもの。ボリンジャーにとっても簡単ではないはずよ」

「あいつは何でわざわざここまで来ようとしているのかな。ジャスミンを送り込んで、僕たちを見つけ次第自爆させるなり何なりすればすむ話じゃないのか？　その方がずっと簡単だろうに」

「タングを本気で取り返したいんでしょうね。だけど、タングがジャスミンと一緒にここを離れるわけがない。となると、ボリンジャーが自ら出向いてくるしかない」

「だけど、あいつはタングを愛してない。たぶん好きですらない」

「それでも誇りには思ってる。自分の技術とタングの学習の進み具合を誇りに思ってる。だけど、新しく作ろうと思ったらゼロから始めなくちゃならない」

「ジャスミンのことは作った」

「そうね、そしてタングを見つけ出すためにここに送り込んだ。それはつまり、ボリンジャーにはゼロから作り直す気はないってこと。タングを取り戻して、研究用ラットみたいに突っつき回して実験して……」

「もういいよ」

「ごめん」エイミーは自分の言葉を改めて思い返し、小さくしゃくり上げるように息をのむと、涙を拭った。「絶対にふたりで打開策を見つけましょ」

十三 動力

タングの機械部分の修理をどうするのかという問題は、誰も予想しなかった速さで現実のものとなった。その日僕は、ジャスミンのこともついに確定してしまったエイミーの解雇のことも、お互いに忘れて過ごそうとエイミーをランチに連れ出した。ボニーとタングはブライオニーに預けてあった。電話が鳴ったのは、二皿目のアミューズブーシュを終えてメイン料理を待っている時だった。無視することもできたが、まあ、幼い子どもがいるとそれはしたくない。表示されていたのは知らない電話番号だった。

「もしもし?」

「ベン?」

聞いた瞬間に声の主《ぬし》がわかり、肩の力が抜けた。だが、安心するのは早かったようだ。

「カトウ? わあ、久しぶりだな、お元気ですか? リジーはどうしてます? 送ったメールは届きましたか?」

「元気ですよ、ありがとう。ふたりとも元気です。リジーも」カトウはそこで言葉を切った。まだ言いたいことがあるが、どう切り出せばいいか迷っている様子だ。それにカトウは僕の質問にも答えていない。

「ところで今日はどうしたんですか?」僕は助け船を出した。

「何から話せばいいのかわからないのだけれど」と、カトウは言った。「今もタングと暮らしていますか?」

「もちろん。今は赤ん坊と留守番中だけど。僕はエイミーと外でランチをとっているところで」

またしても沈黙が流れた。

「それはお邪魔をして申し訳ない。ただ、ヒースロー空港からベンの家に向かっているところだとお伝えしておきたくて」

「えっ、今?」

「はい」

状況が違っていたならカトウが訪ねてくれるという知らせを僕は喜んだだろう。だが、彼の声音の何かが引っかかった。

「なぜ?」発した声はからからに乾いていた。

「至急相談しなければならないことがあるんです。あなたとあなたのご家族と……それからタングと」

ひやりとした寒けを覚えた。誰かがどこかのドアを開けたせいだと思いたかったが、そうではなさそうだった。

「カトウ、いったいどうしたんですか？」

カトウは言うべきことの切り出し方を再度迷い、すべての母音をひとまとめにして押し潰したような声を漏らした。

「あのロボットは放射能を持っているかもしれません」

二十分後、エイミーと僕が玄関を突き破らんばかりの勢いで家に駆け込んだものだから、めったなことでは動じないブライオニーもさすがにぎょっとしたらしい。それまで裁判記録を手にソファに横になっていたのに、はっと上体を起こして背筋を伸ばしている。天敵のハヤブサでも見つけたミーアキャットみたいだ。

「ボニーはどこ？」エイミーはすっかりパニック状態だ。ブライオニーは廊下を示した。

「子ども部屋でお昼寝してるわ。何で？」エイミーは二階に駆け上がった。

「タングはどこだ？」

「あの子は庭よ。ちょっと様子がおかしかったから、馬を見ておいでって外に出したの」（草原の馬たちを裏庭から眺めるのはタングのお気に入りの趣味で、彼が我が家の庭に流れ着いたのも馬が大きな理由だった……それもまた別の話だが）

「おかしいって、どんなふうに？」

「怒りっぽかった。どんどん興奮して、盛大なメルトダウンでも起こしそうな感じだったわ」

僕は息が止まった。

「メルトダウン？　メルトダウンってどういうことだ？　どうなるって言うんだ？」

「癇癪を起こすってだけのことよ」

「癇癪？」

「そう、癇癪。でも、癇癪なら今までも何百回と起こしてきたじゃない。そのうち落ち着くわよ。それがどうかしたの？　いったい何が起きてるの？」

僕がカトウからの電話について説明すると、ブライオニーは見る見るうちに青ざめた。やがて、何を思ったか立ち上がって家の一階のカーテンを片っ端から閉め始めた。

「いったい何の真似だ、ブライオニー？」

姉は静かにというように、両手で上から下に押さえつける仕草をした。

「カトウがあなたを訪ねてくるなら、彼らもそれを把握してるはず。もういつ現れてもおかしくない。カトウより先に彼らにタングを見つけられたら、連れていかれちゃうわ」

「〝彼ら〟って誰だ？」

「ボリンジャーを監視してる人たちよ。彼を島に隠居させた人たち。当然、ボリンジャーの動向には目を光らせているはずでしょ？」

グリシャムの小説じゃあるまいし、ちっとも姉らしくない。僕はまともに取り合う気になれなかった。

「スリラーものでも読んでたのかい、ブライ？」だが、無言でぎろりと睨まれた。僕はため息をつき、お湯を沸かしてくるからカーテンを開けておいてくれと頼んだ。

だが、結果的に正しかったのはブライオニーだった。

カトウは電話での言葉どおりに、僕がブライオニーに状況を説明し終わって十分もしないうちに到着した。玄関の呼び鈴を聞きつけ、エイミーがボニーを連れて一階に下りてきた。ボニーははいはいするから床に下ろせと体をよじらせている。エイミーはカトウを温かく迎えた。少なくとも、近隣一帯に死と破壊の脅威を運んできた初対面の相手を温かく迎えようと頑張ってはいた。不吉な警鐘を鳴らすカトウは、さながら我が地元のハーリー・ウィントナムに現れたガンダルフ（訳注：『指輪物語』などに出てくる登場人物）だった。

エイミーはボニーの足元に下ろすと、庭にいるタングを呼びにいった。僕はカトウにブライオニーを紹介すると、お茶を淹れて話をしようと彼をキッチンに案内した。友との再会の喜びはカトウが運んできた知らせを前にしぼんでしまったが、カトウがここに来たということは何か解決策があるのかもしれない。そうであってほしい。

「ボリンジャーについて聞かせてほしいという人物が何人か訪ねてきたんです」カトウが切り出した。「僕がボリンジャーと働いていた頃のことや、事故について知っていることを教えてほしいと言われました」

「ボリンジャーの〝事故〟？　それって実際には全部彼の仕業だった、あの事故のことですか？　ボリンジャーの生み出したロボットの一団がおかしくなったから、開発に携わっていた技術者もろとも殺してしまったという。あれのことですか？」僕はカトウを訪ねてきたという人々を想像してみた。ダークスーツを着てサングラスをかけ、首筋に沿ってコイル状のイヤホンコードを下げている。僕は紅茶をひと口飲んだ。

「いえいえ、それとは別です。あれはボリンジャーがＡＩ界を追放されるに至った、いわば最後の引き金でした。でも、その前にひとつ目の事故がテキサスであったんです。僕はそこにはいなかったし、ボリンジャーと出会ったのもそれよりあとのことです。今にして思えば、最初の事故は始まりに過ぎなかった。本来ならその時点でボリンジャーに開発をやめさせるべきだったんです」

僕はマグカップに紅茶を吐き出した。カトウの言葉にいやな予感がした。

「テキサス？　テキサスのどこです？」と尋ねたが、カトウの返事は曖昧だった。

「正確なことはわかりません。知っているのは、どこの街からも極力離れた場所に施設が建てられ、そこで働く人々を支えるためだけに新たな町が造られたことだけです。事故後、町は閉鎖されました。今も閉鎖は解除されていないはずです。今頃は廃墟と化しているでしょう。あの場所に住もうという者はいないでしょうから」

「ひとりいますよ」僕は口の中がからからに渇いていた。カトウは当惑している。

「そこはたぶん、ヒューストンに向かう途中でタングと僕が通った場所です。道を間違えちゃって。寄る予定なんて全然なかったんだけど。あそこにはダックスフントが住んでますよ」僕はふっと笑ったが、愉快ではなかった。「僕たちはあの町を犬一匹《ワンドッグ》の町と呼んでいた。まさかあそこが廃墟となった原因がボリンジャーにつながっていたとは」

カトウは無表情だった。僕たちと原子力災害の現場とのつながりを知っても感情を表すことなく冷静だ。そもそも驚いていないのかもしれない。

「カトウはそこで何があったと考えてるんです？」僕は尋ねた。

「想像するにボリンジャーはテキサスでの事故後にウランをいくらか持ち出したんで

しょう……念のために。開発中のアンドロイドの動力源として使う研究を、当時からすでにしていたのかもしれない。あくまで推測ですが。ボリンジャーは使えそうなものは集めておきたい性分でしたから」

僕は短時間ながらボリンジャー宅に滞在した際のことを思い返した。あの時彼は、持ち込めるものはすべて島に持ち込んだと得意げに話していた。タングはボリンジャーがさまざまな職場からくすねてきたくず鉄や技術からできている。どうやらそこには放射能を持った心臓部も含まれていたらしい。

「ボリンジャーを監視中の当局にしてみれば彼の存在は汚点だ。彼らはいまだにボリンジャーがテキサスで起こした事故のお役所的な後始末に追われている。もっとも盗まれたウランの行方を今になって探している理由は謎ですが……盗まれている事実にお粗末にも今まで気づかなかったのか、もしくは探してはいたが、ありかを突きとめたのが最近なのか、僕にはわかりません。重要なのは、ボリンジャーが所持していたことを彼らが把握し、今頃はウランが使われた用途も摑んでいるはずだということです。タングがここにいると突きとめるのも時間の問題でしょう」

「ジャスミンが位置情報の送信に成功すれば、なおのことね」エイミーが言った。

「ボリンジャー経由であろうとなかろうと、当局はあなたたちを見つけ出します」カトウはあっさりと言った。「この件は公にはしたがらないでしょうが、ウランを回収するまでは帰らないはずです」

「だけど、ウランはタングの心臓なんですよね？　取り出されたらタングは死んでしまう」僕は腰の辺りに噴き出した汗が体の側面を流れ落ちるのを感じた。

「訪ねてきた男たちは追い返しました。でも、その直後にあなたからのメールが届いた。あなたが目にしている現象は、当局の者たちが防ごうとしている重大事故の前兆である可能性が高い」カトウは僕の肩に手を置いた。「僕がここに来たのは事態を解決できると思ったからです。彼らにタングを壊させるわけにはいかない。そんなことはさせません。僕ならタングの心臓を交換できます」

カトウからはいまだ具体策は示されていなかったが、そんなことはどうでもよかった。彼のことは信頼していたし、極秘で動いている、失態を犯した政府当局者が僕の親友を殺すのを回避できると言うのなら、その策を聞きたい。ほっとしてカトウを抱きしめたら、彼は男同士の抱擁に戸惑いながらも僕の背中をぽんぽんと叩いてくれた。

そして、僕が抱擁を解くとカトウは僕の腕時計を指差した。

「それは自動巻き発電式の腕時計ですね？」

「そう。着けている人が動くたびに自動で発電と充で……」ふいにカトウの考えが読めた。どのように機能させるつもりかは知らないが、ウランの心臓と同様に、理屈としては通っている気がした。「でも、時計ではタングの命を支えるには力が足りませんよね？」

「そうですね」カトウは人差し指を立てると、持参した鞄をひとつ、廊下から取ってきた。「でも、原理は一緒です。あとは適切な畜電池が必要なだけだ」そして、指で鞄を軽く叩くと、にっこりほほ笑んだ。


タングは豆の缶詰みたいに体をぱかっと開けられることに乗り気ではなかった。彼の命を支える機械部分を取り出し、きちんと働く保証のないものと交換すると聞かされてはなおさらだ。消極的なのはエイミーとブライオニーも同じだった。カトウを知らないふたりにしてみればやすやすとは信頼できない。ふたりともダークスーツの男たちを待ち受け、法というフィールドで闘う気満々だった。

「私たちは法廷弁護士よ」と、ブライオニーが思い出させるように言った。「あなたのものを奪いにくる輩《やから》には、相当手こずることを覚悟してもらわないとね。追っ払ってやる」

「あのさ、向こうにとっては僕らのものかどうかなんて関係ないんだ。タングが特別だってことも。相手はタングを放射能を持つ脅威としか見てない。そこを考えないと」

ブライオニーが低く唸って腕組みをした。

「仮にボリンジャーがタングを奪おうと企てなくても、彼を監視中の軍隊だか何だかが奪いにくるなんて」と、エイミーが手のつけ根で目をこすった。揉めている僕たちの間でタングが足を交互に踏み換え、やがてその足元に水たまりならぬ油だまりができた。

「布巾を取ってくるわ」ブライオニーが言った。

「手術しか方法がないんです」カトウが懇願した。「僕はボリンジャーと働いていた。彼の手法も知っています。絶対に成功させますから。タングを死なせはしません」

エイミーはうなずいたが、タングはまだ納得していないようで、僕が汚れを拭こうとする間も絶えず足を踏み換えていた。

「タングと話をさせてくれ」しばらくして、僕はそう言った。「ふたりきりで。僕から状況を説明してみる」カトウはうなずいたものの、気遣わしげな様子だった。

「急いでください……あまり時間がない」

僕はタングの手を取ると、彼を連れて廊下から居間を抜けて裏庭のテラスに出た。

「ベン、何が起きてる?」

僕はその場にしゃがんでタングと目の高さを合わせた。

「カトウは、タングは危険かもしれないと考えてるんだ」僕はできるだけ穏やかに切り出した。

「カトウ……僕が……き、けん？　でも……何で？」

「ボリンジャーが、タングを動かす力として、盗んだ原子力用の材料を選んだからだ。普通の電池を使うこともできたのに……そうしなかった。しなかったんだ。全くボリンジャーらしいよ」僕は全身を覆うぴりぴりとした不安がタングに伝わってはいけないと、それを追いやるように片手で髪をかき上げた。それでもタングは再び足を左右交互に踏み換えて不安げな顔をした。ドーム型の瞼の外側が困ったように下がっている。

「僕、違うって言うよ？　カトウに、僕傷つけないって言う。僕、人大好き。人の赤ちゃん、出てくるお手伝いする人になりたいんだよ？　僕、人傷つけたりしない。僕危険にならない」

「わかってる。タングがけっして人を傷つけるつもりのないことは僕もわかってるし、カトウもそうだ。だけど、ボリンジャーがタングの体に入れた物はもういつ壊れてもおかしくなくて、そうなったらタングもタングの周りにいる人もみんな、怪我をしてしまう。とてもひどい怪我を」

「みんな……死んじゃう？」

僕は迷った。遠まわしな言い方をすべきか、直截に伝えるべきか。

「そうだよ、タング。もし壊れたら、大勢の人が死ぬことになる」

「でも、何で壊れる？　僕壊れてない。もう壊れてない、僕直した。ベン忘れちゃった？」

胸が詰まって耐えられなくなりそうだった。僕はタングを抱きしめた。

「よく覚えてるよ。でも、今問題なのはタングの冷却剤が入っているシリンダーではないんだ。問題なのは……たぶんタングの心臓だ。前に、人や物がどうやって動くかって話をしたのを覚えてるかい？　何をエネルギーに動いているかって話だ。僕が動くためには食べたり飲んだり寝たりしないとだめだけど、タングがどうやって動いているのかはずっと謎だっただろう？」

タングがうなずく。

「タングを動かす力の源は、今問題になっているこの心臓だったんだ。そこで作られたエネルギーで、タングは動いたり考えたりしゃべったりと、いろんなことができる。ただ、困ったことにボリンジャーはタングを作る時に危険な材料を使ってしまった。その材料は不安定かもしれなくて……」タングの顔を見れば、話についてこられずにいるのは明白だった。自分の人生に関わる何ものも、一度たりとも傷つけたいと思ったことのないロボット相手に、〝炉心溶融《メルトダウン》〟をどう説明すればいい？　いや、〝一度たりとも〟というのは厳密には正しくないが、ボリンジャーが傷ついても構わないとタングが思うのは仕方がない。彼がボリンジャーから受けた仕打ちは僕たちの想像以上にひどかったのだと、今ならわかる。僕は、タングのロボット用の小さな心臓が壊れたら、それはロンドンとそれに隣接する州の終わりを意味するのだとは、どうしても伝えられなかった。こんな理不尽な話があるか。カトウの手術を受けさせたくはない。だが、他に道などなさそうだった。

僕たちはキッチンテーブルに塵除けの布を広げた。ブライオニーが明かりをつけ、僕の書斎にあったスプリング式デスクライトを持ってきてテーブルに載せ、カトウの手元を明るく照らした。そして、僕とエイミーがタングについていてやれるようにと、エイミーからボニーを抱き取った。

「ボニーはしばらくうちで預かっておくから」ブライオニーはそう申し出た。そして、エイミーと僕がボニーにキスをしていい子にしているんだよと告げると、気もそぞろな僕たちを残し、娘を連れてキッチンを出ていった。

カトウがタングの内側を覆う胸のフラップをそっと開けるのを、僕たちは涙をこらえて見守った。カトウは作業中にフラップが閉じないよう、僕に押さえさせた。そして、極力どこも切らずに開放した胸のフラップから作業を進めるが、心の準備はしておいてほしいと言った。その間エイミーはタングの額に片手を当て、草原にいる馬のことを尋ねてタングの気をそらしていた。

作業を進めるカトウの顔に玉の汗が噴き出し、時折眼鏡が鼻梁からずり落ちた。カトウは腕時計がいくつも入った鞄に手を伸ばし、ギター用の自動チューナーに似た外観の黒い箱を取り出した。

「これはタングに供給される動力の強さを測定するために作った装置です。急ごしらえだが、問題なく作動するはずです」カトウの説明に、僕はあたかも彼のしていることがわかっているような顔でうなずいた。カトウはその箱に赤や黒のワイヤーを数本つなぐと、テーブルに横たわるタングの隣に置いた。そして、タングに話しかけた。

「タング、今から君の心臓部を取り出すから、新しい心臓を入れるまでの間、数分間だけ眠ることになるよ」タングは怯えた様子だったが、わずかにうなずき同意を示してくれた。

「大丈夫だよ、相棒」僕は声をかけた。「元気に目覚めるから。数分後にまた会おうな」最後の方は喉が詰まってしまってほとんど声にならなかった。

カトウがタングの内側に手を入れ、その手をごそごそと動かし、巨大な鉛筆の芯みたいな、鈍い灰色の半円形のブロックを取り出した。タングの目が閉じ、エイミーと僕は泣き出した。僕はエイミーの肩を抱いた。

カトウはウランを慎重にタングの隣に置いた。

「これには触らないで」カトウは言わずもがなのことを言うと、我が家のキッチンテーブルに置いた放射性ブロックをどうするつもりなのかとこちらが問う間もなく、続けた。「これ専用の収納箱を持ってきました」

僕は箱もウランも、ウランが僕たちに与えているかもしれない影響も、当局が僕たちに何をするのかも、どうでもよかった。放射線の作用などよく知らないし、知りたくもない。タングに目覚めてほしい、ただそれだけだった。カトウは両手を合わせると、鞄に手を伸ばし、別の箱を取り出した。今度の箱は灰色で長方形だ。カトウの両手がタングの体内に消え、しばらく中で動いてから、素手で体外に出てきた。カトウはテーブルの上の黒い箱を取り上げ、確認した。次いでタングの顔を見た。眉をひそめ、灰色の箱を取り出す。〝適切な電池〟に交換する工程には試行錯誤が必要らしい。カトウはまたしても鞄に手をやり、また別の灰色の箱を取り出した。

「こっちの方が強力なんだ」と説明する。

そして、より強力な灰色の箱をタングの胸の空洞に挿入し、もう一度黒い箱を確認した。カトウの額に刻まれていたしわが消えた。エイミーと僕は顔を見合わせ、カトウに目をやり、もう一度タングを見た。一、二秒間は何も起こらなかった。と、次の瞬間、タングの瞼がぴくぴくとぎこちなく動き始めた。瞬きをして、しっかりと瞼を開ける。それを見て、エイミーと僕は止めていた自覚さえなかった息を吐き出した。放射能を持っていたロボット、アクリッド・タングは、環境に優しいロボットに生まれ変わった。持続可能《サステイナブル》なロボットになった。何より、タングは生きていた。

誰の脅威にもならないようにと配線し直される経験をしたタングは、少し動揺していた。無理もない。タングが横になりに行っている間、カトウとエイミーと僕はきれいに片づけたキッチンテーブルを囲み、箱に収められた小さなウランの塊を見つめていた。エイミーと僕は、ジャスミンの任務のことや、彼女を追い払おうとしたこと、ただし本当の問題はボリンジャーその人なのだという事実をカトウに説明した。話が終わるとカトウは数分黙り込み、やがて言った。

「僕もよい解決策が浮かばないな。申し訳ない。誰かに相談したところで、やはりあなたたち家族からタングを取り上げようとするだけだろうし」

「わかってる。そのことは僕たちも考えた」

エイミーは紅茶をひと口飲むなり顔をしかめた。

「ごめんなさい、でももう少し強いものが必要だわ」そして、飲み物類がしまってある戸棚からシングルモルトウイスキーの瓶とグラスを三つ取ってきた。カトウは辞退した。

「残念ですがやめておきます。この箱をしかるべき人たちに届けなければ。それも早急に」

僕はうなずいた。

「そうだよな。ちなみに、〝しかるべき人たち〟というのは？　いや、やっぱりいいや、言わないでください、知りたくない」

カトウは立ち上がると、ウランの箱を手に取った。

「もうひとつの問題については、僕も少し考えてみます。でも、まずはこれを至急この家から取り除かないと。ジャスミンの件は僕に協力できる方法を思いついたらご連絡します」

三人で玄関に向かった。僕はカトウと握手を交わし、エイミーは彼を抱きしめた。

「ありがとう」僕は礼を言った。「何もかも、本当にありがとう」

カトウはうなずいた。

「また近々会えることを祈っています……今回よりもっと、そうですね、気楽な状況で」そう言うと、カトウは去っていった。

「カトウは、何て言うか、謎めいた人ね」玄関の扉が閉まると、エイミーが言った。

「そうだね」僕は眉をひそめた。「東京で会った時はそんな感じはしなかったんだけどな。ボリンジャーのしたことに責任を感じて、ひとつずつ正そうとしているのかもしれない」

「そうなることを願うわ」

十四　尋問

「いったい何をやってるの？」毎度のごとくつむじ風のように家の中に入ってきたブライオニーは、「バーベキューの焼け具合を見ておいて」と、エイミーとデイブを僕の家の庭にさっさと追いやると、言った。もっとも、デイブ本人も妻である僕の姉も彼のことを〝男らしい男〟と思ってはいるが、火や火を使う娯楽に対する適性はないに等しい。僕の義兄が、ブライオニーにオーブンや電子レンジで生焼けの肉の中心まで火を入れ直されることなく、最後にうまく肉を焼いたのはだいぶ前のことで、エイミーと庭に出ていくデイブの顔をちらりと見た限り、今回も例外ではなさそうだ。ブライオニーに脱臼しそうな勢いで腕を引っ張られてキッチンに連行された僕は、手を伸ばしてオーブンの予熱を開始した。

「何をやってるって、どういう意味だよ？」

「あなただけじゃなくて、あなたとエイミーがってことだけどね」

「ブライ、頼むよ、今日は僕の誕生日なんだからさ。勘弁してくれ。何でエイミーとよりを戻さないのかって説教を繰り返すつもりなら、やめてくれ。もう十回は僕なりに説明してきた。僕たちは……」だが、ブライオニーは手を振って僕を遮った。

「違う、その話じゃないわ……そっちももちろん気になるけど。私が言いたかったのはタングとジャスミンのこと」

「あ、そっちか。まあ、だとしても質問は同じだ。どういう意味だ？」

「あと何回、同じことを繰り返すつもり？ 旅に出ていた間も日射病で危うくタングを失いかけた。ついこの間も、自宅のキッチンテーブルでタングを手術してもらうはめになった。こんな状態をいつまでも続けるわけにはいかないわよ」

「こんな状態って？」

「書類もライセンスもない状態でタングをそばに置き続けることよ。いつ誰がやってきてタングを連れ去ったり、あなたを逮捕したりするかわからないじゃない。その両方ってこともあるし、もっとひどい事態だって起こり得るのに！」

「そんなこと、言われなくてもわかってるよ。近頃はエイミーとの会話もそのことばかりだ。だから、何で僕らが正式に復縁しないのかが気になっているなら、答えは今は他に考えることが山ほどあってそれどころじゃないからだ」

ブライオニーは傷ついた顔をした。時に強情な姉ではあるが、僕たちがきょうだい喧嘩をすることは滅多になく、声を荒らげているのが僕の方だというのはさらに珍しい。ブライオニーは鼻から深く息を吸い、ふうっと吐き出した。

「ごめんね。そりゃそうよね、私が言ったようなことは、ふたりはとっくに考えてるわよね」ブライオニーが僕の腕を優しく撫でた。僕はキッチンカウンターの前に座り、突っ伏した。涙がこみ上げて目がひりひりした。ブライオニーが僕の背中に頭を預け、僕を抱きしめた。

「どうするつもりなの？」

「わからない」僕の声は硬いオーク材のカウンターに当たってくぐもった。「さっぱりわからない。もはや、あいつが現れるのを待っているだけのような気がするよ。その時が来たら対峙するしかないのかなって。エイミーはもう何カ月もＡＩ関連の法律を調べているけど、多少なりとも助けになりそうなヒントさえ見つからない。ある日どこからともなくひょっこり自宅の庭に現れたライセンスのないロボットをどうすればいいかなんて判例はない。ましてや、その後そのロボットを盗んで所有者を怒らせたなんていう事件の判例、あるわけない」

「元気を出して」ブライオニーは突っ伏していた僕を起こした。「どこの法廷が、あなたよりあのイカれた男の肩を持つって言うの。希望を捨てちゃだめ」

僕は手のつけ根で目をごしごしと拭うと、うなずいた。

「捨てないように頑張ってる」

ブライオニーは僕と腕を組むと、エイミーたちのいる庭に僕を連れ出した。エイミーの見つめる先で、デイブが絶望感を漂わせながら鶏肉とパプリカの串焼きや、黒焦げや生焼けのソーセージを突ついていた。夕方の日差しの中で立ちのぼり渦巻く煙に時折むせている。エイミーはデッキの手すりに浅く腰掛け、瓶からじかにビールを飲みながら、たまに体をずらして煙をよけている。

「オーブンに入れないとだめそうだ」デイブが僕とブライオニーに気づいて言った。「火が弱すぎるんだよ、くそっ」

「言葉に気をつけて！」ブライオニーはたしなめたが、子どもたちもタングも庭の奥のフェンス沿いに植えられた木に登ろうとしていて、声は届いていなかった。おそらく。タング自身は本質的に木登りは無理だが、登ろうと奮闘中のジョージーの便利な踏み台として活躍していた。アナベルが腕組みをしてその様子を見守っている。弟の登り方はいかにもぎこちなく、アナベルは自分の番を待って片足で地面を軽く叩きながら、弟が落ちるのを期待、もとい待っている。

「ジョージー、下りなさい！」ブライオニーが注意して、のしのしと子どもたちに近づいていった。デイブはちっともパリッとしないソーセージをトングでつまみ上げ、懇願するように僕を見た。

僕は親指を立てて家の方を示した。「オーブンを予熱しておいたよ。何がどこにあるかはわかるよね？　デイブが面倒を押しつけられる格好になっちゃって、ごめん」

「いいんだ、こっちこそうちに招けなくてごめん。ガーデンルームが完成するまでは、ブライオニーは人を家に入れたくないらしくて。君たちさえもだ」

エイミーと僕は手を振って謝罪を退けた。デイブは肩に掛けていたオーブンミットを手にはめ、炭火にかけていたバーベキューの網ごと持ち上げるとキッチンに向かった。僕はエイミーの隣に立ち、差し出されたビールを受け取った。

「調子はどう？」同時に同じことを訊き、ふたりで笑った。やがてエイミーが言った。

「大丈夫？　泣いてたような顔をしてるけど」

別に何ともないよ、バーベキューの煙が目にしみただけだよと答えるつもりだったのだが、出てきた言葉は違った。

「うん、ちょっと。ブライオニーはここぞというタイミングでこれぞという質問を投げてくるから、こっちもつい感情を吐露しちゃうんだよな」

「あるいはまずいタイミングでまずい質問をするかね」

僕は微笑した。「言えてる」

ズボンを引っ張られて見下ろしたら、タングが僕を見上げていた。

「ベン？」

「何だい、タング」

「〝誕生日〟ってなあに？」僕がきょとんとしたからだろう。タングはさらに続けた。「ベンの誕生日だから、食べ物燃やしてる、そうでしょ？　誕生日ってどういう意味？」

「誕生日というのは、その人だけの特別な日のことだよ。その人が生まれた日をお祝いするんだ」

「ふうん。何で？」

「何で？　お祝いするのはすてきなことだからだよ。この一年で自分がどう変わったかを知り、次の一年で何をしようかとわくわくするのは大事なことなんだ」

ロボットに誕生日を説明するのは想像以上に難しい。それでもタングは、少なくとも誕生日の概念の一部は理解したらしく、うなずいた。

「僕の誕生日はいつ？」

エイミーと僕は顔を見合わせた。

「それはわからないな、タング。ボリンジャーがおまえを作った日がわからない限り、はっきりしたことは言えないんだよな」

タングはがっかりして、少し肩を落とした。

「割り出せるかもよ」と、エイミーが言った。「ボリンジャーがあなたの電源を入れた日を覚えてる? 電源を入れたのか、他の何をしたのかは知らないけれど」

「たぶん。お日様出てた」

「タング、おまえは灼熱の島の出身なんだぞ、お日様ならいつも出ていたはずだ」僕は指摘した。「それだけだとあまり助けにはならないなあ」

「うー」

「他に何か覚えてることはないか?」

「ない。オーガストが僕に笑いかけてたことだけ。それからオーガスト、部屋の奥のテーブルから何か取ってこいって言った。書く物だったたと思う……鉛筆?」タングの視線が落ち、体全体がしょんぼりしてしまった。

「なるほどね。他に何か覚えてる?」尋ねるエイミーに、僕は小さくかぶりを振った。心の中で警報が鳴り始めていた。この方面の記憶をあまり掘り下げると、タングが思い出したくない記憶までよみがえりかねない。タングの心を傷つけたくはなかった。

エイミーが目でわかったと言った。

「タング、他のことはもう思い出さなくていいよ。それより、タングがうちの庭にやってきた日はどうだ? その日をタングの誕生日にするっていうのは。九月にさ」

タングがぱっと顔を輝かせた。

「タングの誕生日会も開こう。風船やケーキも用意してさ。まあ、ケーキはタングには意味がないかもしれないけど、他の何かを考えるよ。きっと最高に楽しいぞ。タングを見つけた日のことや、タングが僕たちの人生を変えてくれたことをお祝いするんだ」僕は同意のサインを求めてエイミーを見た。

「すごくいい考えだわ。タングはどう思う？」

タングは両手をぱちぱち叩いた。「僕、誕生日できるの？　僕の誕生日会するの？　僕嬉しい！　そうする！」

決まりだ。タングの誕生日は九月に決定した。誕生日会も開く。

それはさておき、僕の誕生日祝いは続いていて、バーベキュー問題は依然として解決していなかった。タングとともに彼の誕生日会のことを皆に報告する役目はエイミーに任せ、僕はキッチンにいるデイブを手伝いにいった。今日のデイブは完全に貧乏くじを引かされている。僕は気の毒になって、彼にビールを持っていった。

「どんな調子？」観察小屋から野鳥を観察するみたいにしてオーブン内をのぞき込んでいるデイブに声をかけた。デイブは頬をぷっと膨らませた。

「一応食べられるとは思うけど、念のためにジャガイモ《ジャケットポテト》の丸焼きも用意しておいた方がいいかも」

僕は野菜ストッカーからジャガイモをいくつか取り出すと、アルミホイルやキッチンペーパーやラップの入った引き出しからアルミホイルを適当に何枚か用意した。なぜ専用の引き出しを作ったのかは謎だが、とにかくあるのだ。

「ほら」と、僕は言った。「座ってビールでも飲みなよ。見ている湯は沸かないのと同じで、見ていてもソーセージは焼けないよ。ジャケットポテトは僕が準備するから」僕はフォークを取り出し、ジャガイモを適当に刺して穴を開けてから、アルミホイルに包んで電子レンジに入れた。そして、そうか、電子レンジかと気づいていったんジャガイモを取り出した。キッチンペーパーで包み直し、再度電子レンジに入れる。

デイブが「さてと」と言いながらビール瓶の栓を抜いた。さてと、という言葉は実に奥が深い。人が〝さてと〟で会話を切り出したなら、賭けてもいい、その人は相手の私生活について尋ねるか、自分の私生活について語り出すかのいずれかだ。それも決まってこっちが知りたくないような話をだ。訊かれるのか聞かされるのか、どちらに転ぶかは僕の経験上博打みたいなものだ。いずれにせよ、僕は気が重かった。義兄のことは好きだし、関係も良好だと思うが、そこまで腹を割った話がしたいかと問われるとよくわからない。僕たちはこれまでブライオニー経由で情報をやり取りしており、お互いにそれで満足しているのだと思っていた。その状況が変わろうとしている。

「エイミーとはその後どんな感じだい？」デイブはさりげなさを装ったつもりだろうが、ものの見事に失敗していた。僕はため息をついた。勘など当たらなくていいのに。

もっともう一方の〝さてと〟だったなら、ブライオニーと別れることにしただとか脳腫瘍が見つかっただなどと告白されていたかもしれず、それを思えば、傍目には複雑な関係についてやんわりと探りを入れられるくらいはまだましだった。そう思って、僕はおそらく初めて、自分がいかにブライオニーと彼女の安定した揺るぎない家庭を頼りにしているかを自覚した。かつてはありふれたつまらない家庭だと思っていたが、今になってはたと、僕も本心ではずっとそんな家庭を望んでいたのかもしれないと気づいた。そして、エイミーはその本心を、僕自身が無自覚に過ごしていた間も見抜いていたのだろうと思った。僕はエイミーが姉と同じような家庭を望んでいたことは知っていたが、まさか自分も同じ気持ちだとは気づいていなかった。

何にせよ、今ある暮らしは僕たちが過去に望んだ人生とは違う。それでもエイミーのこと、ボニーのこと、タングのこと、家族のことを思う時、その関係がどれほど複雑で、僕たちの暮らしがいかに奇妙で曖昧な調和の上で成り立っているのだとしても、その人生こそが僕の幸せであり、その暮らしを僕は何が何でも守りたかった。

「笑っているね」とデイブに言われ、僕は赤くなった。「よりを戻したのかい？」

「またそれか」僕は電子レンジを止め、ジャガイモを指で押して柔らかさを確かめた。あと少しだ。僕は加熱時間を数分追加した。「ブライオニーと話をしてないのかい？彼女も僕らの関係に何かしらの進展があるはずだと思い込んでたけど、本当にないんんだ。いい感じではあるよ。エイミーとの関係はさ。でも〝よりを戻した〟わけではない」

デイブは一方の眉を上げ、ビールをひと口飲んだ。「まあ、ベンがそう言うならそれでいいけど」

そこへ子どもたちと、首からヒナギクの花輪をさげたタングがなだれ込んできて、会話は中断された。助かった。

「お父さん、お腹すいた。アイスクリーム食べてもいい?」と、ジョージーが尋ねた。デイブがこっちを見るので、僕は肩をすくめた。

「バーベキューが食べられるまで、もうしばらくかかるかもしれない。先にデザートでもいいかもな」

「しようがないな」デイブは子どもたちに言った。「ベンおじさんにお願いしなさい。でも、あとで夜ごはんもちゃんと食べるんだぞ」

ティーンエージャー目前の子どもたちが目を大きく見開いてぶんぶんとうなずき、僕に向かって「くださーーーい」と言った。タングも一緒になってねだったが、それは単に楽しかったからで、アイスクリームが何であるかも、子どもたちがこうも食べたがる理由も、まるでわからないはずだった。タングにわかるのは子どもたちが食べたがっているという事実だけで、それで彼には十分だった。

僕がふたつ目のジャケットポテトに手を伸ばした時、玄関を乱暴に叩く音がして、その後呼び鈴が押され続けた。全員が口元へ運んでいたフォークも宙ぶらりんのまま、顔を見合わせた。僕は立ち上がってナプキンを置きながら、冷たい汗が背中を流れ落ちるのを感じた。今のノックは友好的な誰かのものでも、宅配ドライバーのものでも、勧誘員のものでさえない。敵意を持って僕たちの注意を引こうとしている人物のものだ。玄関に向かいながら、僕は窓からちらりと裏庭に目をやったが、ジャスミンは定位置におり、仮に表にいるのがボリンジャーだとしても、そのことに気づいている様子はなかった。

廊下に出たところでもう一度呼び鈴が鳴らされ、泣き叫ぶような不明瞭な声がした。

「エーーーーーイミー……エイミーエイミーエイミーーーーー……」

肩の力が抜け、僕はかぶりを振った。ロジャーだ。ダイニングルームから椅子を引く音がした。数秒後、隣にやってきたエイミーと視線を交わした。

「平気よ、私が対応するわ。あなたはみんなのところへ戻って」

本来なら元妻とも言い切れない元妻と彼女の元恋人との、僕の家の玄関先での会話を盗み聞きすべきではない。それでも僕はしてしまった。自分がロジャーをいまだにライバル視しているのかは疑問だし、少なくとも彼が現れるまではライバルとは思っていなかった。盗み聞きなどしなければ、エイミーはロジャーなど追い払うはずだと信じていられただろう。だが、ロジャーの言葉を聞いているうちに、僕はエイミーの心を再び奪われるのではないかと不安になった。

「僕はひどい過ちを犯した」ロジャーはやや呂律の回らない口調で言った。キッチンに入ってすぐの場所に立っていた僕は、ドア枠越しにそっと顔だけ出し、ロジャーの状態をのぞき見て安堵した。髭は剃っていないし、シャツの裾も出ている。ひどい有様だ。あれでは到底エイミーには振り向いてもらえない。いや、本当にそうだろうか。もしロジャーが、僕がこんなにぼろぼろなのは君なしでは生きていけないからだと、彼女を納得させたとしたら？　エイミーの心は揺れるだろうか。僕にはもはやわからなかった。もっとも、エイミーはロジャーの言葉に腕組みをしていた。僕はどちらかに見つかる前にドア枠の内側に頭を引っ込めた。

「まあ、いいわ。話だけは聞く」エイミーが言った。

「悪かった」

「何が？」

「何もかも」

「何もかもって何、ロジャー？　自分が何について謝っているのか、あなた、ちゃんとわかってるの？」

「君を傷つけたあらゆる行為について。君が出ていってしまったすべての原因について」

「私は出ていったわけじゃない。あなたが追い出したの。生まれたばかりの娘もろともね。ベンが手を差し伸べてくれなかったら、私たち路頭に迷っていたわ。よくあんなひどい真似ができたわよね。関係を終わりにしたかったなら、それは別にいい。だけど、赤ちゃんをホームレスにしようとするなんて。最低だわ」

ロジャーがエイミーの非難を咀嚼する間、少しの間《ま》があいた。

「引っ越し先を見つけるまでの時間の猶予はやったはずだ。僕だって君と子どもを本気で放り出したりはしない」

「そんな不確かな状況をあてにするわけにはいかなかった」

僕は眉をひそめた。エイミーがうちに戻ってこないかという僕の申し出を受けたのは、単に他に選択肢がなかったからなのか？

「君はどうせここに、ベンの家に戻るだろうと思ってた。だから心配はしなかった。ベンなら君の面倒を見てくれるだろうし」

ロジャーが僕の名を口にする、その言い方が不快だった。怒りに満ちた口調には後悔も入り交じっていた。ロジャーはエイミーを僕の腕の中に押し返してしまったのではないかと不安なのだ。それでも今の最後のひと言で、ロジャーは僕を単純かつひ弱で、たとえエイミーに足蹴にされても何も言えない子犬みたいな男だと貶《おとし》めた。もっとも、ロジャーにどう思われているかなど、果たして気にすべきことだろうか。

「私は今でも彼の妻なのよ、ロジャー。法律的にはここは私の家でもあるの。ここに帰ってきたのはベンに面倒を見てもらいたかったからじゃない。ここが私の家であり、我が子の父親を愛しているからよ」

よしっ。僕は宙を突くようにガッツポーズをし、盗み聞き中だったことを思い出して片手で口を覆った。

「つまり、よりを戻したって感じなのか？」

しばしの沈黙の後、エイミーは答えた。「違う」

「えっ。でも、たった今、彼を愛してると言ったじゃないか」

「そうよ。だけど、それが恋愛感情なのかはお互いによくわからないんだと思う。まあ、そんな複雑な心の機微など、あなたみたいに人の気持ちに鈍感な男には理解できないでしょうけど」

うっ。ガッツポーズをするのは早すぎたらしい。それでもエイミーはよくわからないと言っただけで、それなら僕もはなから承知している。

胃に走る妙な緊張を無視して、僕はキッチンの入口からそっと顔をのぞかせ、エイミーの言葉にロジャーがどんな顔をしているのかを見た。眉間にしわを寄せて宙を見つめている。エイミーが睨んだとおり、ロジャーには少々複雑すぎたようだ。

「君がいないと寂しい」やがてロジャーは攻め方を変えた。

「そんなの知らないわよ」

「そう言うなよ、エイミー。最初の頃はあんなに幸せだったじゃないか。僕に会いたくてたまらなかったの、忘れたのか？」

僕は歯を食いしばった。

「うるさいわね」エイミーも歯を食いしばるようにして言った。「今さら何？　私は今、すごくうまくいってるの。見てわからない？」

相変わらず盗み見をしていた僕の前で、ロジャーがエイミーに一歩近づき、彼女の腰をするりと抱いた。エイミーは押しのけようとしたが、ロジャーは顔を近づけてキスを迫った。

「触らないで、ロジャー、あなた酔ってるわ」

「酔ってなかったとしたら？」

「それでも触らないでと言うわ」

ひそかに見張っていたことが知れたらエイミーに怒られるかもしれないが、これ以上は見過ごせない。僕はキッチンを出て大股でロジャーに近づこうとした。そのままいけば殴りかかっていただろう。だが、ふいにロジャーが悲鳴を上げて床に崩れ落ちた。僕は立ち止まった。エイミーがロジャーを叩くなり足を踏みつけるなりしたのかと思いきや、彼女もロジャー同様に驚いている。エイミーは足元でもだえ苦しむロジャーを見下ろすと、視線を上げて玄関扉の向こうを見た。その口があんぐりと開く。

僕は立ち位置を変えてエイミーの視線の先にあるものを確かめた。

ロジャーの背後にいたのはジャスミンだった。空中停止し、赤い光を穏やかに揺らしながら、一本のハンガーを正面に突き出している。人生最高の誕生日プレゼントだ。

「あ……ありがとう」エイミーが言った。

「どういたしまして」ジャスミンは静かに答えた。そして、くるりと背を向けると、宙に浮いたまま裏庭に通じる横手の門へ向かいかけた。

「ジャスミン、待って」エイミーは呼び止め、肩越しにちらりと振り返って僕の姿を見つけた。その表情に驚きはなく、僕は多少のばつの悪さとともに、エイミーは最初から僕が盗み聞きしていることを見抜いていたのだと悟った。彼女が口にしたことはすべて、僕に聞かせるつもりの言葉だったのだ。その事実についてはよく考えなければならないが、今は何より、ジャスミンが家の表に回り、家畜を追う牛追い棒のごとくハンガーを繰り出し、ロジャーに電気ショックを与えた理由の方が気になる。

エイミーがロジャーをまたぎ越してジャスミンを追いかけた。僕もあとに続いた。僕たちは家の横手の門の前でジャスミンに追いついた。

「なぜあんなことをしたの？」エイミーが尋ねた。

ジャスミンは質問の意味がわからないのか、一瞬黙った。あるいは、なぜ問われているのかがわからなかったのかもしれない。

「あの男性はあなたの意に反してあなたを押さえつけているように見えました」

「たしかにそうよ、でも……でも、私ひとりで対処できた。彼を押しのけるくらいのことはできたはずなの。本当に危ない状況にあったわけじゃない」

「不要な干渉だったのなら、ごめんなさい、エイミー。状況判断を誤ってしまったようです」

「ううん、そんなことはない」エイミーは肩を落とした。「ごめんね、いらない干渉なんかじゃなかった。これ以上ない的確な判断だったわ。あなたの状況判断は正しい。それに、あなたのしたことは、どのみちベンがしていたはずのことだしね」

「あいつに電気ショックを与える気はなかったぞ」

「でも、手出ししようとしてたでしょ。あなたの方はいい判断とは言えないわね」

僕はうつむいて足元を見た。優しいながらも、もっともな小言だった。状況を考え合わせればずいぶん穏便にすんだものだ。本人の言うとおり、エイミーは僕にも誰にも守られる必要はないのだから。

「まあ、ひとまず本題に戻しましょ」エイミーがジャスミンに向き直った。「そもそも何であんなことをしたの？　あなたは私たちの味方ではない。私たちの誰かが人から危害を加えられようが、あなたにはどうでもいい話でしょう？」

ジャスミンがエイミーの目の高さに光を上向かせた。

「どうでもよくありません」それだけ答えると、浮き上がって門を越え、庭に戻っていった。

背後からじたばたする音がして、エイミーと振り返ると、やっとのことで立ち上がったロジャーが後ろ歩きで私道を戻っていくところだった。ああも酩酊していては容易ではないだろう。ロジャーは僕たちに人差し指を突きつけ、わめいた。

「おまえら全員、揃いも揃って変人だ！」

「ああ、そうだよ。それがどうした！」僕も叫び返した。ロジャーはエイミーを見た。

「ブリキ缶ふたつや、よりを戻してもない男と暮らすことを選ぶ女がどこにいるってんだ？」

エイミーの顔が曇り、僕は後じさりした。

「ここにいるわよ！」エイミーは叫ぶと、私道を猛然と進んでロジャーを殴った。ロジャーはわずかによろけ、顎を動かした。折れてはいないようだ。ロジャーはもう一度エイミーに人差し指を突きつけた。

「君が僕に会うのもこれが最後だ！　妙な寄せ集め家族がうまくいかなかったからっ

て、あとになってやり直したいと泣きついてきても知らないからな。こっちはもう、おまえなんていらないんだから」

「清々するわ！」エィミーが叫ぶ。「ついでに言わせてもらえば、私はあなたを必要としたことなんて一度もない。あなたはただの……気晴らし。都合のいいね」最後のひと言をこれ以上ないほど辛辣に言い足す。ロジャーはきびすを返すと、勇ましい足取り、とはいかずに右へ左へ蛇行しながら通りを去っていった。エィミーはわっと泣き出し、こちらに戻ってくると僕の胸に頭を預けた。僕はエィミーを抱きしめ、泣かせてやった。

「ごめんなさい」エィミーが謝る。

「何が？　あいつが来るなんて君は知る由もなかったんだし、ましてやあんな最低な態度を取るなんてわかるはずがない。君は悪くない」

「だけど、彼の振る舞いはもとを正せば私のせいだもの」

「しーっ。終わったことだ、そんなふうに考えなくていい。大事なのは今起きていること、それだけだよ」エィミーが僕の胸元でうなずく。「それに、いずれはあいつと顔を合わせなきゃならなかったんだ。ブライオニーの家でかもしれないし、パーティや仕事関係の飲み会の席でかもしれない。何にせよ気まずい思いをしたはずだ。でも、それも終わった」

「でも、もし彼が私たちのことを警察に通報したら？　ジャスミンに攻撃されたと。私に殴られたと。ごめんなさい、殴るべきじゃなかった。ごめんなさい」

「気にするな。当然の報いだよ。それにあいつはきっと通報はしない。今頃は家で酔い潰れてるんじゃないか？　起きた時には、顎に痣ができてる理由さえきっと覚えてないさ」

エイミーは納得していなかったと思う。だが、仮にロジャーがその身に起きたことを覚えていたとしても、僕たちがその事実を知ることはなかった。僕たちにわかっていたのは、好んでしたことかどうかは別として、ジャスミンが自らの意思でエイミーを助けたことだけだ。しかも、助けた理由は僕たちをどうでもいいとは思っていないからだと、ジャスミンは言った。おそらくあの時から、エイミーも僕も人生の土台が動こうとしているのを感じ始めたのではないか。そしてその変動は、ひょっとしてひょっとしたらボリンジャーの登場という最悪の事態を防げるのではないかと予感させた。

十五　フェンスの向こう側

ジャスミンがエイミーの私生活に介入した一件以来、彼女をさして脅威とは感じなくなった。彼女にできることを目の当たりにしたのだから、本来ならもっと恐れてしかるべきなのだろうが。タングの誕生日会はできることならすべてが始まった裏庭で開いてやりたかったが、ジャスミンがそこにいては具合が悪い気がした。いくら彼女が僕たちを守りたがっているようであっても、やはり難しい。よく考えればジャスミンに前庭に回ってもらうように頼んでもよかったが、失敗に終わった粗大ごみ特別収集事件のあとでは、ジャスミンが僕の頼みに素直に従ったかどうかは疑問だ。僕が、「なあ、ジャスミン、悪いんだけどパーティの間だけ家の表に回っていてくれないかな？　大丈夫、もう君を捨てようなんてしないからさ、約束する。ほら、いいロボットだから」と言ったところで、ジャスミンが信用するだろうか。

しないだろうな。

そんなわけで、僕たちはタングの誕生日に何をするかという課題に直面した。

その答えはある朝、動物病院の受付に置かれた虹が描かれたピンク色のチラシの束という形で僕のもとにやってきた。片手にブリーフケース、もう一方の手の二本の指でミルク少なめのカフェラテを持っていた僕は、残り三本の指で受付係に手を振り、ふとチラシに気づいた。僕はコーヒーをひと口飲んで受付に近づいた。

「これ、何？」と、職業体験中のティーンエージャー、サーシャに尋ねた。やる気を見せたり飽きたりを交互に繰り返す彼女は、今は回転椅子に座ってくるくる回りながら診療の開始時刻を待っている。

「ノースウッドの女性が持ってきたのよ」ベテラン事務長のマーゴがパソコン画面をスクロールして予約状況を確かめながら答えた。「新しい事業企画を試してるんですって」サーシャが一人前に承認でも与えるみたいに、意味もなくうなずく。

僕はチラシを一枚手に取り、目を通した。

「ポニー・パーティ？」

マーゴが眼鏡の縁越しに僕を見た。「小さな女の子に大人気らしいわよ。誕生日の子を厩舎に招待してポニーのブラッシングをさせてもらうこともできるし、厩舎からポニーを数頭、自宅に連れてきてもらうこともできるの。自宅の裏庭に馬が来てくれて嬉しくない人なんていないものねぇ」最後のひと言はやや皮肉めいていた。

「うちはたまに庭に馬がいるような気になるよ」僕は言った。「庭の裏にノースウッドの馬が放牧されてるから」

初めて我が家にやってきたタングの心をとらえたのもノースウッドの馬たちだった。マーゴがくすくすと笑う。

「そりゃあ、そんな気持ちになるでしょうね」

「それでも」と、僕はチラシをひらひらさせた。「それとこれとは全然違う。すごく楽しそうな企画だ」

「でも、ボニーにはちょっと早いんじゃない？」僕はぽかんとしていたらしい。マーゴがチラシを指差して続けた。「そういうパーティは。もう少し大きくなってからでないと存分に楽しめないんじゃないかしら」

「ああ、なるほど、そういう意味か。たしかにボニーには早すぎるな。それでもこのチラシ、一枚もらってくよ。ありがとう」

肩をすくめるマーゴを残し、僕はスタッフルームに向かった。マーゴの言うとおりだ。こういうパーティを楽しむにはボニーはまだまだ小さい。だが、タングなら大喜びするはずだ。

「初めまして、ニーヴ・ノースウッドです」彼女はさっと手を差し出すと、歯を見せて笑った。そして、「ブライオニー、元気にしてた？ジョージーのテニスの方はどんな調子？」と言いながら、僕の姉に両頰を差し出して挨拶のキスを受けた。「マルが、あの子はかなり見込みがあるって言ってたわよ」

「うまくなると思うわ、練習すればね」ブライオニーの言葉にふたりして笑う。ニーヴが仕方がないというように片手をひらりと振った。

「あの年頃の子は皆そうよ。うちのふたりの子どもたちも小さい頃は気が散ってしょうがなかったけど、そのうち打ち込むようになったから。こっちよ」そう言うと、ニーヴは側面に〝事務所〟と書かれたプレハブ式建物の方に歩き出した。彼女とブライオニーのおしゃべりは続いていたので、今のところ出る幕のない僕はこの機会に周囲を見回し環境を確かめた。ニーヴ自身はいかにもブライオニーが仲良くなりそうな〝タイプ〟で、クリーム色のジョッパーズパンツに黒い乗馬用ブーツを履き、千鳥格子柄のジャケットの下には秋色のタートルネックを合わせていた。ジャケットの胸元から真珠の一連ネックレスがのぞいている。高級な宝石を身につけながらかなりの肉体労働をこなすニーヴに、僕は感心すべきかひるむべきか決めかねた。

ここはブライオニーが所属している厩舎ではないが、何しろ狭い世界なのでふたりは比較的すぐに知り合った。たしか夜のチャリティ・クイズ大会か何かではなかったか。照れもせずに上流ぶったことをする姉を僕はからかったものだが、改めて考えると何らかのグループに所属しているというのは楽しいものなのかもしれない。近頃ではエイミーも深入りはせずにその輪の周辺あたりに加わっているが、僕自身は輪の中に入ったことはない。

それでもブライオニーが知り合いだったおかげで、気の強そうなニーヴ・ノースウッドに、ご迷惑でなければロボットのためのポニー・パーティをお願いできないだろうかとすんなり問い合わせることができた。どうでしょう、もし可能ならば。そんな妙なお願いは困るってことならあれだけど。ニーヴは両手を打ち合わせて、「わあ、楽しそう！」と言ったらしい。仲介してくれたブライオニーが教えてくれた。その時に、ふさわしいパーティの内容を相談したいので厩舎にお越しくださいとの伝言ももらった。

僕はそこかしこにあるぬかるみを見渡し、履き古した長靴で水たまりの水を跳ねつつ歩きながら、やはりポニーを我が家に連れてきてもらった方がいいかもしれないと思い始めていた。ポニーに触れ合うより先に深さ五センチもの肥やしに埋もれることを、タングが喜ぶとも思えない。育ちのいいお上品な人たちが余暇のすべてを——ニーヴに至っては仕事の時間もすべて——糞を動かして過ごしていられるとは驚きだ。

我が家の庭でポニー・パーティを開くとしたら、ポニーの移動は庭のフェンスを飛び越えるだけですむかもしれない。派手な登場は想像するだけでもわくわくする。だが、そこで思い出した。庭にはジャスミンがおり、ノースウッドの厩舎に来たそもそもの理由も彼女の存在だった。やはりこちらから厩舎に出かけるしかなさそうだ。ため息をついたら、意図せずブライオニーとニーヴの気を引いてしまった。

「あら、ごめんなさい」ニーヴがボブスタイルの白に近い見事な金髪の毛先が折れ曲がるほどに頭を片方に傾《かし》げた。「せっかくパーティの相談に来てくれたのに、女同士いつまでも無駄話しちゃって」

僕はかぶりを振り、いいんだというように片手をひらりと振ったが、ニーヴはまだら模様の大柄な猫をプレハブ内の椅子から追いやると、座ってと僕に合図した。ブライオニーも隣の席からアヒルをどかして腰掛ける。一方ニーヴは書類棚の上に載せたA4サイズの青いノートを手に取り、机の向こう側に回って腰を下ろした。事務所の中は書類と、ここに暮らす動物の形跡でいっぱいで、こんな環境の中でいったいどうしたらあんなに垢抜けて見えるのかと、僕は改めて感心し、ニーヴに好感を持った。

「まったく、この子たちときたら」ニーヴが言った。「いつだって人が使おうとする場所に陣取ってるんだから」そして、あははと愉快そうに笑うとノートを開いた。「さてと。お宅のロボットはうちの馬を気に入ってくれてるんですってね？」

ニーヴはしばらく思案し、顎の先をぽんぽんと叩くと、言った。

「トニーと話をしてみましょう」

「わかりました」ニーヴにならって僕も立ち上がった。彼女はどうすればタングにとって最高のパーティになるのか迷っているようで、トニーとやらが相談に乗ってくれるらしかった。

ニーヴは厩舎の主要棟を回った先にある、小さな馬房《ばぼう》が並ぶ区画へと僕たちを案内した。歩きながら馬たちに話しかけ、愛おしそうに鼻をぽんぽんと叩く。ブライオニーほど馬に詳しくない僕でも、ニーヴの馬たちの美しさはわかった。タングには馬を見る目があったということだ。僕は通り過ぎざま、一頭の馬の方へ腕を伸ばし、手の甲を差し出して匂いをかがせた。馬は上唇を小刻みに動かしてくれたが、あいにく馬の期待しているような物は持っていなかった。

「残念ながらおまえにやれる餌は持ってないんだ」

「その子はシェイマス」と、ニーヴが教えてくれた。「うちでは最高齢よ。二十五歳なの」

「農耕馬のシャイアホースとしては相当な長生きよね」ブライオニーが感心すると、ニーヴが嬉しそうに笑った。

「そうかもね。うちの馬はほとんどが長生きでね。ここの草がいいのかしら」

自分の世話がいいからだとは言わない謙虚なニーヴに僕はますます好感を抱いた。馬たちが長生きなのはきちんと世話をされ、幸せに暮らしているからで、そんなノースウッド家の人々を僕はすばらしいと思った。もっと早くに知り合えていればよかった。

「ここよ」ニーヴが小さな馬房が並ぶ区画の一番奥を指差し、「トニー」と呼びかけた。僕は、熊手かブラシを手にしたそばかす顔の十四歳の少年か、我が隣人のミスター・パークスみたいな老人が現れるものと思っていた。だが、馬房の扉の上からひょっこり顔を出したのは斑毛《ぶちげ》のシェトランドポニーだった。

「あなたにお客さんよ」ニーヴはポニーに話しかけ、ポケットからおやつらしきものを取り出して与えると、頭をかいてやった。馬房のかんぬきを外して扉を開け、出てくるトニーを励ますように舌を鳴らす。見知らぬ人間を目にしてもトニーは全く動じなかった。ニーヴのポケットがそばにあるうちは、そっちの方が気になるらしい。ポケットの中身が何であれ、まだ残りがあるようだ。

「タングにはいわゆる馬よりトニーの方がいい気がするの」と、ニーヴが言った。

「でないと、ブラッシングしようにも手が届かないんじゃないかしら」

「こまやかな心遣いをありがとう」僕は体をかがめてトニーに話しかけた。「やあ、トニー。ロボットに会ってみる気はあるかい？」

ポニーのトニーはおとなしく立ち、エイミーにもらったニンジンを噛んでいた。黒い目は前髪みたいな硬いたてがみにほとんど隠れている。彼がもし内心独り言をつぶやいているとしたら、きっとこんな感じなのではないか。〝まったくやってられんよ。本当は賢いのに、能天気な虹色のジャケットとスパンコール付きの面繋《おもがい》なんかつけられて。全身ぴかぴかで、これじゃどこからどう見ても角《つの》を取られたユニコーンだよ〟僕は自分の想像におかしくなったが、トニーの顔を見れば、彼が非常によく世話をされ、これ以上ないほど大事にされているのがわかる。

姪のアナベルは、自分の馬を持てる年齢かどうかで両親と白熱した議論を闘わせていた。なかなかの交渉ぶりだったが、話すほどにブライオニーもデイブも娘にはまだ早いと考えていることが明確になっていった。一方アナベルの弟のジョージーは、エイミー相手に唯一の正しいラケットの持ち方を熱弁して彼女を閉口させていた。エイミーにしてみたら明らかにどうでもいい内容だが、思春期手前の甥に調子を合わせようと頑張っている。

家族それぞれがいろいろなことをしている中、見ていて一番楽しかったのはやはりタングだった。彼は一方の腕をポニーの背中に回し、ポニーの体の側面に頭を預け、もう一方の手でブラシをかけてやっていた。トニーのことがどれほど大好きか、優しくささやきかけている。

トニーはトニーで鼻孔を鳴らすようなため息をつき、一方の後ろ脚の蹄をつま先立ちするように上げた。いや、蹄立ちか……まあ、何でもいい。そして、振り返ってタングに鼻先を擦りつけた。至福の瞬間に、タングがうっとりと目をつぶる。

その後、じかにトニーに乗るのは無理だろうからと、ニーヴがタングをトニーの引く小さな馬車に乗せてくれた。僕の予想に反してタングは文句を言わなかった。シェトランドポニーに引かれて草原を走れるなんて、これほどすてきなことはそうそうないと思ったらしい。ニーヴがポニーに馬車をつける間、僕たち家族は少し下がった場所で待ち、僕はタングがステップを上って馬車に乗り込むのを手伝ってやった。馬車に乗ったタングはさながらSF作品にでも登場する滑稽な貴族だったが、王者のごとくすましていられるわけもなく、にかっと笑っていた。僕が願ったとおり、最高の誕生日プレゼントになった。

トニーとニーヴを先頭に、タングが出発した。坂を上ったりしながら草原を進む彼らのあとを、僕らもついて歩いた。そして、我が家の裏庭の前にさしかかったタングが「見て！　僕ここに住んでる！　ここ僕の庭！」と高い声で嬉しそうに言うと、エイミーとふたり、くすくすと笑った。だが、馬車が庭の前を通り過ぎると、見慣れた黒い卵型ロボットがフェンスのそばにいるのが目に入った。ジャスミンもタングを見ているらしく、赤い光が草原を進むタングを追いかけていた。気づいたタングが手を振った。僕はひやりとした。あれではジャスミンを挑発するも同然で、賢明でも優しくもない。たしかに、ジャスミンにああしてフェンス際から厩舎での誕生日会の様子をじっと見つめられては気づかないふりをするのは難しかっただろう。それでもタングには頑張って気づかぬふりをしてほしかった。僕のこの気持ちは恐怖心なのか、はたまた罪悪感なのか。

十六　注意義務

「ベン！　ベン！　ベン！　ベン！　ベン！」

僕が庭でしおれたバラを摘み取り、庭の逆側にいるジャスミンのことは知らぬふりをしていたら、エイミーが数ある大型書の中の一冊を手に家から走り出てきた。立派な専門書の匂いと一緒に僕のもとにやってくる。バーガンディ色の装丁の本は扱われている内容からして買ってからせいぜい数年だろうに、埃っぽい匂いがした。エイミーが所有するＡＩ関連の法律書のひとつで、彼女はもう何週間もその本とにらめっこしていた。

「何だ？　何だ？　何だ？　何だ？」

エイミーがにっと笑う。嬉しくてたまらない時のタングの顔に不思議と似ている。

彼女はしおり代わりに指を挟んでいたページを開くと、重い大型書の中身をよいしょと僕の方に向け、やけに小さな字で3.2.4と見出しを振られた段落を指差した。読み始めたはいいがさっぱり理解できないと思ったその時、エイミーが口を開いた。

「段落のはじめは飛ばして、」この行を読んで」と、指定の行を示す。

「……当該機械に対する残酷性が証明され、かつ当該機械が知覚・意識を保有すると認められたことから、ライセンスは無効となった。当該機械は被告から没収され、適切な管理責任者のもとに置かれた」僕は読んだ。「〝適切な管理責任者〟というのは？」

「わからない。まだそこまでは調べ切れてないの。何らかの保護施設だとは思うけど。でも、それはどうでもいいの。大事なのはこれが判例だってこと。いずれボリンジャーがやってきたとしても、タングが彼からひどい扱いを受けたと証明できれば、タングをボリンジャーに引き渡せと命じられずにすむかもしれない」

「だけど、このままタングを僕たちのそばに置けることになるのかな？」

エイミーの明るい顔がかすかに曇り、僕は彼女の気持ちを沈ませたことが申し訳なくなった。

「置けるでしょ？　そうさせてもらえない理由がある？　タングの所有権は私たちにあると証明する裁判所命令を得て、ライセンスを取得できればきっと大丈夫よ。裁判所だってタングの管理先を探す手間など、省けるものなら省きたいでしょ？」

エイミーの論理を理解するのに二秒ほどかかった。僕は笑って、本ごとエイミーを抱き上げた。

「君の言うとおりだ、エイミー！　すごいよ、有言実行で本当に方法を見つけちまうなんて！」僕はエイミーと彼女の大型書を抱きしめた。彼女の髪が顔に当たる。エイミーはとてもいい匂いがした。だが、彼女の成功を喜ぶ気持ちは、エイミーは僕のものではないという現実を思い出すと同時にすうっと消えていった。僕はエイミーを下ろすと、この会話をうまく終わらせる方法を探した。ふいに襲ってきた憂鬱のせいでせっかくの快挙に水を差したくなかった。だが、エイミーも察したようだ。

「まあ、とは言え」と言いながら、後ろに下がる。「まだまだ調べなくちゃ……そのバラにしても自分で勝手に剪定してはくれないだろうから。そっちはあなたに任せるわ」そして、咳払いとも笑いともつかない声を出すと家に戻っていった。エイミーの背中を見送っていたら、フランス窓に張りつくように顔と手をくっつけている、真剣な面持ちのタングが目に入った。目の前の光景の何が気にかかったのかはわからないが、ひとつだけはっきりしていることがある。タングを失望させるわけにはいかない。

エイミーが判例を見つけてくれたおかげで家族の未来に少しだけ光が差した気がして、僕は帰宅時に何が待ち受けているか、もしくは消えてしまっているか（現状ではその可能性もある）を案じることなく臨床実習先や大学に行けるようになった。家庭内に漂う緊張感を気にすまいと努めてきたタングも、普段どおりに僕を悩ませてくる。

「ベン？」ある朝、タングが動物病院に向かう支度をする僕の前に立ち、こちらを見つめた。

「何だい、タング?」

「今から獣医に行くの?」

「ああ、タング、今から動物病院に行ってくる。僕は獣医だからね。というか、そうなる予定だ」

「〝獣医〟って何?」

「動物のお医者さんだよ。僕の場合はペットのお医者さんだ」

「僕まだ助産師さんになりたい」

「そうか。いつかなれる日が来るかもしれないな」

タングはうなずいたが、どうもまだ続きがあるらしい。

「ベン?」

「何だい、タング?」

「〝ペット〟って何?」

今日は遅刻だなと、僕は悟った。この話題は慎重に扱わなければ、僕たちがタングをペットとして見ているという誤った印象を与えかねない。僕は靴を履くために階段に腰掛け、靴を傾けて中に入り込んでいた私道の砂利を取り出すと、廊下に置いたユッカの鉢に放った。

「ペットというのは人が家で飼う動物のことだよ、猫とか犬みたいな」

「何で？」

「ペットはいい友達になるし、一緒にいると楽しいからだよ。人は何かの世話をするのが好きなんだ。たぶん人間にもともと備わった性質なんだな。ペットを飼うとその子のことがどんどんかわいくなる。家族の一員みたいになるんだよ」

「ベンは動物好き？」

「もちろんだよ、だから獣医になったんだ。悪いところを治して、これからも飼い主さんを幸せにできるようにしてあげたい」

「治すの好きなの？」

話の方向が怪しくなってきた。

「好きだよ」

「タングを治したみたいに？」

くそっ。

僕は深呼吸をした。

「いや、そうじゃない……いや、そうなんだけど……はいであり、いいえでもある。タングはペットとは違う。タングを治したいと思った気持ちは、たとえばエイミーやボニーが壊れてしまったら治したいと思うのと同じ気持ちなんだ。動物と人間は体の仕組みが違うし、ロボットもまた違うから治し方は同じじゃないけどな。とにかく、僕たちがおまえをペットとして見ているなんて、二度と考えないでくれよな、タング」

「何で？」

「何でって、タングは僕たち家族の一員だからだ」

「ペットがそうなるみたいに？　さっき、ペットは家族の一員みたいになるって言ったよ」

たしかにそうだ、たった今そう言ったばかりだ。くそっ。

「そうだけど、おまえはペットとは違うんだ」

「何で？」

「違うものは違うんだよ。いつかタングにもわかる日が来る」言いながらばつが悪くなった。ここに〝大きくなれば〟を加えれば、親が使うごまかしの常套句の完成じゃないか。

「でも、何でペットと違うの必要ある？」

「違う必要がある、だよ、タング」

時間稼ぎだ。

「ペットと違う必要がある。ペットと同じは悪いこと？　ペットはあんまり大事じゃないの？」

この議論は僕の手には負えない。

「エイミー？」

「何？」居間から返事があり、エイミーがボニーを腕に抱えてやってきた。ボニーはエイミーの髪を引っ張り、彼女がやめさせようとするたびに笑っていた。エイミーの眉間にしわが寄っている。間《ま》の悪い時に呼んでしまったみたいだ。

「タングに、僕には答えられない疑問がいくつかあるらしいんだ。悪いけど僕はもう出かけないと本当にまずいから。聞いてやってくれるかな？」

そう、僕は逃げた。そう、僕はずるい。だがエイミーは議論が得意だし、それを仕事にしている。だからこれは得意分野を考慮した仕事の委任と思いたい。まあ、はっきり言い換えるなら、こういう難題は僕なんかよりエイミーの方が適任ということだ。

その夜帰宅すると、タングがガシャガシャと廊下に出てきて、僕が玄関を閉め切らないうちに両脚に抱きついてきた。満面に嬉しそうな笑みを浮かべ、ぴょこぴょこと足を踏み換えている。僕はタングの頭をぽんぽんと撫でた。

「どうしたんだ、タング？」

「ベン！　ベン！　ベン！　ベン……ありがとう！　ありがとう、ベン！」

「何だ何だ？　僕が何かしたか？」

そうエイミーに問いかけながら、僕はしつこいゾンビみたいに絡みつくタングをそのまま引きずって居間に向かった。エイミーは装丁と大きさからして法律書としか思えない本を読んでいた。かけている眼鏡は読書用に最近買ったもので、僕もそうだが、そんなものが必要になったことを嘆いている。僕はエイミーの頭のてっぺんにキスをすると、部屋の反対側でスティックパンをもぐもぐしながら氷を題材にしたアニメーションを見ているボニーに手を振った。

「タングはペットを飼うことになったの」エイミーが本から顔を上げずに言った。

「えっ」

「ペットのことはあなたもしばらく前から考えていて、そろそろいいかなと思っていたところだと、タングに伝えたの」

「だけどそれは……それは」エイミーが僕を見て片方の眉を上げた。明らかに〝タングの疑問を聞いてやってくれって言ったのはあなたじゃない〟という顔だ。

「うん、思ってた」僕は同意した。「ふたりでそう話してたんだよな。猫か何かにしよう、それがいい」昔飼っていて、何年か前に死んでしまった老猫のことを思い出し、胸が少し熱くなった。あの時エイミーは次の猫は飼いたがらなかった。僕たちの間が……ぴりぴりしていた頃の話だ。

「タングにはあなたが選びなさいと伝えたわ、タングのペットだから」

「えっ」本音が悲しい声となって思わず漏れた。いや、でもまだタングの考えをこっちに引き寄せられるかもしれない。「うん、それはそうだ、当然だ。タングのペットだからな、タングが選ばないと」

「イエイ！」と言ったタングの顔を見て、エイミーの判断は正しいと思った。魚でさえなければいい。魚をペットにする気持ちが僕にはどうしても理解できない。海や湖や川にいるなら、いい。だが、ペット？ あり得ない。それに手術となったら厄介だ。

誰も驚かないだろうが、タングが選んだのはもちろん魚だった。ふたりで旅した時のことを思えば、僕にとっても驚きではないはずだった。タングにとって一番楽しかった冒険はつねに、僕が誘ったグラス底ボートでの遊覧なのだ。あの時も魚を見てとても喜んでいた。

大型ペットショップにのんびり足を踏み入れた時点では、ハムスターかウサギあたりになるのかなと思っていた。タングでも抱えることができ、欲を言えば抱いてかわいがれる動物。だが、タングは齧歯《げっし》動物コーナーは一瞥しただけで、店の奥の壁に向かって直進した。そこには高さ百二十センチ、幅は少なくともその二倍はありそうな棚があり、熱帯魚が泳ぐ青い水槽が十余り並んで、低いモーター音を立てていた。タングはすべての水槽に順番に顔と手を押しつけては、何かが目の前を横切るたびに「おおおお」とか「わあああ」と声を上げた。そういえばグラス底ボートでもこんなタングを眺めていたっけ。記憶に喉が詰まったようになった。僕はタングの隣にしゃがんで一緒に水槽をのぞいた。エイミーはボニーに〝うしゃぎ〟を見せにいってくると言った。そうでもしないとボニーがベビーカーから脱出して、袋詰めされた動物の寝床用の藁を食べかねないからだ。娘はさっきからそれを狙っている。

「どれがいいかな。決まったかい、タング?」

タングは僕を見てかぶりを振った。「ううん。魚みんなきれい。みんなほしい」

「全部が無理なのはタングもわかってるだろう。代わりに、ひとつの水槽に小さな魚をたくさん飼うのはどうだ? たとえばこれみたいに」僕は昔からなぜか不動の人気を誇るネオンテトラの群れを示した。もっとも、僕自身は甲殻類の方がまだいいと思った。少なくとも生物学的な背景という観点では甲殻類の方が面白い。

だが、タングはネオンテトラには興味を示さなかった。彼は魚が一匹だけ入れられたた別の水槽の前に移動していた。

「ベン、この魚ひとりぼっち。もしかして寂しいかも? この魚何? 何ていう名前?」

僕は水槽に貼られたラベルを見てほほ笑んだ。タングがその魚に引き寄せられたのは偶然ではなく、いわば運命だった。
ラベルにはこう書いてあった。〝ダング・フィッシュ〟。

十七　サカナを探せ

帰りの車内、タングは後部座席でタング・フィッシュの入ったビニール袋をずっと握っていた。あんまり強く握るから、手がビニールを突き破り、水が噴き出してしまうのではないかとひやひやした。トランクに積んだ、どぎつい蛍光色の橋や頭蓋骨や宝箱の入った大きな水槽がカタカタと振動し、車がスピード防止帯の上を通るたびに、タング自身が出す音と似ていなくもないガタンという大きな音を立てた。

タングの様子が気になるボニーが、チャイルドシートから目一杯首を伸ばす。袋の中で大きく跳ねる水と一緒に揺れている奇妙な生き物に興味津々だ。一、二度、袋を掴もうとしたが、魚の脅威になるにはボニーの腕は短すぎ、袋からも遠すぎた。そもそもタングがそれを許すはずがない。

帰宅後、床掃除用の赤いバケツに入れられた魚は、僕たちが彼の水槽の準備をする間、円を描きながら泳いでいた。僕には魚が果たして〝彼〟なのかはわからないが、タングはそうだと言い切った。

「魚の男の子」と、僕たちに告げた。

「どうしてわかるんだ？」僕は尋ねた。「僕がちゃんと確かめて、正確な性別を教えてやろうか？」

「いい。魚の男の子。男の子なの。魚の男の子。それか魚のおじさん。うん、おじさんかも」タングは僕の答えなど求めてはいなかった。それでも答えようと息を吸ったら、エイミーがかぶりを振った。

「わかったよ」僕は同意した。「その子は魚の男の子だ。おじさんじゃなくて男の子だと思う。まだとても若いからな。ペットショップでは必ず若いうちに売るんだ」

「何で？」

「その方がその生き物の命を長く見ていられるだろう。年を取ってから売ったんじゃ、すぐに死んじゃって、飼い主はその生き物のことをほとんど知らないまま終わってしまう。それにそういう売り方をするとなると、店は生き物が年を取るまでずっと面倒を見なきゃならなくなる。そんなの意味がないだろう？」

タングは納得したようで、うなずきながらバケツの中をじっと見つめた。

「彼のことは何て呼ぶの、タング？」エイミーが話を変えた。タングはしばし考えた。

「サカナ」

「そう、魚のこと。名前は何にするの？」

タングが、ばかなの？　という顔でエイミーを見上げた。

「サカナ」

「それが名前なの？　サカナ？」

「うん」

今度はエイミーが何か言いかけ、僕がかぶりを振った。タングの考えを変えさせようとするだけ無駄で、その突拍子もない理屈を受け入れて好きにさせるのが一番という場合がままあることを、ふたりとも知っているはずなのに、時折それを忘れてしまう。おまけに今みたいに一度の会話の中でふたりして忘れてしまうこともある。

タングはバケツの中で泳ぐ藍色と黄色の魚を目でぐるぐる追いかけている。それにしてもツイていた。タング・フィッシュには他の魚と一緒にすると相手を攻撃する性質があったので、僕たちは二匹以上の購入は可能かと店側に訊くことはせず、タングにも事情を説明したのだ。

「いいよ」と、タングは納得した。「僕一匹しかほしくない。一匹が一番。一匹は特別。いっぱいいたら、あんまり特別じゃなくなっちゃうかも。お気に入りの子ができて、他の子たちやきもち焼いちゃう」その時点で僕は、いや、きっと魚がたくさんいたらいたで、タングはみんなのことを大好きになると思うぞと説明を始めた。子どもとおんなじだと。僕やエイミーがタングのこともボニーのことも愛しているのと同じようにと。だが、途中で諦めた。タングにはつねにお気に入りのものがあったし、魚がやきもちを焼くかどうかは別としてもタングの言わんとしていることはわかった。他の子がやきもちを焼くことをタングが心配した、その事実だけで十分だった。

水槽の底に砂利を入れる作業はタングにも手伝わせてやり——タングが選んだのはピンクの砂利で、エイミーはぎょっとしていた——彼がサカナのために水槽内に魚用のオブジェを配置する間、僕とエイミーは見守っていた。延々と待たされた。風水的によい配置が定まらないのか、ああでもないこうでもないとやるものだから、僕はいい加減キレそうになった。やがて配置がすみ、水温が室温と同じまで上がると、僕たちはサカナをバケツから新しい家に移し替えた。サカナはプラスチックの岩の裏にぴゅっと隠れた。

「次は？」と、タングが尋ねてきた。恐れていたとおりだ。だから魚はつまらないと言ったのに。魚ではタングを楽しませるには力不足だと。だが、誰か僕の言葉に耳を貸したか？　貸さない。しかし、タングが言いたかったのはそういうことではなかった。

「次はって、どういう意味だ？」

「僕エサあげる？」

「ああ、少しならあげていいよ」

「わかった」と言うと、タングは餌の容器を傾けて中身を丸ごと投入した。

「少しって言っただろ、タング、全部入れてどうするんだよ！」

僕たちは水槽の餌をさらった。

それがすむと、タングはその場に立ってじっと水槽を見上げた。ボニーがガラスを叩きたがるとまずいので、彼女の手の届かない高さに置いたのだ。

「いつもの踏み台を使う、タング？」エイミーが尋ね、答えを待たずに取ってきてやった。

それから三時間、僕たちはタングをそっとしておいた。タングは彼専用のキッチン用の踏み台に乗り、水槽のガラスに手と顔をくっつけて、サカナが何かするのをひたすら待っていた。

魚は十三日間生きた。断っておくがタングのせいではない。事は彼が一切関与しないところで起きた。問題はジャスミンだった。

至って順調だったのだ。タングは飼い主としてサカナのことをそれは気にかけ、餌にしても、やりすぎれば死んでしまうからその辺でやめておけと僕が止めるまでやり続け、朝も昼も夜もほぼ一日中水槽に顔をぺたっと張りつけてサカナを眺めていた。

初めての水槽掃除では、エイミーと僕がサカナを水槽からバケツへ移し、清掃後には再び水槽に戻すのを、タングはやきもきしながら見守っていた。自分も手伝いたがり、無理だと告げたら不満げだった。言いたいことはあったものの、僕もしばらくはこらえていた。だが、とうとう我慢できなくなり、陸の生き物をペットにしていれば何の問題もなかったのにと指摘したら、タングにぎろりと睨まれた。だから、二度目の清掃の時にはタングの手をビニール袋で覆い、せめて水をあけた空《から》の水槽の掃除だけでも手伝えるようにしてやった。タングはサカナが混乱してバケツの中をぐるぐる泳ぐのを楽しそうに眺めていた。

タングは毎朝一番にサカナが元気かを確かめにいき、夜も家族が皆帰宅すると、朝と同じようにした。そんなある日の夕方、大学での一日を終えた僕は、ボニーとタングを連れて地元の自然保護区（と言っても、小さな林に浮き彫りの白い文字が記された木の看板があるだけの場所）を散歩してきたエイミーと帰宅が同時になった。全員でどたどたと家の中になだれ込み、いつものごとくコートや靴や小さな長靴を廊下に脱ぎ散らかした。タングはサカナの様子を見にまっすぐ居間に向かったが、僕たちが廊下から移動する間《ま》もなく、泣き叫ぶ金属的な声が響いた。エイミーと僕が顔を見合わせる間にも、タングは「ベンベンベンベンベン！」と叫びながら両手で水槽の側面を叩いている。

きっとサカナが水面に浮いたまま動かなくなっているのだ。タングにサカナは何かしらの理由で死んでしまい、埋めてやる必要があることを説明しなければ……だが、サカナはそこにいなかった。タングのタング・フィッシュは忽然と姿を消していた。

「いったいどこに行ったんだ？」僕は自分にともタングにともつかない問いを口にした。「魚は水槽から飛び出して脱走なんてしない。ハムスターならそれもあり得るけど、魚はやらない。その心配だけはないはずなのに……普通は」その頃にはエイミーもボニーを連れて僕たちのそばまで来ており、やはり困惑顔で空の水槽を見つめていた。

「いったいどこに行っちゃったの？」エイミーが言う。

「僕も同じことを言った……さっぱりわからない」

「サカナどこ？　ベンとエイミー、サカナ探して！　絶対探して！」タングが必死の形相で僕の両脚を摑む。

「わかってるよ、タング、頑張って探すから。だけどな……」僕はタングの顔の高さに合わせてひざまずいた。「もし見つけられたとしても、たぶん死んでしまっていることは覚悟しておかないといけないよ」

「何で？」

「魚は水の外では生きられないんだ。水槽から出てしまったら、あっという間に死んでしまう」

「えっ」

この現実を変えてやれたらと思った。子どもにとって初めてのペットを失うという経験は非常につらいはずで、それはタングも同じだった。タングはその場にドサッと座り込むと、ガムテープをいじり始めた。ボニーがはいはいで近づき、すべてわかっているかのように、タングの小さな金属の肩をぽんぽんと叩いた。

「せめて何があったのかを突きとめてやりたいな」僕はエイミーに言った。彼女もうなずき、次の瞬間フランス窓の方を二度見した。目をみはり、僕の袖をそっと取り、そのまま窓辺へ引っ張っていく。

「何?」僕は無音で唇だけ動かしたが、エイミーはかぶりを振って声を出さないでと合図してきた。そして、庭の定位置にいるジャスミンを指差した。ただし、今日はジャスミンの隣に三毛の子猫がいた。

ふたつの事実を結びつけるのに数秒かかったが、目を凝らしたら、小さな動物の目の前の地面に鱗状の尾の半分が落ちていた。

僕は窓ガラスに頭をゴンと当て、肩を落とした。

「タングのやつ、ジャスミンを殺しちまうよ」と、エイミーにささやいた。彼女もうなずき、僕をキッチンへと引っ張った。

「タングに気づかれる前に証拠を隠せないかしら?」

僕はキッチンの入口から悲嘆にくれるタングをこっそりのぞき見た。

「やってみるか。君はあの子たちのそばにいて、タングの気をそらしておいてくれるか……タングが僕の方を見ないように」僕たちはそれぞれに動き出した。だが、証拠隠滅作戦を決行するより先にガシャガシャという音がして、タングがのろのろと僕たちの視界に入ってきた。窓から庭を眺める。一瞬すべてが静止した。エイミーは息をのみかけ、僕はタングが犯罪現場をしかと目撃してしまう前に視界を遮ろうと、タングの前に飛び出そうとした。だが、遅かった。

「やだ！」と叫ぶや否や、タングは僕を押しのけてフランス窓を勢いよく開けた。毎度のごとくつまずきながら桟を越え、足を踏み鳴らしてデッキを渡り、子猫の隣で空中停止しているジャスミンに近づく。僕たちもあとを追った。ボニーもだ。

「僕の魚だよ、ジャス・ミーン！　何で魚、小さい猫にあげる？　僕の魚なのに」

子猫は睨み合う二体のロボットを前にしても動じるでもなく、横になって顔を洗い始めた。ジャスミンが赤いスキャナーをタングに走らせる。

「タングという名で知られているロボットさん、すみませんがあなたの質問の意味が理解できません。この若いネコ科の動物は瀕死の状態で、栄養を必要としていました。そこでこの一帯をスキャンしたところ、咀嚼するのに最適な温度の濃縮された新鮮な蛋白源を発見しました。私は餌を調達しました。見てのとおり、動物はかなり回復しました」子猫が横になったまま顔を逆さにして、タングを見上げる。間違いなくタングに笑いかけている気がする。僕はつかの間、タングが子猫を蹴飛ばすのではないかと危ぶんだが、タングはその場に突っ立ったまま、どうしていいかわからない様子だった。僕はふたりの話に割って入った。

「つまりこういうことか、ジャスミン。君は僕たちの家に侵入し、タングの魚を盗み、野良猫に食べさせたのか？」疑問はたくさんあったが、真っ先に頭に浮かんだのは安全面の問題だった。「いったいどうやって家に入ったんだ？　どこも壊されてないし、わけがわからない」

「人間の土地建物への損害を最小限に抑えつつ魚を獲得するために、ありとあらゆる種類の家庭用施錠装置について調べました。その成果は出せたでしょう？」

「たしかにそうだが、問題はそこじゃない。君が我が家に侵入できるという事実そのものがいやなんだ！」そこまで言って、ふと思った。「ちょっと待った、いつでも家の中に入れるなら、何でまだ外にいるんだ？」

ジャスミンの赤い光がすばやく揺れた。基本的には混乱しているサインだ。

「私は住居内へは招かれていません」ジャスミンは何をわかり切ったことをと言うように答えた。「私が人間の土地建物内に侵入するとすれば、それは生死に関わる状況が生じた場合のみです。今回はそれに当たると判断しました」

「でも、君は僕たちの庭にいる。ここだって僕たちの土地建物だ……いや、まあそれはいいや」ジャスミンの光がすばやく泳ぎ始めるのを見て、僕は言った。ひとまずはジャスミンが深夜に予告もなく僕たちの枕元に現れることはないとわかってほっとした。

自力でデッキまで出てきたボニーが、嬉しそうに歓声を上げ、四本のぷくぷくの指で子猫を指差すと、今までで一番上手に手を叩いた。

「ね……ね……ね！」と何度も叫ぶから、ついにはタングの顔にも一瞬ごくかすかな笑みが浮かんだ。その時のタングはひどいことをしたジャスミンを憎みつつ、同じロボットとして彼女の理屈も理解していた。ジャスミンが手を差し伸べなければ子猫はおそらく死んでいただろうし、ジャスミンは正しいと思うことをしたのだと、タングもわかっていた。タングは前かがみになって両手ですくうように子猫を抱き上げると、ボニーのもとに連れていき、撫でさせてやろうと優しく差し出した。子猫はまだ小さく、生後五カ月前後と思われたが、それでも赤ん坊の目には十分に大きく映るはずだ。しかし、ロボットを兄として育っているボニーには怖い物などあまりないらしい。

「今、僕の猫？」タングが僕たちに訊いた。現在のタングの言語能力からするとずいぶんつたない話しぶりに戻っている。「僕とボンニーの猫？」

「ジャスミン？」と、エイミーが声をかけた。「あなたはどう思う？　強いて言うならあなたの猫だから」ジャスミンの光が一定のリズムで小さく動いた。

「構いません。私には動物は必要ありませんから。小さなネコ科の動物の所有者になることで幼い子どもとタングという名で知られているロボットが幸せになるなら、彼らの物にしてはならない論理的な根拠などありません」

その時、タングがその場の誰も予想しなかったことをした。一番驚いたのはジャスミンだろう。タングは子猫をボニーの前にそっと置くと、物怖じしない子猫を抱き寄せて口に入れようとするボニーを残し、ジャスミンのそばに戻って片手を差し出したのだ。ジャスミンは一瞬ためらったが、やがて体を傾けるようにしてハンガーの手を差し出すと、タングの手を取った。ジャスミンが魚の代わりとなるペットをくれたことで、タングの頭の中ではふたりは対等になったからなのか、それともジャスミンの優しさを初めて垣間見たからなのか。理由は謎だが、タングはジャスミンを許すことに決めたらしい。

十八　中へ

次にどう動いたらよいものか、皆わからずにいた。猫の件は互いに納得できる形に落ち着いたようだから、子猫を連れて家に戻るかと、それぞれがジャスミンに背を向けた時、彼女を残していくことがなぜだか間違っているように感じた。タングも後ろ髪を引かれるのか、きびすを返したものの肩越しに頭だけくるりと回転させ、体はジャスミンから離れながらもずっと彼女を見続けている。当のジャスミンはその場に空中停止して赤い光を一定のリズムで揺らしているだけで、内心は読めなかった。もっともタングと握手を交わしたハンガーは伸ばしたままだ。ただ、それがジャスミンの気持ちの表れなのだとしても僕たちは気づかなかった。

タングがジャスミンとボニーのちょうど中間地点で立ち止まり、頭を前に戻して僕を見上げた。次いでエイミーを、さらにジャスミンを見て、また僕に視線を戻した。

「ジャスミンいい？……僕たち、ジャスミン中に入れていい？」

僕はため息をついた。

「それはどうかな、タング」と答え、彼を庭の端へ連れていった。エイミーも加わる。

「ジャスミンを信頼していいのか、わからない。いや、本当は信頼なんてできない。だって彼女はボリンジャーに位置情報を送ってるんだぞ、そうだろ？」

タングがうなずく。「でも、どうせジャスミン、それ続ける。違う？　庭でも家の中でもおんなじ。家の中入れてあげたら、僕たちのこと好きになるかも。送信やめるかも」

僕がエイミーを見ると、彼女は肩をすくめた。「タングの言うことも一理あるわ。場所は関係ない。その気になれば家の中に入ってこられるとなれば、なおさらね。ジャスミンがここに来たのは私たちに危害を加えるためではないと思う。そのつもりなら、とっくに行動しているはずだもの。そういう意図のプログラミングはされてないのよ。それに、ジャスミンが怒っていたなら、リサイクルセンターから戻ってきた時点で私たちを攻撃していたはず。ジャスミンを追い払えないなら、考えを改めさせる努力をするのが一番なのかもしれない。天気も構わず庭に放置してたんじゃ、考え直してなんてもらえないわ」

エイミーの主張を後押しするように、映画みたいに雷が低く轟いた。僕は信心深い男ではないが、しるしを与えられれば気づく。

「わかった」と言って、宙に浮いているロボットに近づいた。「君さ……その、もしよかったら一緒に中に入るかい、ジャスミン？」

彼女は赤い光をひとりひとりに向けた。その光がタングの上にわずかに長く留まる。まるで僕とエイミーのことは信用していないみたいだ。まあ、それも当然か。すでに一度、彼女を捨てようとした前科があるのだから。

「なぜですか？」ジャスミンは尋ねた。

「なぜって、その方が君も居心地がいいんじゃないかな。それに……」何を言えばいいかわからず、僕の声は尻すぼみになった。ロボットに理屈を説明するなどお手の物だろうと思われるかもしれないが、とんでもない。むしろ、虚勢を張っているだけのような気がする。

「お気づきのとおり、私の主な機能は与えられた任務を遂行することで、その任務はあなたとあなたの家族に確実に悲しみをもたらします。私が任務を果たせば主《あるじ》がここに現れる。幸せを守るためにはそれは避けたいというのがあなたの考えだと私は思います。それなのになぜですか？」

「その方が親切だからかな。君もさっきタングとボニーに優しくしてくれたから。君はタングを傷つけたけど、その埋め合わせをした。よくわからないけど、君にはプログラミングされた以上の何かがあるような気もするんだ」タングが隣に立ったのがわかった。

「うん」と、タングが言った。「僕、そう思う」

「私もよ」エイミーも同意する。

「君の生き方をボリンジャーに決めさせてはいけないよ、ジャスミン。タングに訊いてごらん、そんなことをさせる価値のある男じゃないから」

ジャスミンの光がある種の葛藤を表すように左右に泳いだ。しばらくして、彼女は言った。

「あなたの理屈は完全には理解できません。ですが、私に危害を加える意図はなさそうです。それに冷たい雨風にさらされる期間が長引けば、ちなみに約三分後にもこの一帯は荒れた天気になりますが、私の外装にも回路にも障りが出てきます。それに」と、ジャスミンはつけ加えた。「私は皆さんの家が好きです」そして、わずかに前に進み出た。タングが隣に立ち、ジャスミンの手を取って優しく家までエスコートした。

「子猫のことは何て呼ぶの、タング?」室内に戻りながら、エイミーが尋ねた。タングは振り返って、今は僕の腕の中にいる生き物を見つめると、エイミーと僕を交互に見た。

「呼ぶ? 僕のところに来てほしい時にってこと?」

「まあ、それもあるけど。単純に何て名前にするのかってこと」

「ああ」と言うと、タングは少し考えた。そして、結局はこう宣言した。「ネコ」

「ネコ?」エイミーと僕は同時に訊き返した。

「うん」

魚の時と同じ展開だ。

「ほんとに? ただの〝ネコ〟? ちゃんとした名前をつけてやらないのか?」この会話の行き着く先が僕にはすでに見えていたが、子猫のためにも一応指摘はするべきだ。

「ちゃんとした名前って何? 何で〝ネコ〟はちゃんとした名前じゃないの?」

「何でって、ネコじゃ生き物の名前そのままだからよ。それって、たとえばベンのことを〝人間〟って呼ぶのと同じよ」エイミーが言った。

「そっか」

ひょっとしてひょっとしたら、今回はタングも考え直してくれるかもしれない。

「でもいいの」次の瞬間、タングはそう言った。「僕、〝ネコ〟って呼ぶ。気に入った」

「まあ、いいか」

「前例もないわけじゃないしね」エイミーが言った。

「魚の時の?」僕の問いにエイミーはかぶりを振った。

「ううん、『ティファニーで朝食を』よ。あれに出てくる猫は猫って呼ばれてるの」

「へえ」タングと僕は同時に言い、タングはさらに続けた。「ティフ……ティフ……の朝食って……何？」

「気にしないで」エイミーはネコの頭をかいてやった。「ただの映画。ネコはすてきな名前だわ」

　タングはご満悦だった。

「おいで、タング」僕は声をかけた。「ネコにツナ缶を探してやろう」

「これからどうする？」キッチンの床で餌を平らげるネコと、その様子を隣に座って見つめるタングを眺めながら、エイミーが低くささやいた。

「ん？　猫のこと？　まあ、飼うことになるよな」

　ネコは餌を平らげるとキッチンからゆったりと出ていき、タングもそのあとをついていった。エイミーが呆れ顔で僕を見た。

「そうじゃなくてジャスミンのことよ」

「ああ。そりゃそうだよな。ごめん。どうしたらいいんだろうな、これに関しては先例がないし。タングがうちに来た時とは比べられないだろう？」

　エイミーがちらりと僕を見た。タング自身も当時庭から家、いや、正確には車庫へと居場所を移したのだが、それはエイミーがタングを目障りに思い、庭にぼろぼろのロボットがいるところを近所の人に見られてあれこれ詮索されるのを嫌ったからだった。タングがやがて家の中で過ごせるようになったのは、僕がタングをきれいに清掃したからであり、単純にタングが車庫に留まってはくれなかったからでもある。だがジャスミンは、何というか、礼儀正しい。僕たちが望まない限り家の中に入るつもりのないことはすでに本人が明言していたし、今も僕たちの視界に極力入らないようにソファの裏にいるあたり、彼女を家に入れることを今さら僕たちが望むとは思っていないのだろう。彼女の立場に立ってみれば、何が引っかかっているのかは想像がついた。僕たちが純粋にジャスミンに優しくし、彼女を許そうとしているのだとはいまだ理解ができないのだ。タングも許すという概念がなかなか掴めなかったが、そこはジャスミンも同じらしい。それでもタングに理解できたのなら、ジャスミンにもわかる日がきっと来る。外装こそはるかにぴかぴかなジャスミンだが、使われている技術はタングと同じだろうから、彼女にも教えてやれないはずはない。エイミーの言うとおりだ。ジャスミンに対するボリンジャーの忌まわしい影響力を削《そ》ごうと試みるなら、これが最善の方法だ。

「お湯を沸かすよ」しばらくして僕は言った。エイミーは僕がふたり分の紅茶を淹れ、ボニーにサンドイッチを作る間、カウンターにもたれていた。時折居間の方をのぞいては、ロボットふたりとボニーの様子を確かめている。これが他の家庭なら、ロボットが我が子に危害を加えていないかを確かめているところだが、こと我が家に関してはその逆の心配をしているのが容易に想像できる。タングが相手でもボニーが一歩も引かないことは実証ずみだし、タングはけっしてボニーに暴力を振るわない。ジャスミンにもそれを許さないだろう。それにエイミーも僕も、もはやジャスミンが僕たちに危害を加えることを本気で案じてはいないのだと思う。

「彼女にも居場所を用意した方がいいかしらね？」と、エイミーがジャスミンの方に頭を傾《かし》げた。

「居場所って？」

「タングには自分の部屋があるでしょ。ジャスミンにも部屋を作った方がいいかしら？」僕が眉をひそめたら、エイミーはその実現性を示そうとした。「あてがってやれる部屋ならあるわ」そう続けたエイミーに、僕はかぶりを振った。

「いや、そういうことじゃないんだ。ただ、ジャスミンがこのまま留まるかもわからないだろ？　むしろ留まらないことを願ってるんじゃなかったっけ？」

エイミーは肩をすくめ、バターナイフを取ってくれた。

「どうかしら。あなたの言うように先例がないから。タングの時も、あの子が留まるかどうかなんてわからなかったけどね。少なくとも私には」

それどころか、当時のエイミーはタングを我が家に置くなどとんでもないと思っていた。本人もそれを覚えているらしく、苦笑いを浮かべている。

「だけど、ジャスミンの考えを変えられず、彼女がボリンジャーをうちへ導いてしまったらどうする？」

「それはそうなった時に考えるしかないんじゃないかしらね。何にせよ、ジャスミンを彼のもとに送り返すわけにはいかない。そんなの……そんなの残酷じゃない？」

「まあ、僕らも一度は彼女をスクラップにしようとしたけどな」僕はバターナイフで曖昧な身振りをしながら指摘した。「すでに一度、手の平を返すような真似をしてるんだ。ジャスミンが僕たちを信用しないのも無理はない」

「私が言いたいのもそこよ。ジャスミンを歓迎しないまま、いずれまた追い出そうとしたなら、彼女はかなりの確率で本来のプログラミングを無視して私たちを脅威とみなし、始末しようと考える。私が覚えている限り、ロボットが凶悪化して人間を襲う話では、必ずと言っていいほど人間の方が先にロボットにひどい仕打ちをしているの」

　僕たちはジャスミンに部屋を与えた。〝当面〟タングと同室で過ごしてもらう案も持ち上がったのだが、タングは自分の物に対する独占欲がかなり強く、僕たちがいくら人と分け合うのはよいことだし立派なことだと諭しても、人と共有したがらない。

親として躾をしようとする反面、僕はタングの気持ちがわからないでもなかった。ボリンジャーと暮らしていた頃のタングは自分の物などひとつもなく、物は所有できるのだ、少なくともタングにはそれができるのだという考えに慣れるまでずいぶん時間がかかった。自力でのぼれるところが気に入っている床のフトンベッドに、前年タングと僕とで旅した場所に印をつけた世界地図、魔女から隠れられるクローゼット（これは話せば長くなる）に、僕の姉のブライオニーが物作りにはまっていた時期に編んでくれた手袋。そのひとつひとつが置かれた寝室は、いわばタングが僕たちを愛する理由を祭ってある社《やしろ》であり、神聖な場所なのだ。タングはジャスミンという存在を受け入れはしたかもしれないし、ひょっとしたら少しばかり好きになりつつあるかもしれないが、それでも彼女を自分の物には近づけたがらなかった。

僕たちは部屋に何を置きたいかとジャスミンに尋ねた。タングは以前家具を買いに行った際には明確な希望を持っていた。だが、ジャスミンはどうも違うらしい。

「何を訊かれているのか、よくわかりません」ジャスミンは言った。僕たちは、昔の写真が入ったいくつかの箱に、ブライオニーの古い乗馬用ヘルメット、鞍、そしてスキー板が何本か置かれている以外、空っぽの部屋に立っていた。

「タングが自分の部屋を持っているのは見ただろう？　自分の物を置いてあっただろう？」

「なぜ彼にはベッドを置く部屋が必要なのですか？」

「眠るためだよ」

「でも、彼はロボットです。睡眠は人間やその他の生物が行う活動です」

「いいかい。タングにおまえは生物ではないなどと言って聞かせようとはするなよ。傷つくからな」

ジャスミンはうなずく代わりに光を上下させた。

「有機組織のあるなしなどより、タングに意識や心があるという事実の方がよほど、彼に命があることを表しているのはわかります。それでも睡眠が必要な理由は理解できません」

「とにかく必要なんだよ。僕たちが眠るのを見て覚え、それが習慣になったという面もあるだろうけど、その日学習したことを処理する上で睡眠が必要だという側面もある。タングは君とは違うからな。ボリンジャーは君のことはすぐに機能する完成品として作り上げた。君はあらゆる……あらゆる」僕は両手を振って的確な言葉を探した。「必要な事実、とでも言うのかな、それをすでに知ってる。足りないのは、プログラミングから解き放たれて自分のために生きる術《すべ》だけだ。だけど、タングは一から全部覚えなきゃならなかった。もともと何かを取ってきたり運んだりするためだけに作られたロボットだからね。ボリンジャーの失敗はタングに人工知能《AI》を与えたことだが、それゆえにあの子は僕たちの知る、僕たちの愛するロボットになった。今の説明で伝わったかな？」

「はい」と、ジャスミンは答えた。「おっしゃっていることはわかる気がします。タングにベッドが必要な理由もわかりました。でも、なぜ私にも必要なのですか？」

「まあ、必要ではないだろうな。部屋には君がほしいものを置いたらいい。ベッドがいらないなら置かなくてもいい。ただ、たまには休憩するのも君のためには大事だと思うよ。隅っこなりどこなり、くつろげる場所を見つけて少しゆっくりするといい」

ジャスミンは再びうなずいた。そして、部屋の奥の隅へ空中移動すると、こちらにくるりと向き直った。

「これでいいですか？」

「文字どおり隅を見つけろってことじゃなくて……まあ、うん、ジャスミン、そんな感じだ」

「次はどうすれば？」

「考えるのをやめて頭を空っぽにしてみたらいいんじゃないかな」

「私に頭はありません」

「だったら君の思考を生み出している場所をさ。CPUだか何だか知らないけど」

「ああ、なるほど。やってみます」

いぞ」

「少し練習が必要かもしれないから、はじめからバシッといかなくても焦ることはな

「バシッといく……頭を?」

「いや、今のはただの表現だから。な?」

「はい」

「部屋に慣れる時間がいるだろうから、僕はしばらく下に下りてるよ。ここに置きたい物を考えてみてくれ。少ししたら戻ってくるから」

ジャスミンがうなずく。僕は部屋を出ると、ドアをわずかに開けておいた。閉めたがためにジャスミンが閉所恐怖症などを起こしてはいけない。タングを恐怖のどん底に突き落とすものなら把握しているが(ひとりぼっちにされること、熱、魔女)、ジャスミンのことは、彼女の知能の高さにもかかわらずいまださっぱり掴めず、推測するしかない。

一階に下りると、エイミーがコーヒーを飲むかと訊いてくれたので、僕は飲むと答えて彼女のいるキッチンカウンターに向かった。

「ジャスミンの様子はどう?」エイミーが尋ねた。

「うーん、なぜ〝物〟が必要なのかが理解できないらしい」

「まあ、いいんじゃない? たぶん本当に必要ないのよ」

「あと……たった今、瞑想の仕方を教えてきた気がする」

十九　ホース・オブ・ザ・イヤー

部屋に置きたい物を考えてもらった結果、ジャスミンは最小限の物で暮らす究極のミニマリストだとわかった。翌日、僕が動物病院から帰宅すると、ジャスミンが玄関まですうっと迎えにきてくれた。

「ベンに言われたとおり、部屋に置く物について考えてみました」

「いいね、いいね。で、何に決めたの?」

「箱とスキー板とヘルメットを置きたいです」

「それってつまり、すでに部屋にある物ってことか?」

「はい。気に入ったので。それから馬のための物も。鞍を。あれに座るのが好きなんです」

どうやら我が家には馬好きのロボットがもう一体増えたらしい。実際にはどこにも〝座る〟ことのないジャスミンがいったいどうやって鞍に座るのかとは、あえて訊かなかった。そんなことはどうでもいい。ジャスミンが嬉しいならそれでいい。それこそが目的なのだから。

「他にほしい物はないのかい？」僕はつま先で踵を押さえて片方の靴を脱ぐと、もう一方も同じようにして、小ぶりの鞄を書斎に置きに行った。ジャスミンが後ろを飛んでついてきた。

「実はあります」

僕が動物病院で働く日には、エイミーは郵便物を僕のパソコンの上に置いておくことが多く、僕は気になるものはないかと、請求書やスーパーマーケットのチラシにざっと目を通した。何もなかった。

「何がほしいのかな？」

「本棚がほしいです」

「本……棚？」

「はい」

「それだけ？」

「はい」

「本も一緒に？」

「今のところは棚だけで結構です。もしお手数でなければ」

「ちっとも」何かを読みたければ頭の中をスキャンすればすむはずのジャスミンが本

棚をほしがる理由は謎だったが、ロボットが思いも寄らない物を必要としたりほしがったりすることはとっくの昔に経験ずみなので、今さら驚きはしなかった。近頃はそのまま受け入れるようになっている。

「ひとつ、オンラインで見つけたんです。お見せします」

そう言うなり、ジャスミンは僕が見たことのないことをした。光の色が赤から白に変わり、下を照らしたかと思ったら、彼女の前方の床にインターネット上のページが高解像度で投影されたのだ。

「すごいじゃないか、ジャスミン！　こんなことができるのに、何で今まで黙ってたんだ？」僕は書斎から顔だけ出してエイミーを呼んだ。「エイミー、ちょっと来てこれを見てごらんよ！」

少ししてやってきたエイミーは、僕の頬に軽くキスをして、「お帰りなさい！　今日は調子よくいった？」と言った。

「うん、おかげさまでスナネズミを去勢して、顎の骨を折った猫にエリザベスカラーをつけて、カメに抗うつ薬を投与したよ。でも、そんなことよりジャスミンを見てみなよ！」

「顎の骨を折った？　何でそんなことになっちゃったの？」

「窓から落ちたんだ。それより見て！」

「うわあ、痛そう」

「うん、たぶんね、でも命に別状はない。ああいう症例は大概そうだ。そんなことよりジャスミンを見てみてくれよ」

エイミーは僕越しに書斎に目をやり、ジャスミンが床に投影した映像を見た。

「インターネットのページね。ということは本棚を見つけたのね?」

ジャスミンがうなずく。

「ちょっと待った、エイミーはジャスミンに『スター・ウォーズ』のR2‐D2みたいな特技があるって知ってたのか?」

「うん。ごめん、てっきりあなたも知ってるかと思ってた。ジャスミンはこれでボニーを楽しませてくれてたの。アニメの再放送を再生してくれてね。ボニーったら、投射された光の筋に両手を突っ込んで光を摑もうとするのよ。かわいいの」

「そりゃ、かわいいに決まってる! にしても、何で僕だけ知らなかったんだ?」

エイミーは肩をすくめ、ジャスミンは僕に向き直ろうと光線をこちらに向けた。いつもなら赤い光が僕の顔や首を照らすところだが、今は映像が投影されている。

「ごめんなさい、ベン。これが特別なことだとは思わなかったんです。人が見たがるようなものだとは」

「それに、さっきも言ったけど私はてっきりあなたも知ってるとばかり思ってたから」エイミーが慰めるように言った。

「まあ、いいけどさ」しばらくして僕は言った。「ジャスミン、君はまじですごいよ」

「私がま……じ？」

ジャスミンが我が家の敷居をまたいだ週の金曜日の夜、エイミーは昔の同僚やブライオニーと出かけていた。子どもを寝かしつけた僕は、テイクアウトの料理とビールを手にテレビを見始めた。録画しておいたものをざっと確かめたが見たいものがなかったので、今放送中の番組に面白そうなものがないか、チャンネルを替えていった。そして、偶然にも最高の番組を見つけた。

ホース・オブ・ザ・イヤー・ショーだ。もう何年も放送されていなかったものが再開されたらしく、とあるスポーツチャンネルがショーの模様をほぼ完全放送していた。僕は思わずタングを起こしに行きかけた。それくらい興奮していたのだが、最終的には思い留まり、タングが放送を見逃さずにすむように録画することにした。

タングとジャスミンの絆は、〝馬〟という存在を通してますます強くなっていた。タングはジャスミンを頻繁に庭に連れ出しては、草原にトニーが出ていないかと一緒に見にいっていたし、ジャスミンの方も、タングがこれまで見る機会のなかった彼女の部屋の鞍を見せ、道具の用途を説明してやっていた。ホース・オブ・ザ・イヤーはそんなふたりに打ってつけの番組だった。

翌日、僕はタングとジャスミンを居間に呼び、座るように言った。タングは周囲を見回し、ジャスミンも赤い光をそわそわと揺らした。叱られるとでも思っているのか。僕は昨夜のうちにチャンネルを設定しておいたテレビをことさらに仰々しくつけると、画面に馬が映し出された瞬間のふたりの反応を待った。

だが、映し出されたのは馬ではなかった。競技が始まらないため雑談中のコメンテーターだった。結局僕は、このまま我慢して見ていればいいものが見られるからとロボットふたりに言い聞かせるはめになった。

「ほら、よく見てごらん。後ろに馬が映ってるだろ？　これ、ホース・オブ・ザ・イヤー・ショーって言うんだ。いいから見てな。絶対気に入るから、ふたりとも。ブライオニーなんか昔は会場まで見にいってたんだよ。もしかしたら今も行ってるかもしれないな。いつか僕たちも行ってみよう。でも、今年はほら、居間にいながらショーを全部見られるなんてすごいだろ」

そう説明し終わると同時に、ついに競技前の練習風景が映し出され、ふたりもようやく状況を理解した。

その週末、ふたりはひたすら「おおお」や「わああ」を繰り返していたが、馬場《ばば》馬術の競技が始まったとたん、タングがひっくり返ってゲラゲラと笑い出した。

「ベン」と、ジャスミンに呼ばれた。「タングが倒れてしまいました。助けてあげた方がいいかもしれません」

僕はタングのところへ行き、体を起こして座らせてやった。

「何がそんなにおかしいんだ、タング？」

タングは笑いが止まらないまま、画面に映る馬を指差した。

「見て！　抜き足差し足してる。すっごく変！　あははは、ほら見て、あれなんて横歩き！　あはは……あの馬たち、何してるの？　誰かにこっそり近づきたいの？　あははははは」

ジャスミンは何も言わなかったが、タングとテレビ画面との間に光を往復させ、おかしさを理解しようとしていた。

「そうじゃないよ、タング、あれは馬場馬術って言うんだ。そんなふうに笑ってたらブライオニーに怒られるぞ。彼女も昔は馬場馬術の競技会に出てたんだから」

「あはははは、ひーひー！」

何を言っても無駄だった。馬場馬術はタングの笑いのつぼにはまってしまった。そういうことだ。

週末の終わりに、僕はショーを楽しめたかとタングに尋ねた。タングは小首を傾《かし》げてしばらく思案した。

「うん。でも、間違ってると思う」

「何が？」

「ホース・オブ・ザ・イヤーじゃない。ホース・オブ・ザ・イヤーはトニーだもん」

僕たちはジャスミンもノースウッドへ連れていってやった。

二十　焼きハリネズミ

なぜ裏庭でたき火の夜《ボンファイヤーナイト》のパーティをやろうなどと思いついたのか、自分でもよくわからない。

「きっとすごく楽しいよ」僕はエイミーに言った。「ブライオニーやデイブや子どもたちも呼んでさ。みんなで手持ち花火をして、タングにもやり方を見せてやればいい。ボニーも輝く火花を見たら喜ぶよ。たき火には、去年切ってもらった奥の大きな木の枝を使えばいい。ホットチョコレートを用意して、マシュマロを焼いたりなんかしてさ。絶対楽しいって」

「いいけど」エイミーの返事はそれだけで、それはいかがなものかしらと顔にはっきり書いてあったが、僕を止めようとはしなかった。あとから振り返れば、あの時エイミーが僕の提案に対する感想を率直に伝えてくれていたらと思うが、まあ仕方がない。きっと僕のたき火に冷や水を浴びせたくなかったのだろう。文字どおり。

ボニーがたき火用の枝集めを手伝ってくれた。ちなみにボニーの〝手伝う〟とは、奥に積まれた大枝を運ぶ僕のあとをついて回り、手にいっぱい草をむしり取っては、僕が家の横手から芝の中央にかけて積み上げている薪《たきぎ》に向かって投げつけることだ。たまに小枝を拾って投げていたが、基本的にはボニーの手伝いは利益にも害にもならなかった。

タングとジャスミンはデッキの端から準備の様子を見つめていた。タングは階段の上に腰掛けて足をぶらぶらさせ、ジャスミンはその隣で浮いている。タングは、ベンはいったい何をしているのかと困惑顔だったが、ジャスミンにも顔があったなら同じ表情を浮かべていた気がする。彼女の赤い光が薪を組む僕を追いかけてきたが、仮にその光が作業の目的を解き明かせていたとしても、ボニーが何をしているのかは見当もつかないに違いない。

「ベン……ベン……」タングの呼びかけに僕はすぐには答えず、ガトリング砲のようにさらに名前を連呼されるのを待ったが、今回に限っては続きはなかった。タングは二回だけでやめた。

「何だい、タング?」

「何してるの?」

「たき火用に薪を組んでるんだよ」

「何用?」

「たき火よ」ジャスミンが単語を繰り返した。

「たき火、って何?」

ここでガイ・フォークスという男と大昔の火薬陰謀事件についてつまらない講釈を垂れてもよかったのだが、南太平洋出身のロボットふたりにはどう考えても関わりのない話だったので、僕は適当な答えでごまかした。

「秋を祝うためのものだよ」全くのでたらめでもない。そう思いつつタングを見たら、ひどく怯えていた。

「ハロウィンみたいに?」と訊いてくる。タングと僕にはハロウィンの祭りにまつわる苦い思い出がある。ふたりでアメリカを旅していた時に、魔女の衣装を着た生意気な子どもがタングを震え上がらせたせいで、タングはクローゼットに隠れたきり出てこなくなってしまったのだ。そういうわけで我が家では今年のハロウィンは無視を決め込み、子どもたちが菓子をねだりに押しかけてこないよう祈って過ごした。念のため、タングとボニーのことは普段の就寝時刻よりだいぶ早くに二階に連れて上がり、読み聞かせをした。そして、仮にトリック・オア・トリートを言いにきた子どもがいても聞こえなかったふりができるように玄関の呼び鈴の電池を抜いた。もっとも、そういう子どもは来なかったらしい。隣に住むミスター・パークスが教えてくれた。

「うちの奥さんは子どもたちにあげられるようにお菓子の大袋を買ってたんだけど

ね」翌日、我が家を訪ねてきたミスター・パークスはそう言っていた。「今年はこの通りではそういう子はひとりも見なかったよ。ただのひとりも。うちのは少しがっかりしているよ。僕はそんなに気にしていないがね。まあ、そんなわけでこれ、よかったらお宅のお子さんにどうぞ」僕もエイミーも、ボニーはまだ一歳で硬いキャンディ類は食べられないのだとは言えず、ありがたくいただいた。たぶん、次に冷蔵庫を買い替える時まで冷蔵庫の上に載っかったままになるだろう。

閑話休題。ハロウィンは我が家を素通りしてしまったことだし、秋を祝う何かをするのは至極当然に思えた。

「いや、ハロウィンとは違うよ、タング、だから心配しなくていい。魔女はいない。大きな火ときれいな光があるだけだよ」

「火？」

タングが不安を拭い切れずにいるのが伝わってきた。タングは雪もさほど好きではないが、何より苦手にしているのは熱だ。去年、日射病で倒れたせいだ。僕にもタングの懸念はわかった。タングは金属製で、おそらくはジャスミンも同じだろうから、火にさらされるとどうしても熱くなる。ひょっとすると、僕がたき火をしようと言い出した時にエイミーが思案しつつも指摘しなかったことのひとつは、これだったのかもしれない。それでも僕は地道に薪を組み続けた。

「タングも、それからジャスミンも、そのままデッキにいればばっちり安全だから。それだけ火から離れていれば熱にやられることもないさ」

その日の夕方、光が次第に消えゆく頃、僕は薪に火をつけるため再び庭に出た。エイミーはボニーに、間違いなく不燃性のとてもかわいいキルティングのつなぎを着せて寒さ対策をしていた。その日はこれぞ秋というような一日で、朝は音がくぐもるような霧が立ちこめ、なかなか晴れずに草をしっとりと濡らした。早朝の澄んだ空も雲に覆われ灰色に染まった。夕方を迎える頃にはかなり冷え込んでいた。

タングは相変わらずたき火の概念がぴんと来ないまま僕のあとをくっついてきて、僕がその場にしゃがんで四つんばいになり、組んだ薪の周りを回りながら根元の点検を始めると、ますます混乱した。

「ベン何してる？」

「ハリネズミがいないか確かめてるんだよ、タング。それがたき火をする者の責任ってもんだ。ハリネズミは組まれた薪を見ると、居心地がよさそうだから巣にしようと考える。だから、そのまま薪に火をつけると焼きハリネズミができちゃうんだよ」

「え、何を焼きたいの？　ハリ……ハリ……何？」

「いや、焼きたくはない。だから、こうして火をつける前にハリネズミが入り込んでないかをきっちり確認するんだ」

「ふうん」と言うと、タングは続けた。「ベン？」

「何だい？」

「ハリネズミって何？」

僕はスマートフォンでハリネズミの画像を探して見せてやった。言葉で説明するよりその方が早い。

「それ何？」

「これがハリネズミだよ、タング」

「でも、それって何？」

「動物だよ。茶色のモルモットみたいだけど、鼻が尖っていて、とげがあるんだ。いや、やっぱりモルモットとは全然似てないな。つまりはとげを持った小さな動物だよ」

「とげって何？」

「これの背中についてる物」僕は画像を指差した。

「痛そう。ハリネズミも痛い？」

「いや、とげはハリネズミを守るためについているんだ。ハリネズミをつまみ上げようとしようものなら痛い目を見る。ハリネズミがボールみたいに丸まると、とげしか見えなくなるんだ。そうやって他の動物に食べられないようにしてるんだよ」

「ふうん。じゃあ、とげがあるとたき火で焼きハリネズミにされないってこと?」

ため息が出た。

結果的にはタングもジャスミンもたき火の熱に悩まされることはなかった。なぜなら夜の間中、居間からフランス窓越しに恨めしそうに庭を眺めていたからだ。少なくともロボットふたりにできる最大限の恨めしげな顔で。

一本目の打ち上げ花火が発射されるや否やタングは悲鳴を上げ、家へ逃げ込もうと慌てて階段を上り、デッキで滑って盛大に転んだのだった。僕が助け起こしにいってもタングは室内に戻るの一点張りで、力一杯にフランス窓を引いたものだからガラス戸は飛ぶような勢いで開き、もう一方のガラスが枠の中でガタガタと鳴った。

「打ち上げ花火、やだ。中に入る、中に入る!」

「花火はタングを傷つけたりしないよ、絶対に。タングの安全は僕たちが守るから」

「いい。今すぐ中に入る」

「わかったよ。でも、せめて家の中から見てくれるか?」

タングはしばし黙り、不信の目でちらりと横目に僕を見た。

「見るかも」としぶしぶ答える。

その時、ジャスミンが僕の脇をすっと通過し、やはり室内に戻ろうとした。

「まさか君まで中に戻るわけじゃないよな、ジャスミン?」

振り向いたジャスミンが光を上に向けて僕と目を合わせた。「戻ります、ベン、ごめんなさい」

「何で? 君は別に怖くはないだろう?」

「はい」返事がやけに早い。「タングが怖がってないか、見ていてあげたいんです。だからそばにいます」

ジャスミンの光が僕の顔からタングの顔へと移った。タングは明かりのついていない居間の暗がりに引っ込んでいる。だが、僕がジャスミンに視線を戻して話をしようとしたら、すぐ近くでコンコンという音がした。

「ベン、僕テレビつけていい?」ガラス越しにタングのくぐもった声がした。

「だめだ、タング、そんなつれないことを言わずにみんなと花火を見てごらん。窓越しでもいいから」

タングは床にどさっと座り込み、ガムテープをいじった。僕はジャスミンを見た。

「悪いけど、タングがちゃんと花火を見るように気をつけていてくれるかい? 見逃してほしくないんだ。本当にきれいだから。嘘じゃない」

ジャスミンはタングと僕を交互に見た。

「頑張ってみます。でも……言うことを聞いてもらえるかどうか」

僕はにやりと笑って目玉をぐるりと回すと、ジャスミンの球体のてっぺんを優しく叩いた。

「いいんだ、わかってるから。ただ、やれるだけやってみてくれるかい？　頼む。僕のためと思って」

ジャスミンは光を上下させると室内に戻った。僕はフランス窓を閉めて持ち場に戻り、砂を入れた複数のバケツに回転花火を刺して着火の準備をした。

二十一 ロボット・イン・ザ・ガーデン

翌朝目覚めると、たき火の煙が入り混じった霧が厚手の化粧板のように芝の上に、いや、広く空気中にも漂っていた。僕は芝が花火でどの程度傷んでいるかを調べに庭に出た。霧が僕を取り巻くようにうねり、背後の家を隠したが、芝の傷みは少なくてすんだようだった。たき火をした場所以外に焼け焦げた跡はなく、たき火自体も完全に燃え切る前に昨夜の深夜近くに水をかけて消していたので、焼けた範囲は最小限に留まっていた。灰色の霧を透かして地面を見ていたら、使い終わった手持ち花火が庭のそこここに落ちていた。それを拾い始めた時、背後からガシャガシャという音が聞こえてきた。

今頃になって出てきたよ。僕はかぶりを振った。

「ベン?」

「何だい、タング」

「ハリネズミは大丈夫?」

「ハリネズミ？」

「昨日、ベンが火の中のぞいて探してたハリネズミ。大丈夫？」

「別に探してたわけじゃないよ、タング。火の中にいないことを確かめてただけだ」

「ふうん」

僕はまた一本、花火を拾うと、振り返ってタングを見た。伏し目がちになっているところを見ると、まだ言いたいことがあるようだ。

「じゃあどこに住んでるの？」しばらくしてタングはそう尋ねた。

「ハリネズミ《ヘッジホッグ》がか？　さあな、生け垣《ヘッジ》の中なんじゃないか、きっと」ふざけるつもりではなかったのだが、結果的に茶化しているみたいな答えになってしまった。タングはなぜ急にハリネズミにこだわり出したのだろう。

「火の中じゃなくて？」

「ああ、火の中じゃない」

「お家《うち》はないの？」

「ない。まあ、少なくとも僕たちみたいな家はないな。煉瓦でできた家は必要ないんだ。どの動物も基本的にはそうだよ」

「ハリネズミのお家は何でできてるの？」

「生け垣」僕は繰り返した。「それか、木の枝なんかを積み重ねた物かもな。よく知らないけど。何でそんなことを訊くんだ?」

「ハリネズミ、お家なかったら心配。冬はどうやってあったかいするの?」

「冬眠するんだよ」僕はタングが次の疑問を口にする前に続けた。「冬の間ずっと、春が来るまで眠っているという意味だ」

タングはうなずくと、言った。「きっとすっごくお腹すくね」

「そうだな」

「ベン?」

「何だ?」

「僕、お庭にハリネズミのお家作りたい」

「庭にハリネズミがいるかどうか、わからないのにか。昨日だって一匹も見つからなかっただろ?」

「念のため。ハリネズミのお家作ってもいい?」

「いいよ」と答えたのは反論するよりその方が楽だったからだが、タングの動物を思いやる気持ちに実は結構感動していた。「そうだ、使わずに余ったたき火用の木を使おうか」

「うん」タングはいったん同意したものの、すぐにかぶりを振った。「でも……火事にならない?」

「ならないよ。ハリネズミの家だとわかっていれば、僕たちも火なんかつけないから。ほら、庭の片側に移動させておこう、ハリネズミの家だと忘れないように」

僕たちは雑多な低木が生えているだけで長らく見向きもされなかった庭の片隅に木の枝を移動させて積み上げた。

「ハリネズミはカーテンいる？　寝る時に。どうやったら光入らない？」

僕はほほ笑んだ。「このままでもちゃんと家の中に入ってくれるさ。中は暗くて居心地がいいはずだから」

「お庭はいる？」

「どういうことだ？」

「だってお家があるならお庭もいるでしょ？」

「そうなのか？」

「うん」タングはきっぱりうなずいた。「だってお庭なかったら、植物とか野菜とか植えられないでしょ。野菜が植えられなかったら、冬が終わってお腹ぺこぺこで起きた時、何食べるの？」

「タング、ハリネズミのための野菜畑を作って、あの子たちが眠っている間、世話をしてみるか？　まあ、春が来るまではたいしてできることもないだろうけど、タングがそうしたいなら一緒に作ろうか」

タングは両手を叩いた。「うん、作りたい、ベン！」そして、僕の脚に両手で抱きついた。「ありがとう。ハリネズミはお礼言えないから、僕が代わりに言う。僕、ハリネズミに野菜作る」

そういう次第で、僕たちはハリネズミの家である薪《たきぎ》の山の隣の、庭の小さな一画を畑用に区切った。タングは今やハリネズミの代理人だ。ロボットの理屈にはいつだってかなわない。

「イギリス人なら、家庭菜園にズッキーニをあほみたいに植えるのは常識よね」エイミーが言った。タングのためにふたりで土を耕していた時のことだ。なぜ秋にこんなことをしているのかは僕にもわからない。まあ、冬にやるよりはましということなのかもしれない。エイミーも僕も取り立てて園芸が得意なわけではなかった。

「そもそもズッキーニってどうやって食べるの？」エイミーが訊いた。

「さあ。サラダとかじゃないか？　野菜ムサカとか」

エイミーはげんなりしている。

「僕にそんな顔をされてもさ！」と、僕は弁解気味に言った。「最初からセットに入ってたんだから」

僕たちはタングのために地元の園芸用品店で花や野菜の種や球根が入った〝初心者

用セット〟を買ったのだった。育ちが早く、食用か観賞用か、はたまたそのどちらも楽しめる植物を育てることで、子どもに初めての園芸に親しんでもらおうというものだ。

「ズッキーニって、何？」タングが尋ねた。脚をまっすぐ前に伸ばして座り、ややぽかんと僕たちの様子を見ている。なぜ表情を読めるのかは訊かないでほしい。とにかくわかるのだ。タングの当惑は彼の至極もっともな質問からも伝わってきた。

「いい質問だ、タング。ズッキーニって何だ？」

エイミーが鼻にしわを寄せ、すでに捨てられている草の山に雑草をぽいと投げた。

「ウリ科のマローか何かでしょ。加熱調理用のキュウリみたいなものじゃないの、よく知らないけど」

「ズッキーニとマローの違いは何だ？」僕が訊いたら、タングが手をぱちぱち叩いた。

「おおお」と声を上げる。「ベン、なぞなぞ!?」

「えっ……いや、タング、そうじゃないんだ、ごめんな。本当に知りたいんだよ」

エイミーは立ち上がってスマートフォンを見ていた。

「どうやら大きさの違いみたいね。大きなズッキーニのことをマローと呼ぶみたい」

「ズッキーニはいったいいつからズッキーニをやめてマローになるんだ？」

「くそズッキーニのことなんか知らないわよ」言ってしまってから、タングがすぐそこに座っていることを思い出し、エイミーは赤くなった。「ごめんね、タング、今の言葉は真似しないで。言っちゃだめな言葉だからね」

僕はコーヒーを飲みつつ、晩秋の光に包まれた庭と同様に、もやのかかったような目でフランス窓から外を見ていた。気が塞いでいた。他の家族がまだ眠っているか、スタンバイ状態か、とにかくそれぞれの形で休んでいる中、ひとり早くに目覚めてしまい、もう一度まどろむことができなかった。僕の心を蝕《むしば》んでいたのはジャスミンだった。いや、ジャスミンの任務だ。僕たちは彼女を我が家に招き入れることで忠誠を尽くす相手を替えてもらおうとしたが、現実にはジャスミンは今も位置情報を送信し続けている。仮にやめていたとしても、僕たちには教えてくれていない。ジャスミン自身が送信をやめたくても、果たしてそれが可能なのかも定かではない。ジャスミンを家族の輪の中に受け入れ、皆気分はよかったかもしれないが、結局は無意味に終わる可能性もある。僕はため息をついてコーヒーをまたひと口飲むと、余計な考えを振り払おうとした。

意識を庭に戻し、初めてタングを見つけた柳の木を見たら、あの時の記憶がよみがえって笑みがこぼれた。あれから本当にいろいろなことがあった。それなのにすべてを失ってしまったら、あまりにつらい。だめだ。そんなふうに考えるのはよせ。冬になる前に、最後にもう一度芝刈りをしておこうか。残っているバラも、しおれた花を摘み取っておいた方がよさそうだ。

鳩が一羽、翼をはためかせて芝に舞い降りると、タングのハリネズミの畑の脇をえっちらおっちら歩き、柳の木も通り過ぎた。頭を上下に動かしクークー鳴きつつ、何かに耳を澄ましている。何の音を聞いているのだろう。ミミズあたりか。僕はモリバトの鳴き声が大好きだ。何となく秋にぴったりな気がする。それに目の前の穏やかな光景は不安を忘れさせてくれる。

その時だ。白い筋が庭をすばやく横切ったかと思うと、鳩にぶつかり、そのまま鳩もろとも芝に倒れ込んだ。先に体勢を立て直したのはネコで、再び鳩に飛びかかると、その首に思いきり歯を立てた。僕はコーヒーのカップを置き、フランス窓を勢いよく開けると冷え冷えとした光の中へ走り出てネコを追い払おうとしたが、間に合わなかった。小さな獣の口から鳩がだらりと下がっていた。ネコが「何？ 何か文句でもあるわけ？」という目で僕を見上げる。

「ネコ、こんなことしたらだめだろう。悪い猫だ。鳩を下ろしなさい」

案の定、ネコは僕の言葉など無視して尻を向けると、のんびりと去っていった。自分とたいして大きさの変わらない死肉を引きずって芝を歩こうとするから、時々小さくよろけている。

「おまえにはがっかりだよ！」返事を期待するでもなく僕は叫んだ。「今日はもうおやつなしだからな」

ネコに中指を立てる動作ができたなら、きっと僕に向かってそうしていただろう。僕は目玉をぐるりとさせると、温かなコーヒーの待つ暖かな室内に戻った。

その頃にはエイミーも起きていて、一部始終を目撃していた。

「あの猫、たまに極悪になるわね」と言って、エイミーも自分のカップにコーヒーを入れた。

二十二　タオル

ネコの妊娠は僕たち家族にとって青天の霹靂だった。僕の見立てではネコは生後八カ月ほどと思われたのですでに避妊手術の予約を入れてあったのだが、手術を迎える前に気になることがちらほら出てきた。

「ネコ、何で太ってきてる？」夕食の席でタングが尋ねた。僕たちが食べている煮込み料理をほしがるネコを、皆が一斉に見下ろした。ネコはすでに夕食を二回食べ、エイミーの料理中にキッチンカウンターから鶏肉も少々盗んでいる。

エイミーがフォークでネコを指した。「まあ、盗み食いしていれば太るわよね」

僕は眉をひそめた。それだけが理由とは思えなかった。

「最近、しょっちゅう寝てるよな」僕は半ば独り言のように言った。

「じゃあ、そのせいじゃない？　食べすぎと運動不足」だが、僕はかぶりを振った。

「この間は鳩を捕まえてた。運動は足りてる」

「じゃあ、ベンは何が理由だと思うの？」

僕は椅子を後ろに引くと、ネコの前脚のつけ根を支えて抱き上げた。腹部にきれいなピンク色の点が六つ並んでいた。僕はため息をついた。

「子どもだ。うちの猫は妊娠してる」

「嘘でしょ？」エイミーが音を立ててフォークを置いた。「だって、まだ子猫なのに」

「そういうこともあるんだ。生後四、五カ月でも妊娠はできる、運が悪ければな。うちに来た時にはすでに妊娠してたんだろう。そして飢えてた。かわいそうに」僕はジャスミンの頭をぽんぽんと叩いた。「君はあの魚でいくつもの命を救ったんだな」

「最大多数の最大幸福」ジャスミンはネコにさっと光を向けたが、イギリスの哲学者ベンサムの言葉を引用しただけで、それ以上は何も言わなかった。彼女は最初から見抜いていたのだろうか。そう考えて、僕はふと違うことを思った。

「タング、ネコの中にいる子猫の音、おまえは気づかなかったのかい？」タングには母親の胎内にいる赤ちゃんの心音を聴く能力がある。その隠し芸のおかげで、エイミーの妊娠中、タングは多くの友達を得た。そのタングがなぜネコの妊娠に気づかなかったのかと僕は不思議だったが、タングは肩をすくめた。

「小さな心臓。小さな音。それに……ちゃんと聴いてなかったから」タングは椅子から降りてテーブルを回ると、僕のそばに来た。ネコの横腹に頭を当て、にっこり笑う。

「今聞こえた。ちょっとだけ」

「子猫は何匹いる?」

タングはまたしばらく耳を澄ました。「たぶん三……違う、四。やっぱり三。違う、五。三。よくわからない」

「そっか。まあ、気にしなくていいよ、じきにわかるから」

エイミーが手を伸ばして僕の腕からネコを優しく抱き取った。「かわいそうに、まだ子どもなのに母親になるなんて! 悪い雄猫に目をつけられちゃったの?」

エイミーが顎をくすぐってやると、ネコは彼女の手に顔をこすりつけた。エイミーがはたと家族全員の視線に気づく。

「何? この子は産みの苦しみを乗り越えなきゃならないのよ。同情もするわよ」

「ネコは助産師、いる?」タングが訊いてきた。ネコをじっと見つめながら、頭を忙しく働かせている。心配そうだ。いよいよネコの出産日を迎え、家族全員が緊張していた。本人以外は。ネコはバスルームにある衣類乾燥棚の中で寝転がり、毛繕いをしたり喉をゴロゴロと鳴らしたりして、タングが運んでやったちょっとしたおやつや猫用の餌を上機嫌で平らげている。ジャスミンは一階に留まり、おとなしく読書をしていた。おそらくは自分がこの家にネコを連れてきたことに――そして、その結果我が家がますますてんやわんやの大騒ぎになっていることに――いささか責任を感じているのだろう。だが、気に病むことはない。タングもボニーも子猫たちとの時間を喜ぶはずだ。もっとも、いずれ子猫たちが新しい家にもらわれていったら、タングは別れの痛みに心を引き裂かれそうになるだろうが。

「そうだな……いや……いらないかな。産後に医者が診てやる必要はあるけど」僕はネコの体の下からタオルを引っ張り出しながら答えた。タングがその場を離れてどこかへ向かうのが音でわかったので、僕は戸棚に突っ込んでいた頭を抜き出した。「どこに行くんだ？」

「医者を呼んでくる」

「タング、医者ならここにいるよ。忘れたか、僕は動物のお医者さんだろ？　とりあえずは僕がいれば大丈夫。今ネコに本当に必要なのは落ち着いた環境と静けさだよ」

「そっか」

「でも、ちょっと取ってきたいものがあるから、その間タングがここでネコの様子を注意して見ていてくれるか？　すぐに戻るから」

うなずくタングをバスルームに残し、僕は一階に向かった。

キッチンではエイミーが紅茶を淹れていた。僕はバケツにやかんの水と粉末洗剤を入れ、そこにタオルを放り入れた。

「ネコの様子はどう？」と、エイミーが尋ねた。「タオルを何枚か、乾燥機で温めておいたわ」

見ると、乾燥機からタオルの山が溢れ出ていた。どう見てもやりすぎだ——ネコにはおそらく一枚あれば十分だ。そんなこと、エイミーにはとても言えなかったが。

「ありがとう」代わりに礼を言い、続けた。「生まれるまでにはもうしばらくかかりそうだよ。まだ分娩の初期段階だから」そして、バケツの方に顎をくいと動かした。「ロバートソン一家に結婚祝いでもらったタオルはひどいことになってるけどな」

エイミーが振り向き、顔を暗くした。「えっ？ あの子、もう出血がひどいの？ 動物病院に連れていった方がいいんじゃない？」

「いやいや、大丈夫、ついてるのは血じゃないから。猫の毛まみれになっちゃってさ。僕たちが気づくよりだいぶ前から戸棚に入ってたみたいだ」

エイミーは鼻にしわを寄せ、肩をすくめた。

「あのタオル、どうせ趣味じゃなかったから。何でリストに挙げてあった緑がかった《ダック》淡い青《エッグブルー》じゃなくて、あんな緑みの強い〝朽葉色〟をくれたんだか」

「ブライオニー曰く、その方がどんな色とも合うからってことらしいよ。ダックエッグブルーじゃ、バスルームで使うには個性が強すぎるとか何とか」

エイミーが片方の眉をひょいと上げた。「それ、初耳だわ」

「ごめん」

その時、頭上からドタッだとかガシャンだとかいう音が聞こえてきた。ふたり揃って天井を見上げ、顔を見合わせた。僕はエイミーが温めておいてくれたタオルを引っ摑むと駆け出した。階段に差しかかった時、蛇口から水が流れ出る音がして、悲鳴も聞こえた。少なくとも僕の耳にはそう聞こえたが、個々の音を聞き分けるのは難しかった。バスルームに戻ると、タングがネコを抱え、いつにも増してぎりぎりまで湯を張った湯気の立つ浴槽に身を乗り出していた。ネコは耳を後ろに倒し、目を剝き、悲痛な鳴き声を上げながらタングのリベットに爪を立てようとしていたが、金属の体相手ではたいして食い込まない。一方タングは、ネコをなだめるような声を出していたが、いかんせんネコが聞いていないので、その声はどんどん大きくなっていた。

「タング、いったい何をやってるんだ？」

タングが頭だけくるりとこちらに向けた。

「ネコをお風呂に入れて痛み取ってあげるの。エイミーがボンニー生んだ時みたいに。エイミーお風呂に座ってた。痛いの楽になった。僕、ネコのためにお湯入れたのに、ネコ入らない。何で入らないの、ベン？　痛み取るの、何でいやなの？」すっかり取り乱している。僕は温かいタオルの山をその場に放り出すと、タングに近づき、その腕からショック状態のネコを取り上げた。乾燥棚に戻してやったら、ネコは唸りながら僕を睨み、横腹を下にして寝そべった。

「タング、お風呂は人間には効くけど動物にはだめなんだよ！　下手をしたらネコを死なせるところだったぞ！」

タングは目に見えてうろたえ、足をガシャガシャと踏み換えながら「やだ、やだ、やだ！」と叫んだ。

僕はしゃがんでタングと目の高さを合わせると、金属の両肩に手を置いた。

「たいていの動物は濡れるのを嫌うものなんだ。猫は特にそうだ。動物の出産は人間とは違う……基本的に助けはいらない。助けが必要になるのは問題が起きた時だけなんだよ」

階段が軋み、エイミーがバスルームの入口から「何があったの？」という顔をのぞかせた。僕は目玉をぐるりと回して見せた。そして、ふとひらめいた。

「タング、エイミーと一緒にネコに特別なディナーを作ってきてやったらどうかな？　子猫たちを生んだあとのためにさ。きっと腹ぺこになってるはずだから」

「僕、ネコにバナナ持ってこようか？」タングの問いに僕は思わずほほ笑んだ。

「おいで、タング」と、エイミーが手をつなごうと片手を差し出した。「一緒に下に行こ」

ネコの出産は三時間という至って平均的な時間で無事に終わった。最後の子猫だけは産道の出口で少し引っかかって介助が必要となり、羊膜も破ってやらねばならなかったが、ネコはそれらのことは僕に委ね、胎盤を食べてしまうと顔を洗い始めた。三匹の子猫は高くか細い声を上げながらおっぱいへと進んでいく。ネコが胎盤を食べたと伝えたらエイミーは青くなったが、すぐに気を取り直し、ロボットふたりとボニーを子猫に会わせにいった。

ネコにしてみたらなかなかの見物だったに違いない。人間の大人ふたりと子どもひとりにじろじろと見られるだけでもうんざりするところを、ロボット二体まで加わっては、勘弁してくれというのが本音だっただろう。できるものなら眉のひとつでも冷ややかに上げたかったのではないか。

三匹の子猫のうち二匹は母猫と同じ三毛だったが、一匹は灰色で、ところどころベージュ色の斑《ぶち》があり、ウイスキーをこぼしてしまった毛糸の塊みたいだった。きっと父猫が灰色なのだろう。エイミーとタングはその灰色とベージュの子猫にたちまち恋に落ち、どう考えても手放しそうにはなかった。

生後しばらくして健康診断とワクチン接種のため子猫を動物病院に連れていく際、僕はその手伝いをタングに頼んだ。僕は毎度のことながら、これはいたって普通のことですよという顔で胸を張りつつ、ロボットを引き連れて建物内に入っていった。ただし、今回はいつもと違い、僕たちは箱をふたつ抱えていた。ひとつは正真正銘の猫用クレートで、もうひとつはエイミーが子猫たちのためにロフトの奥から探し出してきたピクニック用のバスケットだ。タングは自分がバスケットを持つと言い張った。おかげで動物病院に入っていくタングの歩調に合わせてバスケットが彼の体に当たって跳ねるたびに、中にいる子猫たちはよろめいたが、その程度ですんだなら上等だ。

僕たちは患者の鑑《かがみ》のように順番を待ったが、診療時間の終了間際だったため、到着して数分後には診察室が空いた。タングも一緒に診察室に入り、僕に言わせれば不必要なまでに大仰な仕草で子猫たちのバスケットを表面がゴム素材の診察台に置いた。ネコはすぐに子猫のいるバスケットに入り、我が子を多少踏みつけつつ、ぎゅうぎゅう詰めになりながらもどうにか中に収まった。僕が冷蔵保管庫からワクチンを取り出す間、タングはネコの頭を撫で、子猫に針を刺すたびに顔を曇らせた。

「子猫たちのためなんだよ、タング」僕は言った。「注射をしておかないと、ひどい病気にかかってしまうかもしれないから。ワクチンを打たないのは無責任なことなんだ」

タングはうなずいたが、何も言わなかった。いずれは子猫たちに新しい家族を見つける話も切り出さなければならない。僕は今から気が重かった。

二十三　ロマンス

「ベン？」夕食を食べる僕たちを自分の席から眺めながら、タングが呼びかけてきた。タングは食べることも、時折ディーゼル燃料を飲む以外は飲み物を飲むことさえしないが、僕たちと食卓を囲むのが好きだった。きっと皆の輪の中にいる実感を得られるのがいいのだろう。

「うん？　何だ、タング？」と返事をして、僕はなかなか美味なマルベック種の赤ワインを口に運んだ。その日の動物病院は忙しかったので、食事と一緒に一杯やっていたのだ。むろんボニーはまだ起きている。批判は受けつけない。

「ペニスって何？」

僕はテーブルにワインを噴き出した。「え……今、何て言った？」

「ペニスって何？　ジャスミンが、ベンにはあるけどエイミーにはないって言ってた。ほんと？」

エイミーと僕がジャスミンを見たら、彼女はかたくなに光を食卓に落としていた。

ちなみに彼女も僕たちと食卓を囲むのが好きだ。何かが起きていると察したボニーが、手にしたスウェーデンカブを自分のハイチェアに叩きつけるのをやめて顔を上げる。

「ジャスミン」僕は呼びかけ、ワインをもうひと口飲んで時間を稼ぎ、この先の対応を考えた。「本当にタングにそう言ったのか？」

「はい」ジャスミンは口ごもることなく答えた。「言いました」

「なぜ？」

「訊かれたからです」

「何を？」

「私の本について訊かれたので、答えました」

「本って、何の？　いや、やっぱりいい。教えてくれなくていい」

「ロマンス小説です」ジャスミンが答える。

「そうね、ジャスミン。それは私たちにも想像がついたわ」エイミーが言う。

「ペニスの質問の答えは？　はいなの？」タングが繰り返した。誰も質問に答えてくれないことにおかんむりで、自分がどんな状況を引き起こしているかには気づいていない。

「えーっと、そうだな、タング、そのとおりだ」

「で、ペニスって何？」

僕はエイミーの目を見られなかったが、彼女の視線が僕に据えられているのは感じていた。僕は咳払いをした。

「男がおしっこをするためのものだよ、タング」

「ふうん」

ジャスミンの光が僕の顔に向けられるのがわかった。嘘つきだと思っているに違いない。別に嘘はついていない。ただ、タングにすべてを教える必要はないと思っただけだ。いや、厳密にはすべてを教えたくはなかった。もっとも、そこで話を終わらせてもらえるはずはなかった。

「おしっこのためだけ？」タングがなおも尋ねてきた。「赤ちゃんのためにも使うんじゃないの？」

「ジャスミン」と、僕は言った。「ペニスについて、タングにどこまで教えたんだ？」

彼女の赤い光がまっすぐに僕の目をとらえた。これ以上この話をしたくないのは僕だけでなくジャスミンも同じで、タングとそういう話をしたことを悔やんでいるようだった。

「私……」しばらくしてジャスミンが口を開いた。「知っていることを全部話しました」

僕は〝どういうと？〟とただそうとしたが、考えてみればジャスミンの脳はインターネットに自由にアクセスできるわけで、つまりはタングに教えたくないことどころか、僕自身も知りたくないようなペニスのあれこれをおそらくは知っているということだ。彼女に欠けているのは適度という感覚だ。時々、ジャスミンとの接し方に迷うことがある。人間の大人と同等の知識を持ちつつも、心は子どもか、十代の少女くらいだからだ。ある意味では、知識には欠けるタングの方が自分をわかっている。時々鈍感なふりをすることもあるが、それはまた別の問題だ。

「タング」とエイミーが言った。「赤ちゃんのことならタングはちゃんと知ってるじゃない。私が産む時に手伝ってくれたんだもの。タングは助産師さんになりたかったんじゃないの？」

「うん。なりたい。でも、赤ちゃんがどうやってお腹に来るか知らない。赤ちゃんは注射でママの中に入るの？　ボンニーがあれを注射された時みたいに。えっと……えっと……何だっけ？」

「ワクチン？」

「うん、それ。赤ちゃんもああやってくるの？」

僕はナイフとフォークを置くと、椅子を後ろに引いて立ち上がった。

「タング、ジャスミン、ちょっとおいで。本を見せるから」

「後片づけはやっておくわ」とつぶやいたエイミーに、僕は感謝すべきだろうか。それとも、この状況を僕ひとりに対処させる彼女に怒るべきだろうか。

いずれにせよ観念するしかない。今からタングとジャスミンと一緒に齧歯《げっし》類の生理学の教科書を読む。

繰り返すが、批判は受けつけない。それ以外に説明する方法など思いつかなかった。動揺していたのだ。何年もあとになってボニーに同じ質問をされた時には、僕たちももう少しうまく対処した。準備ができていた。だが、この時、ロボット相手には？心の準備などほとんどできていなかった。

ペニス事件から一週間後、僕たち家族は廊下に集まっていた。我が家の一員に、トラウマになりかねない試練の時が迫っていた。出産から六週間がたち、子猫たちも乳離れをしたので、いよいよネコに避妊手術を受けさせることになったのだ。僕自身の希望で手術は他の獣医にお願いしたが、立ち会うことにはしていた。依頼したのは僕もよく知っている、ネコを安心して任せられる獣医だ。それでもネコのことを思うと少し緊張した。動物病院へは当初、僕とエイミーとボニーの三人で行くつもりでいたが、タングは自分も行くと言い張った。計画ではエイミーに病院まで送ってもらい、僕はそのまま診療時間が終わるまで働く予定だったのだが、タングも来るとなると、エイミーはややこしい赤ん坊とロボットをひとりで家まで連れ帰らなければならなくなる。それでもエイミーが私は構わないと言ってくれたので、僕は「ジャスミンも一緒に来たいかい？」と冗談半分で声をかけた。こうなったら一家揃って出かけても変わらないじゃないか。

だが、タングは生真面目に答えた。「行かない。僕、訊いた。ジャスミン、残って本読みたいって言った。本を置くことができないんだって。でも、僕それ嘘だと思う。隣に置いて、歩いて離れたらいいだけだもん。それか飛べばいいでしょ」

エイミーがほほ笑んだ。「ジャスミンはその本が面白いってことを言いたかったんだと思うわよ。本を置けないっていうのは喩えなの」

「ジャスミンは今度は何を読んでるのかな、タングは知ってるかい？」

「知らない、ペニスの本じゃないよ」タングの答えにエイミーも僕もたじろいだ。

「今度の本は車椅子の男の人と女の人と、小作人《ペザント》のお世話をする友達のお話だって」

「ペザント？」尋ねた瞬間に訊いたことを後悔したが、幸い、タングは自分が何を言っているのか理解していないようだった。どうやらジャスミンは読んでいる本の内容について、タングへの説明の仕方を変えたらしい。

「そう。長いしっぽと緑色の頭の鳥。時々道路でぺちゃんこになってるやつ」

「タングが言いたいのは雉《フェザント》のことか？」

「うん。そう言ったでしょ。ジャスミンはペザントとか他の鳥とかのお世話してる男の人の本を読んでるの。でもその人、時々鳥を撃つんだって。ジャスミンがそう言ってた気がする。でも、それって変だよね」

「ジャスミンが読んでるのって、チャタレイ夫人の……」言いかけた僕に、エイミーが目を見開いてかぶりを振った。僕は口をつぐんだ。

「おいで」と、僕は猫用クレートを持ち上げた。「ネコを動物病院に連れていこう」


ネコは僕の職場を見ても感心しなかった。クレートの中で脚を体の下にたたむようにして座り、壁を睨んでいた。いかに脱出して僕の目玉を血が出るまで引っかいてやろうかと企んでいるに違いない。タングが格子の間から手を入れてネコを突っつこうとしながら、どうしたのかな、何で〝いつもみたいに〟顔を洗わないのかなとひっきりなしに訊いてくるのも状況を悪くしていた。

その間エイミーは、よそ様の動物を突っつこうとするボニーを止めようと、待合室中をひたすら追いかけて過ごしていた。この動物病院では水曜日は年金受給者割引を行っており、その日は冬物のコートを着た優しいおばあさんたちで溢れていた。それぞれに不愛想な猫や足を怪我したテリアなどを連れていて、中にはつけられたエリザベスカラーを必死に舐め取ろうとしているものもいて、その姿が何ともおかしかった。エリザベスカラーのことだ。飼い主ではない。まあ、飼い主がエリザベスカラーをつけていたら、それはそれで笑えるが。見知った顔もあった。タイズリーという名の義眼のパグと、その飼い主のミスター・パッテンで、彼は会釈をしてきた。まさか僕には僕の家族とペットがいて、つまりは病院外での人生があり、動物病院に住んでいるわけでもないなどとは思ってもみなかったらしく、その新事実をのみ込もうとしているのが表情から見て取れた。うろたえている様子だった。

一番の診察室からボスリーという名の小型のインコが飼い主のミセス・ウィリアムズに連れられて出てきて、直後にタイズリー・パッテンとその飼い主が中に呼ばれた。残りのご老人たちは、ボニーがそばに寄って彼らのペットの耳や目や猫用クレートを一本指で突つこうとするたびに、優しくあやし、かわいいかわいいと言った。ただ、タングにはどう反応していいものか戸惑うようで、目に入らないふりをしていた。

しばらく待って獣医師のクライド先生に呼ばれて診察室に入ると、彼は歯を見せてにっこり笑いながら僕を迎え、握手した。昨日も会っているのに久しぶりの再会みたいだ。先生はエイミーとも握手を交わしながら、空いている手で僕を示した。

「彼はいい研修生ですよ、本当に。こんないい男を捕まえられて、あなたは幸せだ」

エイミーが笑顔のまま赤くなった。僕たちはふたりして、別にエイミーは僕を捕まえたわけじゃないというようなことをごにょごにょとつぶやいた。気まずい空気を変えようと、エイミーがボニーを抱き上げて僕にまたねのキスをさせると、あとでねと僕に告げた。そして、クライド先生に会釈をして診察室から出ていった。タングも、クレートの中でいまだ興奮しているネコを振り返って手を振りながら、エイミーについていった。クライド先生の診療日は毎週水曜日だ。飼い主がどんなによぼよぼのペットを連れてきても、その子が世界で一番大切な生き物であるかのように思わせてくれるので、棺桶に片足を突っ込んでいるようなご老人たちに大人気だ。クライド先生自身も六十代にはなっているはずだが、見た目はもっと若い。日に焼けた肌は滑らかで、実年齢を物語るものは強い癖毛の場違いな白さだけだ。それともうひとつ、僕が前回研修を始めた時期よりもはるか以前からここで働いていたという事実だ。それどころか、僕の前回の指導教官を指導したのもクライド先生なのではないか。皆がクライド先生を知っており、慕っていた。ネコも例外ではないと、先生が彼女をクレートから抱き上げた瞬間、僕は確信した。

「ほーら、心配しなくていいからね、お嬢ちゃん」先生がネコに話しかける。ネコは耳こそ後ろに平らに倒したが、表情は和らいだ。僕には見せたことのない顔だ。何をどうやっているのか、クライド先生はつねにレディの心を摑むのがうまい。

「彼女がエイミーか」手術の準備を進めながら、クライド先生が言った。僕はこの先の話の展開を瞬時に読んだ。

「はい」と、マスクを着けながら極力曖昧に答えた。ネコは手術台に手足を広げられて横になっていた。喉にチューブを挿入され、舌はだらりと外に出ている。今日は僕がクライド先生につく看護師役を務めるので、彼が卵巣を摘出する間、ネコを死なせないように注意するのは僕の役目だ。

クライド先生がうなずき、手術を開始した。

「まったく、鈍いにもほどがあるぞ」

「どういうことでしょう？」僕は獣医師としての技術をけなされ、研修から外されるのかと不安になった。ネコにすばやく視線を走らせ、バイタルも確認した。状態に問題はなさそうだ。そのことをクライド先生に伝えると、彼はかぶりを振った。

「いやいや、そうじゃなくて、彼女に愛されていることになぜ気づかないのかと言ってるんだ」

「彼女？」どうかネコの話でありますようにと願ったが、違う気がした。

「訊かなくてもわかるだろう」

僕はため息をついた。

「彼女が愛してくれていることはわかっています。でも、今も僕を男として愛してくれているのか、自信がありません。繊細な問題なんです。寝た子を起こしたくはない」

「鉗子《かんし》。それと綿球《めんきゅう》を」クライド先生がネコの手術部位を固定すると、僕はその部位の血を拭き取り、彼の手技をつぶさに観察して、今の会話の内容も、手術を受けているのは自分のペットなのだという事実も考えまいとした。

「男としては愛していないと言われたのかい？」先生が続けた。

「いえ。でも、男として愛しているとも言われてません」

「屁理屈だな。彼女はやり直そうという意思は見せたんだろう？」

ボニーが生まれた直後、エイミーが僕にキスしようとした時のことを思い出した。僕はそんな彼女を押しとどめた。当時のエイミーはろくに眠れておらず、頭が働かない状態だったから、その機に乗じてというのは間違っている気がしたのだ。それをそのままクライド先生に告げたら、納得がいかない顔をしていた。それ以上は何も言わなかったが、言わずとも明らかだった。エイミーとよりを戻せと周りからうるさくせっつかれることに、僕はいい加減うんざりしていた。そんなふうに言われると希望を抱いてしまうではないか。果たしてそこにあるのかどうかもわからない希望を。

二十四　送信中止

問題というのはさまざまな大きさや形でやってくるもので、大本の原因は往々にして子どもであることを僕は学んでいた。だが、時として子どもが解決してくれることもある。僕は子猫に新しい家族を見つけてやる必要があることをタングに説明する瞬間を恐れていたのだが、その解決策は家族の中からあっさり差し出された。

我が家の子猫が子猫を産んだと聞きつけるなり、僕の姪と甥が見に行きたいと親にしつこくせがんだのだ。ふたりには子猫たちがもう少し育ち、ボニーやタング以外にもそばに子どもがいる環境に適応できると僕が判断するまでは待ってもらったのだが、許可を出すや否や、アナベルとジョージーはドッグレースのゲートから解き放たれたグレイハウンドさながらに我が家に駆け込んできた。

ネコは乾燥棚を出て、近頃は居間の暖炉前の敷物をくつろぎの場としており、姪と甥がなだれ込んできた時もそこで子猫たちを適当に舐めてやっていた。一応は尻尾をぴくりとさせ、目を細めてふたりを睨みはしたが、その場を動こうとはしなかった。

子猫たちは全く警戒していない。

アナベルが歓声を上げて灰色の子猫——ポムポム——ではない一匹をすくうように抱き上げると、その毛並みに頬を擦りつけた。

「うわあ、かわいい。ママ、この子かわいいよ。ほしいな。飼ってもいい？　お願い」

三毛の子猫二匹はほぼ全身が濃い斑《ぶち》模様だったが、四本の脚の先だけは真っ白な靴下を履いているみたいで、それがアナベルの目に留まった。

「見て、この小さな足。ねえ、見て。この子の名前、足《ボウズ》にする」アナベルはもう一匹の子猫を指差した。「ほら、ジョージー、そっちの子はジョージーのよ。この二匹、きっといいコンビになる」

いつでも姉の言いなりのジョージーは、前かがみになってその子猫を抱き上げた。

「この子たち、ほんとにかわいいよ、ママ。この子の名前はミトンがいい。だって手袋をしてるみたいだもん」

子どもたちは両親を振り返り、目をこれ以上ないほど横にも縦にも大きく見開いて訴えた。お願い事がある時のタングも驚く見開きぶりだ。ためらうブライオニーを見て、アナベルは母の痛いところを突いた。

「ねえママ、ポニーは飼わせてくれなかったんだから、せめて子猫は許してくれてもいいんじゃない？　私たちも責任を持つってことを学べるし」

エイミーがにやりと笑う。僕はつかの間、ブライオニーは娘の生意気な要求をはねつけるのではないかと思った。だが、そうする代わりにブライオニーは夫を見た。彼は両の手のひらを見せるように差し上げて一歩下がった。デイブは家庭内で何かを決めようとする場面ではつねに傍観者になる。ブライオニーはため息をついて子どもたちを見た。

「しようがないわね」


「ベン。ベン。ベン。ベン」書斎で読み物をしようとする僕の袖をタングが引っ張る。ポウズとミトンがブライオニー宅へもらわれていった数日後のことだ。

「何だ？」

「もっと本ちょーだい」

「もっと？　前に買った本はどうした？」

「もう見た」

「もう一度見たらいいじゃないか、ボニーは同じ本を何度も読んでるぞ」

「ボニーは読んでない」

「まあそうだけど、僕もエイミーもボニーに同じ本を繰り返し読んでやってるよ」

「同じ本、飽きた」

「今仕事で忙しいんだけどな、タング」

「子猫いなくなって寂しい」タングは哀れっぽく訴えた。「きば……きば……らし必要。おーねーがーいーーーーー」

僕の袖を摑んだまま、タングが目をぱちぱちさせる。

僕はほほ笑み、腕時計に目を落とした。

「まあ、一時間くらい休憩するか。昼の休憩も取らなかったしな。よし、出かけよう」タングの術中にはまっていることなど少しも気にならなかった。むしろ、同情を誘って僕を動かそうとするタングの試みに感心した。

「イエイ！」タングは手を叩いて書斎から廊下へと大急ぎで出ていった。本当は図書館の利用券を作りに行こうと提案するつもりだったのだが、タングのために何かをしようとするたびに書類を要求されることを思い出し、やめた。当面は買った方が早い。

僕は合成皮革のトレッキングブーツに──靴紐を結んだまま──足を突っ込み（他の多くのことと並んでこの癖も以前はエイミーをいら立たせたが、もう気にならないらしい）、廊下のコンソールテーブルから鍵を取った。ネコがそばをゆったりと通り過ぎていく。そのあとをついていくと、ジャスミンが居間の入口で浮いていた。彼女の脇をネコは強引にすり抜けていく。

「私も行っていいですか?」と、ジャスミンが尋ねてきた。タングはもう玄関を開けている。

「本屋へ?」

ジャスミンが光を上下させてうなずいた。

「あー……もちろん、君がそうしたいなら」

ジャスミンは僕のためらいを察した。

「もしご迷惑でなければ」

「いやいや、迷ったのはそういうことじゃないんだ。ただ……本屋に行っても君は満足できない気がしてさ」

「どういうことでしょう?」

「だって、本を読むための情報なら頭の中に揃っているだろう?」

「はい」

「だったら電子書籍を読めばすむんじゃないのか?」

「いいえ」

「どうして?」

「同じではないからです」

「何が?」

「電子書籍です。実際のハードカバーの本とは違うんです。と言いつつ」ジャスミンの光が、恥じ入るように下を向いた。「ペーパーバックの方が好きなのですけど」

「なぜ?」

「ハードカバーは私には重すぎるんです」ジャスミンは華奢な針金ハンガーを上げてみせた。なるほど、もっともな悩みだった。あのハンガーでは少しの時間もハードカバーを支えることはできないだろう。すぐに折れてしまうはずだ。

「本がほしかったなら、どうしてもっと早くに言ってくれなかったんだ? 知っていれば本棚を用意した時に買ってあげられたのに」

ジャスミンの光がうなだれるように再び下を向いた。

「私……私は……あまりわがままを言いたくなかったんです。そうでなくても、すでに十分優しくしていただいていたから」

「だったら先に本を頼んで、本棚は後回しにすればよかったのに」

「それは思いつきませんでした」

「おいで、ジャスミン」僕は彼女を連れて玄関を出ると車に向かった。「君によさそうなペーパーバックがないか、見てみよう。ついでにちょうどいい書見台もな」

書店に入ると、タングは魚のいる一画へ直行した。ジャスミンと僕もすぐあとに続いたが、タングが水槽の一メートルほど手前で急に足を止めたものだから、危うくその背中に突進しかけた。タングが真顔で僕を振り返る。

「ここにネコは連れてきちゃだめだね」そのひと言に、僕は笑った。

「うん、それはよそう。まあ、ここにいる限り魚たちは安全だろうけど。この水槽までたどり着ける猫はまずいないだろうから」

「うん」と答えつつもタングは真剣な面持ちを崩さない。「でも、誰かが手を貸すかもしれない」

その頃にはタングもジャスミンのことをほぼ許していたが、完全に許せたわけでもないらしい。僕は、義務感に駆られたジャスミンが子猫たちのために本屋の魚を一匹残らず持ち帰ろうとしないことをただただ祈った。


数日後、大学から帰宅すると家の中がいつになく静まり返っていた。恐怖に胃が締めつけられた。家中を探しても家族の姿はなく、キッチンカウンターにエイミーの血か何かで書かれた、〝人質を預かった〟というボリンジャーからのおぞましい書き置きが残されているのではないかと、半ば本気で想像した。そこへ居間の方から何やらつぶやく声がして、階段の前を通り過ぎたら、エイミーのバスルーム付きの部屋からもシャワーの音が聞こえた。肩の力が一気に抜け、僕は階段に腰掛けて靴を脱ぐと居間の様子を見にいった。

細く開いていた居間のドアを押し開けようとした時、中の様子が目に入った。奥のソファで、テレビにもフランス窓にも背を向けて、タングとジャスミンがボニーを真ん中に挟んで座っていた。ボニーの脚の上に広げられた絵本を、ふたりのロボットが交互に読み聞かせながら、ページに描かれた物を指差してやったりしている。まあ、交互に読み聞かせていると言っても読めているのはジャスミンだけで、タングはそこに書かれていることを想像して即興で話を作り上げている。タングの隣には他にも本が山と積まれていた。彼らの所有する本のほぼすべてではないだろうか。ネコはというと、空中停止中のジャスミンの前にだらりと伸び、頭は三人が読んでいる絵本の下、ボニーの脚の上に預けている。子猫のポムポムは母猫の隣で丸くなってぐっすり眠っている。ネコがなぜ自らボニーの手の届く範囲にいるのかは謎だ。手荒く触られたり舐められたり上に乗っかられたりするのが実は嫌いではないのかもしれない。もとは野良猫のネコにしてみたら、今の状況は昔と比べれば天国なのかもしれない。ネコの以前の境遇を僕たちは知る由もない……まあ、どんな目に遭ったかはおおよそ想像がつくけれど。あるいは、ボニーが子猫に乗っかるよりは自分に乗っかってくれた方がましだと思っているだけかもしれない。

あの子たちのあんなにも満ち足りた様子、それも皆が揃って幸せそうにしている姿は初めて見た気がして、その光景に視界が少し滲んだ。親としてこれ以上の幸せはない。ロボットふたりが我が子の面倒を見て、読み聞かせをしてくれている。そこに思いがけず家族の仲間入りをした猫の親子までいる。こんな言い方ではエイミーと僕がひどい親みたいに聞こえるが、この光景は僕には宝物だった。

階段が軋み、シャワーを浴びたての人の匂いがふわりと漂った。

「どんな様子？」エイミーが僕の背後まで来て腕に触れながらささやいた。振り返ると、彼女は頭にタオルを巻き、ジョガーパンツにライラック色のシンプルなTシャツを着ていた。そんな姿でも、世の女性が気の毒になるくらいに目の前のエイミーはきれいで、僕は抱きしめたい衝動を抑えなければならなかった。

「タングとジャスミンがボニーに読み聞かせをしてやってる」僕もささやき返した。

「まだ？　だいぶ前からやってるのよ。私もしばらくは向かいに座ってたんだけど、お邪魔虫かもと思ってシャワーを浴びにいったの。ゆっくり浴びられて幸せ」

「このままそっとしておこうか？」うなずくエイミーを見て、僕は居間のドアから離れた。僕たちはキッチンカウンターでワイン片手に夕食の時間まで語らった。

「あの子、何してるのかしら？」エイミーが言った。僕たちはフランス窓の前に立ち、庭を見ていた。夕食後、僕がボニーを寝かしつける間にエイミーは食事の後片づけをし、タングはゲームで遊んでいた。そんな中、ジャスミンはどういうわけか、ひとり暗い屋外へ出ていった。

「わからない。タング、ジャスミンが何をしてるか、知ってるか？ 彼女、大丈夫かな？」

タングはテレビの前に座ったまま、ちらっと顔だけ上げた。肩を上下させてすくめる仕草をしているが、本当に知らないのか、それとも僕たちに言いたくないだけなのかは議論の余地があった。

ジャスミンは柳の木の周りをゆっくりと回り続けていた。時折止まってはタングの畑の方へ飛んでいき、また柳のそばに戻る。そうかと思うと今度は家の前まで近づき、また柳へと戻る。そのたびにデッキを照らすセンサーライトがついたり消えたりして、ある種のゆっくりとしたストロボ効果を生んでいた。ジャスミンは動揺と葛藤の最中にいるようだった。勝手な想像かとも思ったが、結果的に僕の予想は当たっていた。

三十分ほどロボット式に苦悩してから、ジャスミンは勝手口へと空中を移動し、室内に戻ってきた。皆が居間にいるのを見て十五センチほど浮き上がると、また下がった。何か重大なことを告げる心の準備をしているみたいだ。

「ベン、エイミー」と切り出すと、ジャスミンは僕たちを交互に見た。「今から四分半前に、かつて偉大なるオーガスト・ボリンジャーとして知られた科学者への情報送信を中止したことをご報告します」

「かつて？」と訊き返した僕の肋骨をエイミーが肘で突く。

「あなたが一所懸命やっていたのはそれだったの？」エイミーはジャスミンに近づくと、ぎゅっと抱きしめた。ジャスミンは一瞬固まり、片方のハンガーをエイミーの肩に回そうとしたがうまくいかず、代わりにエイミーの額にハンガーを当てた。「ああ、ジャスミン、とっても嬉しいわ」エイミーが言葉を続けた。「本当にありがとう。これが私たちにとって……私たち全員にとってどれほど大きな意味を持つか、あなたには想像もつかないでしょうね」

ジャスミンの赤い光がエイミーの上をよぎり、僕に向けられた。「そんなことはありません、エイミー。この件に関する私の計算は正確だと思います。送信中止は皆さんにとって……皆さん全員にとって、きっととても大きな意味を持つのだろうと思っています」

エイミーの言葉に呼応するジャスミンの言葉に、エイミーが泣き出した。僕も喉が詰まったようになり、ジャスミンを抱きしめにいった。人間とハンガーのぎこちない抱擁が最高潮に達した時、ジャスミンが身を引いた。あまり長くは抱擁に耐えられないらしい。僕たちがジャスミンから離れるのを待って、タングがゲーム機のコントローラーを置いてよいしょと立ち上がり、ジャスミンのそばに行った。タングが手を差し出すと、ジャスミンもその手を取った。

「ね」と、タングが言う。「ふたり喜ぶって言ったでしょ。ふたり何て言うか、心配しなくていいって言ったでしょ」

「本当ね、タングの言うとおりね」ジャスミンも同意した。「あなたの言葉を信じるべきだったわ」

「送信中止について打ち明けることがなぜそんなに不安だったんだい、ジャスミン？」僕は尋ねた。

「それ自体というよりボリンジャーの話になることが心配だったんです。皆さんに彼のことを思い出させたくありませんでした。彼の名前が出るたびに、私は周囲から強いストレスを感知します。ストレスは誰にとっても害になりますが、そこに子どもがいるなら、なおのことよくありません。ボニーにとって最適とは言えない環境は作りたくありませんでした。ですから、送信だけ中止して皆さんには黙っていた方がいい気がしたのです。でも、タングがそれは違うと」

「タングの言うとおりだ」僕はジャスミンの光と目線を合わせるようにその場にしゃがんだ。「大丈夫だよ、ジャスミン、ストレスはどうしたって生じるものなんだ。それも人間の一部なんだよ。僕たちをストレスから完璧に守ることは君にはできない。そんなことは誰にもできない。それに君が打ち明けてくれなかったなら、僕もエイミーも頭の中では彼の脅威に苛《さいな》まれ続けただろう。たとえ君がストレスの急激な上昇こそ感知しなくても、僕たちはストレスにさらされ続けただろう。君は正しいことをしたんだよ。あらゆる意味において」

ジャスミンがうなずくように光を上下させた。

「ということは、私のセンサーの感度は調整がうまくいっていないのかもしれません。ボリンジャーを見つけて補正してもらわなくては」僕とエイミーが目をみはったら、ジャスミンの光が僕たちの顔を交互に見た。驚いたことに、彼女は笑った。「ごめんなさい。今のは本気ではありません。皆さんが冗談と呼ぶものに初めて挑戦してみたんです。でも、冗談になってなかったみたいですね。学習リストに〝冗談を言う〟も加えなくては。人間のユーモアは私にはとても難しいです」

「気にしないで。それは珍しいことじゃないから」安堵したエイミーはそう言うと、僕を振り返った。「これは私たち家族にとってものすごく大きな出来事よ。お祝いしなくちゃ」

「よし。シャンパンを開けよう」

エイミーはかぶりを振った。「そうじゃなくて、出かけましょ。みんなで、五人全員で」

「どこに?」

「わからないけど、みんなで楽しめるところ。遠足。動物園とか……レゴランドとか、そういうところ」

「だったら動物園にしよう」僕は言った。「展示物が格子やガラスの向こう側にいる方が安心だ。手の届く距離じゃなくてさ。タングがどんなふうか、君も知ってるだろ」

タングには、テキサス州ヒューストンの博物館に展示されていた模型をばらばらに壊した前科があるのだ。あれ以来、僕はタングを壊れやすいものに近づけることにはやや消極的だ。

エイミーも顔をしかめた。「それもそうね。それじゃあ動物園にしましょう」

二十五　つないだ手

結果論だが、エイミーがあのままシャンパンを開けさせてくれていればと思う。とどのつまりは見事なまでに最悪な遠足だった。

「狭い」わずか二十分間でタングがそう文句を垂れるのはこれで七度目だ。動物園までは車で一時間もかからない距離なのに、四時間くらいたっているのかと思うほどのごねっぷりだ。もとは両親の物だった古いぽんこつのハッチバックを、タングでもゆったり座れるBMWに替えさせたのはタングなのだが、どうやらロボットふたりとチャイルドシートに座るよちよち歩きの赤ん坊が並ぶには後部座席は狭いらしい。かわいそうに、貧乏くじを引いたジャスミンが真ん中に座らされているのだが、それはつまり彼女のハンガーがボニーの手の届く位置にぶら下がっているということで、さっきからずっとボニーの赤ちゃん用車内モビールと化している。タングはボニーの好奇心の矛先が珍しく自分以外に向いてくれてほっとする気持ちと、幼い人間の妹がジャスミンを壊してしまうかもしれない恐怖との間で揺れていた。

「もうたくさん！」三十分後、エイミーが叫んだ。悲鳴やら金切り声やら赤ちゃんのケタケタ笑う声やら金属的なうろたえ声やらが、ついに我慢の限界に達したらしい。彼女は僕に次の待避所で車を左に寄せさせると、「タング、降りなさい」と助手席のドアを乱暴に開けた。

バックミラーをのぞいたら、目を大きく見開いたロボットが映っていた。タングの考えていることが手に取るようにわかった。エイミーのうんざりとした口調に、嫌気のさした彼女が自分を道端に置いていくのではないかと不安になっているのだ。タングは車を降りようとしなかった。

「あのね」とエイミーが言う。「あなたたち三人を後部座席に座らせていてもややこしいだけでしょ。タングは降りて助手席に座りなさい。私が後ろに座るから。ジャスミン、あなたもいったん降りるのよ。私が真ん中に座る」それでも動かないふたりをエイミーがせき立てた。「ほら、早く！」

ロボットたちはあたふたと後部座席から降りた。少なくともタングはそうだった。ジャスミンは叱られているロボットなりの精一杯の穏やかさですっと降り、エイミーが自分のいた場所に乗り込むのを待ってから、その隣にまたすっと戻った。タングは後部ドアを閉めてから、ガシャガシャと助手席に近づき、よじ登った。タングの名誉のために言っておくと、助手席に座る際、彼は嬉しさが顔に出すぎないように頑張っていたが、僕にはお見通しだった。タングは僕と並んで助手席に座るのが大好きで、実は優先権はエイミーにあるのだという家庭内のヒエラルキーを完全には理解できていない。

新たな席次が決まったところで僕たちは再び車を走らせ、動物園までの残り二十分の道のりを比較的平和に過ごした。もっともエイミーにおもちゃを取り上げられたボニーは不機嫌になり、僕やエイミーが話しかけても頑として返事をしなかった。これまでのところはストレスがたまる一方だ。まだ午前中なのに。

その日、タングとボニーの心を鷲摑みにしたのはミーアキャットだった。大人ふたりがさすがに飽きて次の展示に移りたくなってからも、タングとボニーが離れてくれないので延々と見続けるはめになった。どれか一匹が巣穴に駆け込んだり駆け出てきたりするたびに、ふたりしてゲラゲラ笑うものだから、歩哨《ほしょう》のように立っていたミーアキャットに至っては、丸太から落ちるというサービスまでしてくれた。ジャスミンはいつもどおり穏やかで、赤い光を均一に動かしてミーアキャットを見ていた……まあ、僕たちの感情を傷つけないように動物を見るふりをしつつ、実は電子書籍を読んでいた可能性も十分にあるが。

いいや、それは僕の思い違いかもしれない。ただの言いがかりかもしれない。というのも、タングがジャスミンに手を差し出したら、彼女もハンガーの手でその手を取ったのを、一、二度目撃したからだ。僕はエイミーをそっと突いてふたりの方を示したが、お互いに何も言わなかった。

「ベン？」しばらくしてタングが呼びかけてきた。

「何だい、タング？」

「あそこの看板、ミーアキャットのオーナー制度のこと書いてるやつ」

「その看板がどうした？」

タングは目線を下に落としてしばらく思案すると、言った。「それってペットショップの、お家《うち》必要な子たちと一緒？　ミーアキャットのオーナーになってお家連れて帰れる？」

「残念ながらそれは無理よ、タング」エイミーが答えた。「私も動物園でオーナーシップ制度について初めて読んだ時は同じことを考えたわ。まだ子どもだった私はペンギンを連れて帰りたくてね。でもだめなんだと知ってとてもがっかりした」

「ここがミーアキャットの家なんだよ」と、僕は言った。「オーナーシップと言っても飼い主になるわけじゃない。動物の餌や飼育にかかるお金をいくらか出して支えるって意味なんだ」

「どの子支えるか選べる？」

「そういう仕組みにはなってないと思うな、タング。ごめんな」そう言ってから、ふと思った。「それでもタングのためにミーアキャットのオーナーになろうか？　考えてみればタングの誕生日にはたいしたプレゼントもあげてない。馬のゲームソフトとポスターだけだ。もうひとつくらいプレゼントがあってもいいんじゃないかな」エイミーを見たら、彼女は肩をすくめてうなずいた。

「どう、タング？」エイミーが尋ねると、タングはにっと笑った。

「そうしたい。ありがとう。でも、ほんとは選べなくてもミーアキャット選びたい。あの子にする」タングが指したのは、脚が一本欠けていて尻尾が途中で妙な角度に曲がっている一匹だった。大勢の中から不完全なところのある子を選ぶとは、いかにもタングらしい。

すべてが悪い方へ転んだのは霊長類エリアだった。タングは今日もベビーカーを押したがり、その間エイミーや僕の助けを受けつけないものだから、進む先々で罪なき来園者たちに突進していたが、本人はくじけない。どうやらボニーの面倒を見ることはが今日の自分の仕事だと決めているらしい。ボニーを乗せたベビーカーを押す様子にはらはらさせられたが、おかげで僕とエイミーは、ロボットふたりが少し先で――と言ってもつねに目の届く範囲に置いていたが――ボニーを連れて楽しんでいる間、少しばかり並んでおしゃべりをすることができた。その間に一度だけ互いの指がぶつかった瞬間があり、僕はちらりと、このまま手をつないだらどうなるだろうと考えた。だが、タングに孔雀を見ようと呼ばれ、その機会は過ぎ去った。

事が起きたのは、ボニーが体をのけぞらしてベビーカーを降りたいとぐずり出した時だ。

「大丈夫」と、タングが請け合う。「僕ボンニーと手つなぐ。そしたらボンニー安全」

「じゃ、降ろすか」僕の言葉にエイミーもうなずいた。「その方が抱っこしてやれるから、ボニーも動物がよく見えるだろうし。害なんてないよな」

最後のひと言は言わなければよかった。そんなふうに言葉の力を恐れるなどひどく迷信じみているが、僕がこの忌々しい口を閉じておけば事の展開は違っていただろうかと思い返すことがたまにあるのだ。

はじめのうちは問題はなかった。タングは言葉どおりボニーの手をしっかりと握っていた。むしろあまりにきつく握るから、そのうち娘の手を砕いてしまうのではないかと心配になるほどだった。だが、類人猿コーナーに着き、タングが空いている方の手で手すりを掴んで体を引き上げ、もう一方の手で動物を指そうとボニーの手を離したことで、事件は起きた。

エイミーも僕もすぐには気づかなかった。たぶん写真を撮ることに気を取られ、少しの間ボニーから完全に目を離してしまったのだと思う。タングとボニーを一緒に撮ろうと振り返ったら、娘の姿が消えていた。

「エイミー」体の温もりが一気に失われていく。「ボニーはそばにいるか?」訊きながらも答えはわかっており、エイミーがかぶりを振った瞬間、すべてが一斉に動き出した。ジャスミンは教室を飛び交う輪ゴムみたいに類人猿エリアを飛び出していき、タングは悲鳴を上げながら足を踏み鳴らすように辺りをぐるぐる回り出し、エイミーと僕は娘の名を叫びながら走った。

二十六 怒鳴り合い

僕たちは爬虫類館でボニーを見つけた。いや、見つけたのはジャスミンだ。彼女の動きの速さは家族の中でもずば抜けており、地面から八センチ浮いた状態で動物園内を高速で飛び回るものだから、彼女の通り過ぎたあとには当惑した来園者が点々と残った。その間ジャスミンはボニーの名前を叫び続けていた。

娘を探す僕のスマートフォンが振動した。ショートメッセージを受信したのだ。ジャスミンかららしく、「保護しました。彼女は無事。トカゲのところ。ここで待つ」と手短に書かれていた。ジャスミンがどうやってメッセージを打っているのか、そもそもなぜ僕の番号を知っていたのかは謎だが、それらの疑問が浮かんだのはあとになってからだ。その時その場では娘の無事にただただ安堵した。

「あんなところまでひとりでどうやって行ったのかしら？　しかもこんなに速く」ボニーとジャスミンに合流するべく、ふたりして大股で歩きながら、エイミーが言った。後ろをガシャガシャとついてくるタングも、彼のペースで追いつくだろう。

「さっぱりわからない」僕は答えた。「僕たちが思うよりボニーが速く歩けることだけはたしかだけど」

「それを把握してなかったなんて。母親なのに。そういうこと、ちゃんとわかってなきゃだめなのに」

「君のせいじゃないよ。僕だってこんなことになるとは思いもしなかった」

「私のせいじゃなかったら誰のせいだと言うの？」

僕はためらった。「ボニーの手を離したのはタングだ」

「タングは責められないわよ。こんなことになるなんて、あの子には知りようがなかった」

「そうなのかな。ひょっとしたら僕は、これまでいろいろ一緒にくぐり抜けてきたのだからと、過信していたのかもしれないな。もっと慎重にいくべきだった」

「そう思うならタングと話してみて。でも、あの子を責めないでね」

爬虫類館に着くと、僕たちは入口の間仕切り用のビニールカーテンを払うようにして中に入った。最初に目に入ったのはジャスミンの光で、誰もボニーに近づけまいと、光を三六〇度回転させ続けていた。もっともジャスミンの心配は杞憂だった。子守やボディガードを務めるアンドロイドの存在は稀とまでは言えないものの、ジャスミンみたいなロボットと赤ん坊の組み合わせには多くの人が警戒感を抱き、かなり遠巻きにして見ていた。誰かひとりくらい、大丈夫かとか、ボニーの親はどこにいるのかと訊いてもよさそうなものだが、そういう人はいなかったようだ。近頃では誰も他人のことに干渉したがらない。

ボニー自身は目一杯楽しんでいるようで、ぷっくりした顔と手をヤモリの飼育ケージにぺったりとくっつけ、ガラスを舐めている。

「やめなさい、ボニー」と、僕は娘を抱き上げた。「窓を舐めたらだめだ」そして、両手を差し出したエイミーにボニーを渡した。娘を探す間は冷静さを保っていたエイミーだが、今はぼろぼろと涙をこぼし、娘の首に顔を埋めて泣きながら何かつぶやいている。

タングが僕たちに追いついたのを、僕は視界の端にとらえた。ありがたい——ベビーカーを持ってきてくれている。タングはそのまま数分黙っていた。それが悔恨からなのか混乱からなのかは、わからなかった。最大の危機を回避した今、皆、互いに何を言えばいいのかわからず、そのまま園内を見て回ったものの楽しさは半減していた。

車に戻るまでタングは静かだった。やがて、唐突に言った。

「ボンニー見つかってよかった。いなくなっちゃってたら、くそ悲しかった」

僕とエイミーは首の骨が折れんばかりの勢いでタングを振り返った。一瞬、カトウの手術ではタングの放射性の核心部は取り切れておらず、今にも暴走が始まるのかと焦った。

「今、何て言った？」エイミーが訊き返し、僕は我が家のロボットが大声でわけもなく汚い言葉を発したのを耳にしたはずの通りすがりの人々にそわそわと目をやった。

「僕、ボンニー見つかってよかったって言った。何で？」

「そうじゃなくて、そのあとよ。そのあと、何て言った？」

「もういいよ、エイミー」僕は声を低くした。「もう一度言わせたくはない」

「でも、あの言葉は使ってはだめだと、ちゃんと教えなきゃ」エイミーは髪を耳にかけ、タングと目を合わせるためにしゃがみ込もうとしたが、僕はそれを「僕から話す」というように手で制し、自分がしゃがんだ。なかなか頼もしい態度だった、と思う。

「見つかってよかった、のあとで、〝く〟で始まる言葉を使っただろ。ここでもう一度言わなくていい。でも、覚えてるか？」

「うん」

「あれは使ってはいけない言葉なんだ。悪い言葉で、それを使われるといやな気持ちになる人もいるから。わかったか？」

「でもエイミーも使った……」

「タング、ちょっとふたりで話をしよう」帰宅後、僕は一緒にソファに座るよう、タングを促した。エイミーは話の展開がどうなろうと、それをジャスミンやボニーには聞かせまいと、ふたりを庭に連れ出した。

「話って、僕が言った、僕は使っちゃだめだけどエイミーは使っていい言葉のこと？」

「違う。でも、それもそのとおりだ。人によって違うのは不公平だと思うだろうけど、それでもエイミーが時々使うのはよくても、タングはだめだ。理解しなくてもいいから受け入れてくれ。それはともかく、僕が話したいのは別のことだ」

「ふうん。じゃあ、何？」

「今日起きたことについて話しておきたいことがある。ボニーとのことだ」

「ボニーは無事」

「ああ、それはわかってる。でも、タングはボニーの手を離すべきではなかった、そうだろう？　ボニーと手をつなぎたいと言ったのはタングで、その時にボニーがひとりでどこかに行ったら困るから手を離さないでくれってお願いしておいたよな？　でも、タングは手を離して、ボニーは実際にひとりでその場を離れてしまった」

僕としては、タングはきっと後悔に満ちた目で僕を見て、自分のせいで家族を危ない目に遭わせてしまったと反省すると思っていた。タングはそういう子だ。だが、今回は違った。タングは唐突に怒り出し、わめき始めたのだ。

「僕のせいじゃない！　何でボンニー、どこかに行っちゃうの？　何で僕と一緒にいない？　いないとだめって、ボンニー知ってるのに。僕、ボンニーに猿を指してあげただけ。ボンニーに見せてあげたかった。ずるい！　何でボンニーはいっつも悪くない？　何でいっつもタングが悪い？」

僕は絶句し、数秒間はただタングを見つめていた。だが、次の瞬間僕も頭にきた。

「ボンニーはまだ一歳半にも満たないからだよ、タング！　あの子はまだ赤ちゃんで、世の中のことなんて何も知らない。でも、おまえはもっと賢いはずだ。人生にはすごく危険なことがあるってことも、赤ちゃんをさらう悪い人がいるってこともわかってるだろう！　エイミーも僕も、おまえを僕たちのもとから連れ去るような真似は誰にもさせないと、時間をかけて何度もおまえに伝えてきた。それなのに、ボニーがいなくなってしまったらどうなるかってことは、全然考えてくれないんだな。それってすごく自己中心的だぞ、タング。たまには自分よりも他の人のことを思いやってみてくれよ」

最後のひと言とともに唐突な怒りは消え、タングを怒鳴りつけるべきではなかったという良心の呵責に苛《さいな》まれた。それでもタングがもう少し分別のある行動をすべきだったのは事実で、僕はその考えを変えるつもりはなかった。

タングは僕を睨み、やがて悲しげに目をやや伏せると、拳を握った。

「ずるい！　ベンはボンニーの方が好きなんだ。僕出てく」

　ソファを降り、居間を出ていくタングを、僕はまたもやかっとなって追いかけた。タングが玄関のドアを体の角にぶつけるほどの勢いで乱暴に内側に開け、猛然と出ていく。僕は眼鏡を外し、遠ざかる背中に向かってそれを振りながら叫んだ。

「ああ、いいさ、勝手にしろ！　ちなみに言っておくけどな、あれは猿じゃない――類人猿のテナガザルだ！」

　音を立てて玄関を閉めた瞬間、廊下の両側の部屋の入口から視線を感じた。一方にはボンニーを連れたエイミーが、もう一方にはジャスミンがいた。一様に唖然としている。いつからそこに立っていたのかは知らないが、わめき声を聞きつけて家に入ってきたのだろう。何にせよ今のやり取りを聞かれてしまったらしい。

「何だよ、おまえだったら何て言ったんだよ？」とボンニーに八つ当たりしてしまったのは、答えを返してこない唯一の相手がボンニーだったからだと思う。娘は泣き出し、その場にぺたんと座り込んだ。エイミーがボンニーを抱き上げようとしたが、僕の方が早かった。

「ごめんな、ボンニー」僕は精一杯優しくなだめ、娘と顔の高さを合わせるようにその場にしゃがんだ。「パパはボンニーに怒ってるわけじゃないんだ。心配だっただけだ。ボンニーに何かあったらいやだから」ボンニーの額にキスをしたら娘は泣きやみ、ぷっくりした指を僕の耳に突っ込み始めた。僕は立ち上がると階段の手すりに掛けてあったコートを手にした。

「どこに行くの?」エイミーが尋ねた。

「タングを探してくる」

コートを着ようとする僕を、エイミーが手を伸ばして制した。

「やめた方がいい。そんなことをしたらタングの取った行動を容認することになる。なぜあなたがタングに怒ったのか、あの子自身に理解させないと。考える時間をあげましょう」

「でも、あいつ、このまま帰ってこないかもしれない。家出したんだとしたらどうする? ボリンジャーがタングを怒らせた結果、どうなったか。さんざん旅してうちにたどり着いたんだぞ」

エイミーは首を傾《かし》げて一方の眉をひょいと上げた。

「ボリンジャーのしたことはタングを怒らせたどころのことじゃないわ、ベン。あなただってわかってるはずよ。タングは帰ってくる。きっとこの通りの端まで行ったら戻ってくるわよ。私にも、家を飛び出したはいいけれど結局ものの三十分で戻った経験が何度もある。そのたびに本気で家出したけど、続かなかった」

「でも、君は家族が嫌いだっただろ。あんなふうに出ていくほど、タングが僕たちを嫌っているとは思わなかった」

「嫌ってなんかないわよ、反抗期で気難しくなってるだけ。きっと心では申し訳なかったって思いながらも、その気持ちをどう扱えばいいかがわからないのよ」

僕はうなずいた。エイミーの話は理屈が通っている。僕はため息とともにコートを手すりに掛け直すと、前かがみになってボニーを抱き上げた。

「ごめんな、ボニー」謝ってから、おむつがぐっしょりと重くなっていることに気づいた。「行こう、おむつを換えような」

階段に近づきながら、僕はちらりとエイミーを見た。彼女自身、自分ならどう対処したかわからずにいる気がした。僕は階段の一番下で立ち止まり、エイミーに向き直った。彼女は僕の腕をさっと撫でた。

「エイミー、ごめん。あんなふうに怒鳴るべきじゃなかった。反省してる」

だが、エイミーはかぶりを振った。

「誰だってかっとなることはあるわ、ベン。あなたは少し怒鳴っただけ。タングなら立ち直る。ボニーもね」

「タングのことはどうしたらいいんだろう?」

エイミーは肩をすくめた。「帰りを待つ以外にできることはないわ。しばらくガシャガシャ歩き回って、ひとしきりすねて、壁を何度か蹴りつけるかもしれないけど。

そのうち帰ってくる」
「何でそんなに冷静でいられるんだ？
エイミーは再度肩をすくめた。みんなであたふたしてもしようがないじゃない？」
すごい。母親になってエイミーは本当に変わった。

一時間後、タングは怪我もなく無事に帰ってきたが、機嫌の悪さは家を出た時と変わっていなかった。足音うるさく居間に入ってくると、エイミーと僕を呼んだ。
「僕無事って言いにきた。だから怒らなくて大丈夫。今から二階の自分の部屋に行く。それじゃあ」きびすを返して居間を出ていき、数秒後にガシャガシャと戻ってきた。「そ
れとボンニーのことごめんなさい」相変わらずむくれてはいるが、本心から謝ってい
るのは伝わってきた。タングは再び居間を出ると階段に向かった。
「ちょっと待って、タング」僕は呼びかけた。「今までどこに行ってたんだ？」
「外」とだけ、返事が返ってきた。この件についてタングはそれ以上のことを僕たちに話そうとはしなかった。一分後、タングの部屋のドアが乱暴に閉まり、布団に倒れ込んだらしく、ボフッというくぐもった音がした。笑いをこらえるのに苦労した。
タングは部屋に閉じこもったきり口を利く気はなさそうで、ボニーも今夜はすでにぐっすり眠っていたので、エイミーと僕はテレビの前のソファでくつろぎながら、お

いしいピノノワールのボトルを開けた。

「子育ての大変さは覚悟してたけど、まさかロボットが思春期の子どもみたいに振る舞うとは思わなかった。いきなりだったわよね」エイミーが言った。

「ほんとだよ。よちよち歩きの幼児みたいなタングにやっと慣れてきたと思ったら、いきなり成長するんだもんな」

エイミーは鼻にしわを寄せた。「本当はいきなりってわけでもないんだろうけどね。幼児みたいな状態でうちに来たから、ずっとそんな目で見てきたけど、考えてみればあの子もいろんなことを学んできたんだもの。日々あの子なりに成長していたのよ。時間はどんどん過ぎていってるってことね」

「まあ、そうなんだろうな。ボニーにはもう少しゆっくり大きくなってほしいよ」

エイミーがふふふと笑った。「人間の子どもはまた違うと思うわ」

「そう言うけど、十五年後にはきっと今と同じ会話をしてるよ。ボニーは義務教育修了試験を受ける頃で、僕たちはいつの間《ま》にこんなに時が流れたのかって思うんだ。ちなみにその頃にはタングは大学に通ってるな」僕は半ば本気でそう言った。エイミーが笑う。

「あり得ない話ではないわよね。その頃にはタングみたいなロボットのための大学ができているかもしれない。ひょっとしたらあの子は本当に助産師になるかもしれない」

沈黙が流れ、僕はボニーのスピード出産のことや、妊娠期間中、タングがいかにエイミーを支えてくれたかを思い出した。あの時助産師になりたいと宣言したタングに、それは無理だと現実を突きつけることなど僕たちにはとてもできなかった。僕としてはタングの夢がそのうちに変わることを祈っていたのだが、エイミーの言うとおりだ。何年か後には叶わない夢ではなくなるかもしれない。助産師になれるロボットがいるとしたら、それはタングだと僕は思った。

二十七　酔っ払いタング

「ベン？　ジャスミンを見なかった？」エイミーはボニーの寝かしつけを終えて一階に下りてきていたのだが、居間に来るまでに数分の間《ま》があった。気遣わしげな顔をしている。

「いや、自分の部屋で本を読んでるんだと思ってた」

「私もそう思ってたんだけど、いないの。様子を確かめて、何かしてほしいことはないか訊こうと部屋をのぞいたら、姿がないのよ。家中探したけどどこにもいない」

「庭は？」

「外はもう暗いわ」

「ジャスミンは今までさんざん、暗くなった庭で過ごしてきたんだぞ」

「それもそうね」と言って、エイミーが窓から目をこらす。

「だめ、いないわ。というか、暗すぎてよく見えない」

「タングには訊いてみたかい？」

「それはしたくなかったのよ、最後に見にいった時にはもう寝てたから」

僕はソファから立ち上がって伸びをした。「僕が訊いてくるよ」

二階のタングの部屋に行くと、ドアが細く開いていた。そっとノックをし、頭だけのぞかせて盛り上がっている上掛けを見た。

「タング？」僕はその塊にささやきかけた。返事はない。「タング、ジャスミンがどこにいるか知らないか？　姿が見当たらないんだ」やはり返事がない。僕は顔をしかめて部屋に入ると、ひざまずいて眠っている体を揺すった。ただし、それは眠っている体ではなかった。タングの形に似せて整えられた古い寝袋や枕だった。タング自身の姿はない。僕は全速力で一階に駆け戻った。

「エイミー、タングもいなくなってる」

「嘘！」

「ベッドにはいない。代わりに枕があるだけで、いなくなってる。また家出だ」僕は心配すべきか怒るべきかわからなかった。

「タングが家出したのだとしても、ジャスミンまでそんなことをするなんて彼女らしくないわ。あの子がついていくわけないわよね？」

「タングがいかにうまく説得したかによるだろうな。僕たちが思う以上にジャスミンはタングが好きなのかもしれない」

「一時間だけ待ってみましょう。前回は帰ってきたんだもの、今回もきっと帰ってくる。ふたりとも無事なはずよ」

五時間がたってもロボットたちは帰らず、その頃には僕は居間を行ったり来たりしていた。

「あいつら、いったいどこに行っちゃったんだろう、エイミー？」

エイミーはため息をついた。「わからない。まさか、この時間まで帰らないとは思ってなかった」

僕は爪を噛んだ。

「ブライオニーに電話するわ。うちに来てボニーを見ていてもらえるか、訊いてみる。大丈夫だったら、私たちはふたりを探しに行きましょ」

三十分後、エイミーと僕は懐中電灯を手に家を出た。その前に家中を隈なく——ボニーの部屋さえ物音を立てずに——探し、ふたりとも間違いなくいないことを確かめた。ブライオニーの到着を待つ間、じっとしていられなかったのだ。いるわけがないと思いつつ、ひょっとしたらと願わずにはいられなかった。ブライオニーは受話器の向こうでため息をつき、僕たちほど自分のロボットに振り回されている人は知らないと呆れたが、それでもすぐに来てくれた。家に入る時もかぶりを振り、目玉をぐるりとさせて、我がロボットたちの失踪を心配する様子は微塵もなかった。

「そのうち戻るわよ。ちょっと外ではめを外してるだけじゃない？」

「でも、ふたりともストレスのたまる状況だったんだ。どっちも繊細だし。まともな判断ができなくなってるかもしれない」

「タングは繊細なんかじゃないわよ。必要とあらば周りにいる人をいくらでも意のままに操っちゃうんだから」

「ふたりして運河に落ちるかもしれない」

「どこの運河？」ブライオニーが言った。

「それは……、じゃあ川に」

ブライオニーがため息をつく。「いらない心配だと思うわよ。ふたりとも子どもで、子どもはこういうことをするものなの。うちの子たちだって、いったい何度家出してやると脅してきたことか。でも、結局は通りの端まで行って、寒さや疲れに負けて帰ってくる」

「前回はエイミーもそう言った。でも今回は違うんだ」

「前回？」と、ブライオニーが一方の眉を上げた。

「お願い、ブライオニー」エイミーが言った。「わかって。ボリンジャーが絡んでいるかもしれないの」

ブライオニーはもう一度ため息をついた。「そうね。わかった」

「ありがとう」

「そうと決まったらさっさと行って！　ぐずぐずしてないで」

それから一時間、僕たちはタングの小さな足でたどり着けそうな範囲を捜索した。ジャスミンならもっと遠くまで行けるだろうが、タングと一緒では難しい。彼のローラースケートが車庫に置かれたままなのは確認してある。

「もしかしたらバスに乗ったのかも」エイミーの言葉に僕もうなずいた。

「その可能性はある。でも、そうだとしたらどこで降りたかなんて見当もつかないぞ」

「ひょっとしてヒースロー空港かしら。タングは自分が私たちの家にたどり着いた経路をジャスミンに見せたかったのかも」

「そうじゃないことを祈る。それに、僕たちに出会う前の暮らしをタングが思い返したがるとも思えない。ヒースローではない気がする」

「これからどうしよう？」

「警察に連絡した方がいいのかな？」所有権について問われたらと思うと、それも不安だった。だが、他の策はほぼ尽きていた。

エイミーが何か言いかけたが、言葉が出るより先に彼女のスマートフォンが鳴り、警察に連絡するか否かという判断は僕たちの手から離れた。

ロボットふたりがいたのは、地元の警察署のロビーにあるベンチだった。タングは床に目を落としてガムテープをいじり、ジャスミンはいつも以上にゆっくりとしたペースで上下に動きながら、タングから引き離されることを警戒してか、赤い光を周囲にすばやく走らせていた。

僕たちが当直勤務中の警察官に案内されて鉄格子の入ったドアを抜け、ベンチの並ぶ廊下に進むと、ふたりともこちらに顔を向けた。僕はジャスミンの考えはいまだに読めないが、タングがなぜか安堵と恐怖が入り交じった顔をしたのはわかった。基本的には僕も同じ気持ちだった。僕の場合は恐怖が先で安堵があとだが。ふいに怒りが爆発した。

「何を考えてるんだ、タング。ジャスミンはおまえと違ってこの辺の地理には疎いし、人にも交通機関にも……そういうものには慣れてないんだぞ。下手をしたらジャスミンは死んでたかもしれない。おまえだって死んでたかもしれないんだぞ！　バスにでもはねられたらどうする？　そうしたらどうなってたか、わかってるのか？」

タングが目を見開く。ベンチからするりと降り、かすかによろめきながら僕のもとへ歩いてきた。そして、僕の両脚に抱きつくと、腰に顔を埋めた。

「僕ごめんなさい、ベン。ごめんなさい、ベン。僕思う……思った。外に出かけるの、ジャスミンにいいって。一緒に楽しいことしようって。でも僕考えてなかった。ベン怒らない。お願い、ベン怒らないで」

むろん、僕の怒りはタングが無事だったという安堵のプールに溶けて消えた。ふたりとも無事だったという安堵に。僕は脚にしがみつくタングの腕を解き、彼の前にひざまずいてその両肩を摑んだ。

「もういいよ、タング」僕はせいぜい実際の気持ちよりも落ち着いた声を出そうと努めた。「怒鳴ったりして悪かった。けどな、何かをする時には他の人がどんな気持ちになるかも考えないとだめだ。もし今夜のタングみたいにボニーが急にいなくなったらって想像してごらん。タングはどんな気持ちになる？」大げさな問いかけに、それでもタングは答えた。

「つらい気持ちになる。ボンニーに何かあったらって怖くなる」タングが瞼を上げて僕を見た。「二度としない。どこ行くか、ベンに言う。それかエイミーに。それかボンニーに」

僕はほほ笑んだ。「ボニーじゃない方がいいかな、あの子はまだタングからの伝言を僕たちに伝えられないから。でも、タングの言いたいことはわかった」

タングもほほ笑み、少しよろけた。

「ちょっと待った……タング、おまえ何でよろけてるんだ？　大丈夫か？　どこか悪いのか？」

背後にいた警察官が咳払いをした。

「それについては私から説明できると思いますよ」

「ふたりはいったいどこにいたんです？」僕より先にエイミーが尋ねた。「この子たちは何をしたんでしょう？」

「実は見つけた場所はガソリンスタンドでして……」警察官は言い淀んだ。

「続けてください」僕は警察官から、今やばつが悪そうに足を踏み換えているタングに目を転じた。

「給油ポンプのそばにいました。あっちのが」と、警察官はジャスミンの方を示した。「ノズルを持ち、こっちの四角いのが地面に寝転がっていました。ディーゼル燃料が彼の口と思われる場所にちょろちょろと流れ込んでました」

僕は笑うべきか、もう一度怒るべきか、わからなかった。いや、わかってはいたが、タングとジャスミンが午前一時に給油ポンプからディーゼルエンジンをくすねて酔っぱらっている姿を想像したら、笑いがこみ上げそうになった。ぎりぎりのところでこらえたが。エイミーがその場に割って入り、僕を立たせてそっと彼女の後ろに押しやった。

「ベン、この件は私が対処する」エイミーは全員に宣言した。

家へ帰る車中では会話はほとんどなかった。ロボットふたりはディーゼル酔いと二日酔いの狭間で後部座席にだらしなく座り、静かにしていた。運転するエイミーの傍らで、僕は時々振り返ってふたりの様子を確かめた。ジャスミンは珍しく宙に浮かずに窓にもたれかかるように座っていた。シートベルトを巻かれた特大ラグビーボールみたいだ。一方タングもシートベルトは締めていたが、ヒトデみたいに両手両足を広げて座席に転がっていた。片目を閉じ、かすかにチッチッという音を立てている。馴染みの音だった。飲みすぎて眠りこけてしまったタングが立てる音だ。僕はどちらのことも心配していなかった。

僕たちはタングのことは酔いがさめるまでそのまま車の後部座席で寝かせておくことにして、ジャスミンだけを降ろしてやった。ジャスミンは僕たちのあとをついて来たものの気が進まない様子だ。

「ベン、エイミー？」呼びかけられて振り返ると、ジャスミンが空中でかすかに上下していた。赤い光が狭い範囲で左右にすばやく揺れている。緊張しているみたいだ。

「何だい、ジャスミン、どうした?」僕が声を掛けてもジャスミンはその場を動かない。「こっちにおいで、ほら、恥ずかしがってないで」

ジャスミンは僕たちの前まで来ると、空中で静止した。

「大丈夫?」エイミーが気遣う。

「私……私……いえ。あまり大丈夫ではありません」

「どうしたの?」

「今日のことを謝りたくて。タングとふたりでしたことを。あんなふうにこっそり出かけるべきではありませんでした。なぜあんなことをしてしまったのか、自分でもわかりません。私……私、タングといると楽しいんです。よくわからないけれど、それがぴったりの言葉のような気がします。とにかく、本当にごめんなさい」

「いいのよ、ジャスミン、謝ってくれてありがとう」

ジャスミンは動かない。まだ続きがあるらしい。

「私はこの家が好きです」と、彼女は言った。「ここにいるのが好きです。皆さんはすてきな家族です」

「ありがとう」エイミーと僕は声を揃えた。

「いいえ、そういうことではなくて。ここにいるのが好きなんです。出ていきたくありません」

僕はすっと背筋を正した。「出ていく？ 出ていくつもりなのか？」

「いえ、そこが悩みなんです。私は出ていきたくありません。でも……でも、おふたりに出ていけと言われるんじゃないかと」

「なぜ？」

「皆さんにとって私はつねに悩みの種だったからです。優しいおふたりは、私をボリンジャーのスパイ以上の存在として見てくれようとしたけれど、私はタングを危険にさらし、おふたりをまた苦しめてしまいました。だから出ていけと言われても仕方がないと思うのです」

「こう考えてみてはどうかしら」エイミーは玄関の鍵を開けると、振り返ってジャスミンの前にひざまずいた。「あなたに出ていってほしいだなんて、私たちは考えもしないって。なぜなら、私たちもあなたがここにいてくれて嬉しいから。あなたが私たちをすてきな家族だと思ってくれたように、私たちもあなたをすてきなロボットだと思ってるし、タングもあなたのことが好きだし、私たちはあなたが家族に加わってくれてよかったと思ってる。それにあなたは動物園で迷子になった娘を見つけてくれた。それひとつ取っても、あなたにはどんなに感謝してもしきれないわ」

それから一分間、ジャスミンは今の言葉を信じていいのか、答えを探すようにエイミーに光を据えていた。どうもジャスミンには嘘発見器が内蔵されているようだ。だが、僕にはエイミーが本心を語ったことがわかっていた。

「本当に？」しばらくしてジャスミンが尋ねた。

「本当よ」

「ありがとう。それでしたら、ここからはおふたりでの夜を楽しんでください。ともに過ごしている時のベンとエイミーはとても幸せそうです。だから必要以上に長くお邪魔をしたくはありません」それだけ言うとジャスミンは玄関を抜けて家に入り、階段を上がって自室に向かった。

僕はエイミーを見た。顔が赤くなっている気がしたが、彼女はすぐに顔をそむけ、髪で顔が隠れてしまったので確証はなかった。

「ジャスミンには本当にこのままうちにいてほしいと思ってるわ」エイミーが咳払いをして言った。

「うん、僕もだ」

「でも、それがどういうことかわかってる？」

「え？」

「これで実質、一体じゃなく二体のロボットを盗んだことになる。それも同じ人から」

「でも、ジャスミンはあの男への情報送信をやめた」僕は家の中に入ると玄関扉を閉めた。「だったら、このまま居場所を見つけられずにすむかもしれない」

「でも、見つかってしまうかもしれない。私たちはすでに一度、タングのライセンスの取得に失敗してる。ジャスミンについても同じ問題に直面するわ。ふたりを無期限に我が家に置くことはできない」

「君の見つけた判例は？　あれでジャスミンのことも守れないか？」

「わからない。難しい気がする。ボリンジャーがジャスミンを苛酷に扱った証拠はない。ジャスミン自身がそう証言すれば別だけど、それでも厳しいわ。というのは、タングはここに来た時点でかなりひどい状態だったし、あの子の行動がボリンジャーから受けた扱いを物語っていた。対するジャスミンは、ボリンジャーに作られてすぐにここに飛んできた。彼女に課された主目的そのものが残酷行為に当たると主張することは可能だけれど、タングの場合と同じだとは言えない。ジャスミンにはこの先もうちにいていいと伝えたけれど、結果的に嘘をついてしまったかもしれない。いずれあの子を手放さなければならないかもしれない」

僕はうなずいた。エイミーは正しい。それでも今それを考えなければならないのはあまりに理不尽な気がした。

「この問題は――万が一――直面する時が来たら、その時に考えよう。まずはもうすぐやってくるクリスマスをなるべく楽しもう」

二十八　クリスマスの光

　クリスマスが近くなり、僕はタングとふたり、期間限定で開店している地元のこじゃれたクリスマスショップにツリーを選びにいった。ミーアキャットの時と同様、タングは、片側にしか枝がなくうなだれた酔っ払いみたいにてっぺんが折れ曲がっているみすぼらしい木を選んだ。

「本当にこの木じゃないとだめなのか、タング？」

「うん。他の人誰も買わない。僕たち買わなかったら、この木、悲しいクリスマスになる」

　我が家に迎えようが売れ残ろうが、クリスマスを過ぎればどこかしらで薪《たきぎ》となって燃やされる運命なのだとは、タングにはとても告げられず、結局その木を購入し、車のルーフに縛って固定した。

「何なの、それ？」僕がかわいそうな見た目の木を車から引っ張り降ろして家の中へ運ぶと、エイミーが言った。

「我が家のクリスマスツリーだ。タングが選んだ」

エイミーが呆れて目玉をぐるりとさせた。「そんなことだろうと思った」

エイミーはとげとげの葉が当たらないようにセーターの袖の中に手を引っ込めると、木を所定の位置に運ぶのを手伝ってくれた。タングが待ちきれずに飾りの入った箱をあさったら、中からずんぐりとしたクモが現れた。慌てて逃げようとするクモにタングと僕がギャーッと悲鳴を上げたら、ジャスミンがすっと飛んできてクモに電気ショックを与えた。わずか千分の一秒で、哀れなクモは小さく丸まって死んでしまった。鮮やかな手際だが、殺すのはさすがにやりすぎだ。口を開きかけた僕に、ジャスミンが言った。

「ごめんなさい。今のはちょっとやりすぎでした。皆さんの脅威になるものは排除するのが私の本能で、今もふたりが危険にさらされているように見えたので」

「謝らなくていいんだよ、ジャスミン」僕は言った。「ただ、君の言うとおりかもな。次はそのまま逃がしてやろうか」

「もしくはスリッパで叩くとかね」と口を挟みながら、エイミーがクリスマスツリー用のもつれた電飾を箱から引っ張り出した。

「それじゃ今までの話が台無しだよ、エイミー」

「あら、失礼」エイミーはそう言うと、「こっちを持ってくれる?」と電飾コードの一方の端を僕に持たせ、絡まったコードをほどき始めた。子猫のポムポムが小さな電球のひとつに飛びつき、コードに脚を巻きつけるものだから、絡まりがほどけるにつれて宙づりになって揺れている。

「昔から明かりが好きなのよね」と、エイミーが言う。

「クリスマスツリーの明かりが？」

「ツリーに限らずクリスマスの明かり全般。家々を飾る明かりも町中のイルミネーションも、全部。昔は毎年十二月になると祖父がロンドン市内のオックスフォード・ストリートを飾るイルミネーションを見に連れていってくれたわ。毎回、屋根のない観光用の二階建てバスに乗った。市内観光なら何度もしたことがあったけど、祖父がクリスマスイルミネーションを見るにはやっぱりあれが一番だからって」

「すてきだな。その話、初めて聞いた気がするよ」

エイミーは肩をすくめた。

「そうかもね。この話をしようとすると、どうしても両親の話にもなっちゃうから」

エイミーは家族の話はしたがらないので、僕もあえて聞き出そうとしたことはないが、彼女が祖父母の家で多くの時間を過ごしていたことは知っていた。だが、祖父母は往々にして孫より先に亡くなるもので、彼らもエイミーが二十代前半の時に亡くなった。クリスマスイルミネーションの話は、僕がエイミーから初めて聞く、彼女の家族にまつわる温かな思い出話だった。

「僕らも子どもたちを連れていこうか」思いつきで言ったものの、エイミーを苦しめるのでないかとすぐに後悔した。だが、彼女はぱっと顔を輝かせた。

「それ、すてき。ボニーにはしっかり重ね着させて防寒しないとね。だってあのクリスマスのお出かけで一番記憶に残っているのは、十二月の屋根なし観光バスはいつだって凍えるほど寒かったのに私ときたら十分な厚着をしていたためしがなかったってことだから」

僕はいささか興奮気味のエイミーの話が終わるまで黙って聞いていた。すべてを話すとエイミーは落ち着き、息を継いで続けた。「でも、ロボットたちは喜ぶと思うわ。この子が屋根なしの二階建てバスからイルミネーションを眺めているところを想像してみて」と、タングの方に顎を向ける。

想像したとたんに、僕は果たしてこれが妙案なのか自信がなくなった。ロボット用のハーネスやリードなどないし、タングが通りを見下ろそうとバスの縁から目一杯身を乗り出した挙げ句に落下するさまがありありと浮かんだ。

「タングには通路側に座ってもらった方がいいかもな」僕は独り言のようにつぶやいた。

むろん、通路側に座らされたのは僕の方だった。タングは道路を見下ろそうとバスの縁から身を乗り出し、僕がいくらやめなさい、危ないから、落っこちるからと注意しても聞かなかった。だが、落下はいらぬ心配だったようだ。タングは席の前にある手すりをしっかりと握っていた。彼がたまに僕の服や腕を握りしめるあの握力を考えると、たとえ神でもタングの手を開かせることなどできない気がした。ちなみに握力の強さという意味ではボニーもなかなかのものだったが、エイミーも僕もけっして娘をひとりでは座らせなかった。動物園での一件以来、僕たちは一分でもボニーを目の届かない場所に置くのが怖くなり、外出時には必ず子ども用ハーネスをつけた。エイミーが参加している赤ちゃんサークルは、子どもの自由を奪うとして元来子ども用ハーネスの使用には批判的だった。だが、エイミーが動物園での一件を話してからは他の親たちも考えが変わったらしい。

ジャスミンはエイミーとボニーの隣で上下に動きながら本を読み、景色にはまるで関心を示さなかったが、感動しているタングを見て嬉しそうにはしていた。タングの方をちらりと見るたびにジャスミンの赤い光がかすかにきらめく。近頃では誰にも見られていないと思っている時限定で、よくそんなふうにタングを見つめている。

すばらしいひと時だった。他の乗客はツアーのはじめこそ怪訝そうに僕たち一家を見ていたが、タングのいかにも楽しげな様子と、これでもかと厚着をさせられたボニーのかわいさや笑顔を前に、次第に警戒心を解いていった。むしろ僕たちは、皆さんにおまけのエンターテインメントを提供して差し上げたのではないか。

バスツアーが終わると、行きと同様に電車で帰宅した。その間問題は起きなかったが、家の玄関を抜け、眠っているボニーを二階の彼女のベッドに寝かせて初めて、僕は今日一日肩に力が入っていたことに気づいた。牧羊犬のごとく子どもたちを見守ったり追いかけたりせずにすむ外出など、滅多にないことなので、それを訝《いぶか》るべきか単純に感謝すべきか、迷った。後者だなと決め、僕はボニーにキスをして子ども部屋の常夜灯を消した。

都心へのイルミネーションツアーが上々に終わって気をよくしたエイミーは、俄然冬休みの計画も立てる気になったらしく、間《ま》もなくこの一風変わった家族でも宿泊できるスキーリゾートを求めてパッと目を引くウェブサイトを片っ端から当たり始めた。僕はスキー休暇そのものには異論はなかったが、いくつか懸念はあった。

「猫たちはどうする?」

「ブライオニーが様子を見にきて遊んだりしておくと言ってくれてるし、ミスター・パークスも餌をやりにきてくれるって。だから猫たちは大丈夫」

エイミーはブライオニーの協力をとっくに取りつけていた。手を回していないわけ

がない。だが、問題は猫のことだけではない。飛行機についても僕は心配だった。それが
「ほんと、タングひとりを連れて飛行機に乗るだけでも結構大変だったんだ。それが
ロボットふたりと赤ちゃんとなったら、どんなはちゃめちゃなことになるか。まあ、
ジャスミンも連れていくつもりならの話だけど。いや、仮にそうじゃなくてもやっぱ
り大変だよ」
「ジャスミンも一緒に決まってるじゃない」
「彼女は来たいのかな? 訊いてみた?」
「ええ、ぜひ一緒に行きたいって。スキーをしなくてもよくて、かつ本を持っていっ
てもいいのなら」
僕はかぶりを振った。「こんな時くらいは電子書籍で我慢してくれてもいいと思う
んだけど」
「無駄よ。それについてはすでに説得を試みたから。ジャスミンてば、私を睨んで、
何を言っているのかわからないって」
「うーん。最近都合が悪くなるとよくそうするよな」
「ペーパーバックを数冊持っていってあげましょ。どうせボニーの荷物が何やかんや
あるから、その程度ならたいして変わらないわ」
「それも厄介なんだよ――ボニーの荷物。空の旅はやっぱり大変なんじゃないかな。

スキー板を借りずに自前のを持っていくつもりならなおさらさ」

「つまり何？ スキーはやめた方がいいってこと？」

「そうじゃない。行き先と行き方をよく考えないとなってことさ。それだけだよ」

エイミーは横目で疑《うたぐ》るように僕を見た。僕の頭の中には案があり、それをエイミーも見抜いていた。

「あなたはどうするのがいいと思うの？」

「あまり遠すぎない場所にした方がいいと思う。車で行ける場所に」

エイミーはその案をじっくり検討した。「車にしたところですべての荷物は積み切れないわ。動物園に行った時のことを思い出して。あれをもう一度やるなんてごめんよ。となると二台に分かれるしかないけど、それはいやだわ」

「だったらワンボックスカーを借りようよ。七人乗りで広い後部座席と大きなトランクがあって、屋根に荷台もついてるやつ」

エイミーは唇を片側に寄せるようにして思案すると、うなずいた。

「そうね。問題はそれで解決できるわね。ちなみに行き先はどこを考えていたの？」

「スコットランド」

「スコットランド？」

「スコットランド。車で行けるし、すばらしいスキーリゾートもある。と、聞いたことがある」

エイミーは眉をひそめた。彼女の考えるいわゆるスキー旅行に、僕の案をどうにかして当てはめようとしているに違いない。彼女はアルプス山脈やイタリア産蒸留酒のグラッパに思いを馳せていたのだろう。だが、何しろロボットふたりと子どもひとりを連れての旅だ。スコットランドの方がはるかに楽にたどり着ける。

「わかった」しばらくしてエイミーが言った。「でも、ログハウスと毛皮のラグとたくさんのウイスキーと、できればメイドさんは譲れないわ」

それでこそエイミーだ。僕のエイミー。僕が恋に落ちた、気持ちがいいほど直截で、自分の希望を臆せず主張するエイミー。

二十九　苦難を越えて

旅行用に車を借りるよと伝えたらタングはたいそう喜んだが、僕がマイクロバスみたいな車を借りて戻ったらあからさまに失望した。どうやらタングは、レンタカーとはどれも僕たちがアメリカを旅した際に借りたマッスルカーと同じようなものだと思っていたらしい。あの時の車が大のお気に入りのタングは、今回は違うと知るとがっかりした。

「ダッジはどこ?」

「冬休みの旅行にダッジは借りないよ、タング。実用的じゃない」

「何で?」

「何でって、荷物を全部積んで家族も全員乗る場所なんてないからだよ」

「えー」

エイミーと僕が荷物を積む間、タングは今回借りた車のつまらなさを延々とぼやいていた。スーツケースに保冷バッグ、スキー板、上着、おもちゃなどを積み込む僕たちのあとを、ひたすらついてくる。僕もしまいにはあっちでテレビでも見てこいと、きつい口調で言ってしまった。

出発してからもタングは僕たちをいらっとさせ続けた。

「もうすぐ着く?」

そう訊くのはこれで七十五回目だ。

「まだ」エイミーと僕は声を揃えた。

「僕たち、どこいた?」

「それを言うならどこにいるだろ、タング」

「どこにいる?」

「プレストンよ」エイミーが一瞬で後方に流れていく道路標識を指差しながら答えた。

「プレストン? まだ半分も来てないじゃないか!」僕は言った。

エイミーは肩をすくめた。「車で行きたいと言ったのはあなたよ」

僕は答えなかった。数分の沈黙ののち、後部座席から強烈な臭いが漂ってきた。エイミーと僕は顔を見合わせた。

「ベン。ベン。ベン。ベン。ベン」

「今度は何だ、タング?」

「ボンニーまたゲーした」

スコットランドのローモンド湖を過ぎる頃には太陽はとうに丘や山々の向こうに沈んでおり、皆、おしゃべりをする気すら失せていた。

「だいぶ近くなってきたぞ」僕は車内の空気を明るくしようとして言った。あと一時間半はかかりそうだと告げているカーナビゲーションのことは無視した。「うおっ、これ見て、四度だってさ」僕は続けた。「スコットランド中部のトロサックスともなるとちょっと寒いな」

「うるさいわよ、ベン」

旅の残りは基本的には沈黙のまま過ぎていった。例外は退屈のあまりうとうとしていたボニーが目を覚まし、おしゃぶりがなくなっていることに気づいて不機嫌に泣き出したことくらいで、ロボットふたりが探してくれている間もむずかっていた。エイミーがボニーの就寝時のおしゃぶりはそろそろ卒業させるつもりであることを僕は知っている。だが、そんなエイミーもさすがにこの旅の間は娘からおしゃぶりを取り上げる気はないらしい。

到着したスキーリゾート一帯の積雪量はかなりのもので、僕はそう言おうと口を開きかけ、また閉じた。今や誰が何を言ってもいら立つほど車内はぴりぴりしている。見ればわかることを伝えるのは明日の朝でも遅くない。そもそも言う必要があるのかも謎だ。僕は車を受付ロッジの前につけると、チェックインをすませて部屋の鍵をもらってくるから皆は車で待っていてと言い置き、文句が出ないうちに車を降りると大股で受付へ入っていった。

僕が予約していたのは食事付きの山小屋《ロッジ》で、ゲレンデに近く、貸し切りタイプだった。貸し切りというのが重要で、僕には我が家のロボットたちが他人と交流するのを監督する自信などなく、他の宿泊客にしてもロボットと関わりたがるとは思えなかった。ひとりひと部屋ずつ使えると知り、エイミーがさっそくお気に入りの部屋を探して、小さな女の子みたいに嬉々としてロッジ内を見回り始めた。その楽しげな様子に僕まで嬉しくなり、少し得意にもなった。というのも、彼女はスコットランドに貸し切りかつ食事付きのロッジなどあるわけがないと決め込んでいたのだ。僕は、そんな感じ悪いことを言うなよ、フランスのシャモニーを下手に真似たようなぱっとしない場所ばかりじゃないんだからさと言ったものだが、見つけたリゾートがフランスのスキーリゾート並みにすばらしかったおかげで嘘つきにならずにすみ、ほっとした。

「わあ、すごい、ベン、ちょっとこれ見て！」僕がボニーを暖炉前の模造の熊の敷き皮の上に降ろしていたら（先に断っておくが暖炉に火は入っていない）、ロッジのどこからかエイミーのくぐもった声が聞こえた。ボニーはきょろきょろしながら、よいしょと立ち上がってよちよち歩き回りたくなるような面白いものがあるかを確かめていたが、結局このままここに座って熊の毛皮に指先を潜らせる方が断然楽しいと判断したらしい。そのうちぺたんと俯《うつぶ》せになると、熊の鼻を噛んだ。タングとジャスミンはロッジ内をそれぞれ歩いたり飛んだりしながら見て回っていた。ロッジは吹き抜けの居間を中心にして、それを取り囲むように寝室やキッチンが配置され、それぞれが居間と扉でつながっている。ロボットたちは他の寝室の探検に夢中だったので、僕はエイミーのいる部屋に向かうことにした。

彼女は見たことがないほど巨大なベッドにヒトデみたいな形になって寝転がっていた。キングサイズにしても大きいので、クイーンサイズのベッドをふたつつなげるなどしてあるのだろう。

「私、この部屋にするわ」エイミーが宣言した。

「いいよ！」と答えたはいいが、その後の気詰まりな間《ま》をどう埋めればいいか、僕はわからなかった。そんな時、はまってしまった気まずさという穴から救い出してくれるのはいつだって子どもの存在だ。時に手に負えなくなったり、ひどく手がかかったりもするが、これ以上ないタイミングで喧嘩を始めてくれることもあれば、単に子どもを口実に話題を変えたり会話自体を打ち切ったりすることもできる。とにかく子どもがいれば逃げ道はある。もっともその逃げ道には往々にして大量のうんちの後始末が含まれているが、その頻度は子どもが大きくなるにつれどんどん減っていくはずだ。

僕は親指で肩越しに後ろを指し、ボニーの様子を見てくるよとエイミーに告げた。

「敷き皮を食べ尽くしてないか見てこないとな、ははは」

エイミーは両肘で支えるようにして上体を起こすと、小さくほほ笑み、「私もすぐに行く」とつぶやいた。その時、子どもがいれば逃げ道はあるという説を裏づけるようにガシャーンというものすごい音と叫び声がして、ジャスミンに呼ばれた。「あのー、ベン、エイミー？　こっちに来てもらった方がよさそうです」僕たちはロビー兼居間へ走った。

タングが横向きに倒れ、その隣でボニーが座って泣いていた。タングは体を起こそうと足をじたばた蹴っていたが、当惑したジャスミンは僕たちに助けを求める以外何もできないまま、その状況を見つめていた。三人の傍らに割れた花瓶があった。

「何があったんだ？」僕は両手を腰に当てて尋ねた。エイミーがタングを助け起こすと、タングは間髪入れずにボニーを指した。

「ボンニーがやった」

「何を？」

タングは黙り込んだ。考えた上での発言ではなく、悪いのはボニーだと一刻も早く訴えておきたかっただけなのだろう。一方のボニーは泣くのをやめ、大きく見開いた目で僕を見上げた。男親が娘のそういうつぶらな瞳に弱いことをよくわかっている。

これはなかなか厄介だ。やけにすばやくボニーを指差した、もといマジックハンドみたいな手で指したあたり、タングが嘘をついている気がしたが、ボニーの表情もいささか無邪気すぎる。僕はジャスミンに向き直った。

「ジャスミン、何があったんだ?」

ジャスミンの光がタングからボニーへ、さらに僕へ向けられ、再びタングに戻った。そのまましばらくタングを見つめてから、ジャスミンは言った。

「私……私には誰のせいかはわかりません」

「誰のせいかを訊いてるんじゃない、何があったのかと訊いてるんだ」ジャスミンの光が床に落ち、引きつるように揺れた。タングへの忠誠心と僕に嘘をついてしまう可能性とをどう折り合わせるか、考えているのだ。やがて彼女は言った。

「ごめんなさい、タング。ベンには本当のことを話さないと」

タングが片足をダンダンと踏み鳴らした。「やだやだやだやだやだ! ずるい!

ジャスミン僕の友達なのに」

「しーっ、タング」エイミーが割って入った。「そんな言い方でジャスミンを自分の思いどおりにしようとしてはだめ。ずるいのはタングの方よ」

タングはもう一度片足で床を踏み鳴らすと、ガシャンとその場に座り込んだ。ガムテープをいじりかけて思い直す。いつもぴかぴかのジャスミンといるうちに、さすがのタングもガムテープがいやになってきたのかなと、僕はちらりと思った。

「話して、ジャスミン」

「私は自分の部屋にいました——あの部屋です」ジャスミンはハンガーで居間にあるドアのひとつを示した。「ボニーとタングの話し声が聞こえたので様子を見に出たら、タングが花瓶に手を伸ばしていて、ボニーはタングにつかまって立ち上がろうとしていました。タングがよろめいて、ふたりとも転んでしまいました」

「タング、どうして花瓶を取ろうとしたの？」エイミーが尋ねた。

「僕じゃない。ボンニーがほしがった」

僕はボニーに同じ質問をする気にはなれなかった。よちよち歩きの赤ん坊が何かをほしがる理由など、誰にもわからない。花瓶が割れたのは事故だった。それだけのことだ。タングはもう少し考えて行動してもよかったが、ボニーを喜ばせたくてしたことだし、ボニーはおそらくまだ理屈などわからない。誰が悪いと叱る問題ではなかった。僕は髪をかき上げた。

「保証金はこれに消えたな」しばらくして、僕は言った。

「大丈夫よ。高い明朝時代の磁器でもないしね」エイミーが言った。

「たしかに。よし、みんな、心配はいらないから。エイミーと僕が割れた破片を片づける間、怪我をしないように離れていてくれるかい？　タング、ジャスミンとボニーにおまえの部屋を見せてやったらどうだ？」

「何で？」タングが訊き返す。

「理由は今言っただろ、エイミーと僕が片づける間、三人にはこの場を離れていてほしいからだよ」

「ふうん。僕の部屋じゃなくてキッチンに行ってもいい？」

「あー、うん、いいよ、別に。とにかくあっちに行っててくれ」

納得したタングがボニーに手を差し出すと、ボニーはその手につかまり、今度は無事に立ち上がった。タングはボニーを連れてキッチンに向かいながら、ちらりと振り返ってジャスミンを睨んだ。僕に言わせれば理不尽な態度だ。

「行くよ、ジャスミン」それでもタングはそう声をかけた。ジャスミンの裏切りを寛大な心で許すことにしたらしい。

「さっきはきつい物言いをしてごめんね」その夜、ややこしい三人が寝たあと、薪《まき》ストーブが置かれた暖炉前のソファに座り、スコッチウイスキーのグラスを回しながらエイミーが言った。青いジョガーパンツにセットのパーカーを着て、本来は長靴用なのではないかという厚手の大きな靴下を履いている。どこからどう見ても部屋着という格好をしているのに、エイミーはとてもきれいだった。僕がソファの前にあるコーヒーテーブルに足を載せたら、彼女は少し深めにソファに上体を預け、僕の膝の上に脚を伸ばした。エイミーに何か話しかけられていたはずなのに、その内容がふいに頭から飛んでしまい、結局訊き返すはめになった。

「さっき、あなたにきつい物言いをしちゃったでしょ。だから謝ったの」

「さっきって？」

「車の中で」

「ああ、あれか。あれはまあ、僕が悪いんだよ。飛行機を使うなり夜行列車に乗るなりすればよかったんだ。だから、こっちこそごめん」

エイミーが鼻にしわを寄せた。

「どの交通手段を選んだところで、ロボットふたりによちよち歩きの赤ちゃん連れの旅は大変だわ。きっとどのみちお互いにいらいらしてた。それでも、ごめんね」

エイミーの謝罪を僕は片手を振っていいよと退け、ウイスキーを飲んだ。エイミーがほほ笑む。

「ここにたどり着いた事実については、素直に自分たちを褒めてあげましょ。こんなふうに過ごしているだなんて、一年前に想像できた？」

「全然。僕たち、よくやったよな？」

「よくやったわ」エイミーは身を乗り出し、自分のグラスを僕の方に掲げた。「乾杯。

ここまで頑張った私たちに」

「頑張った僕たちに」僕も唱和した。平底のグラスをエイミーのグラスに合わせようとして、互いの指がぶつかった。腕がかすかにぞくりとした。エイミーが咳払いをして暖炉の方に向き直る。それでもここ最近と比べると少しばかり長く僕を見つめていた気がする。

「ベン？　別れた時のことだけどね」

「ん？」

「あとになって何が一番こたえたか、わかる？」

「僕が怒りに任せてふたりの結婚記念日のシャンパンを飲んじゃったこと？」

エイミーは微笑した。「違うわ。まあ、それもたしかに頭にきたけど」

「じゃあ、何？」

「あなたがあっさり結婚指輪を外してたこと」

「わからないな。出ていったのは君なのに」

「わかってる、わかってる。それでも私はなかなか外せなかったし、外してからも長い間ひどく妙な気分だったから」

「僕がいつ指輪を外したかなんて、どうしてわかるんだ？」

「あなたの留守中に、ブライオニーが引き出しに入っているのを見つけたのよ。ティースプーンか何かを探していて」

「ああ」

断っておくと、指輪を外した時、僕は件《くだん》のシャンパンのせいでひどく酔っており、ロボット相手に話をするうちに無性に腹が立ってきて、もう誰のことも必要ないと指輪を引き出しに投げ入れたのだ。褒められたことではない。だが、当時はそうすることが正しく思えた。旅を終えて帰宅した数分後には、やはりティースプーンを探していて指輪を見つけたが、その時はどう扱うべきか判断がつかなかった。捨てるのは間違っている気がしつつも、当時はエイミーとロジャーはつき合っていると思っていたので、身につけていても仕方がなかった。だからパスポートと一緒に缶に入れ、靴下の入っている引き出しにしまい、僕が知る限り今も同じ場所にある。

ただ、それをそのままエイミーに説明したくはなかった。話せば指輪を外した時の僕の憤りぶりを認めることになるし、あれから僕たちの関係はずいぶんと改善したのだ。それに、指輪を見つけたブライオニーがそのことをエイミーには話しながらも僕には言わず、それっきりになっていたことにも自尊心が傷ついていた。もっとも、旅の間こちらからは姉にほとんど連絡を入れていなかったのも事実だ。僕が死んでしまったのではないかとひどく心配している状況でなかったなら、姉は指輪の件で僕を問い詰めていたかもしれない。人の生き死にの方が優先するのは当然だ。

「寂しくなかったわけがないよ」しばらくして僕は言った。「指輪を外したことがさ……ちょっと待った、何でブライオニーはティースプーンなんか探してたんだ?」

「家に変わったことがないか、確認してくれてたのよ。私もだけどね。当時はあなたがどこにいるのかも、いつ戻ってくるのかもわからなかった。あの家で過ごすことで希望を持ち続けようとしてたの。そして、人はお茶を飲むものでしょ」

「なるほど」

エイミーがそわそわと落ち着かなくなった。

「ベン、思い切って訊くけど……指輪を外したのは、そうすれば旅の間他の人と寝られるから?」

「違うよ!」いささか早すぎるほどの即答で、次の瞬間には顔から首まで赤くなった。僕自身の名誉のために言うが、そんな動機で指輪を外したわけではない。僕が指輪をしていない事実に気づいたとある女性と、結果的に一夜をともにしたのはまた別の問題だ。誓って嘘ではない。僕はこれまでテキサス州ヒューストン在住の(そして、カトウ・オーバジンの長年の想い人である)リジー・キャッツとの間の出来事については、エイミーにも、そしてカトウにも一切知られないように用心してきたつもりだ。それが今、危うくなっている。気をつけないとエイミーは……。

「リジーと寝た!」僕の声は僕の脳とは完全に切り離され、あたかも別の場所の別の誰かから発せられたみたいだった。どうするのが自分のためなのかを全く理解していない大ばか者から。

エイミーは目をみはった。まさか僕が認めるとは思っていなかったらしい。僕の理性がエイミーの隣でこっちを見ながら、呆れたように腕組みをしてかぶりを振っている。僕はたった今、すべてを台無しにしてしまったのかもしれない。思わず独り言のように口走った。

「そんなつもりじゃなかったけど、そうなっちゃったんだ！　怒らないでくれ！」

エイミーの目がさらに大きくなり、彼女はウィスキーを飲んだ。「怒ってなんかいないわ」と、静かに言う。「あなたの一夜の情事をえらそうに責める資格なんてないもの。私はただ、あなたがはじめからそのつもりだったのかを知りたかっただけ。あなたがどの程度、前に進む心の準備ができていたのかを知りたかったんだと思う。当時のあなたがって意味だけどね」

「心の準備なんてできてなかった」

「そうね。今なら私にもそれがわかる」

「どうして？」

エイミーはほほ笑んだが、それは小さな笑みだった。「あなたの口調がすごく後ろめたそうだから。私への希望を完全に捨ててしまっていたなら、リジーとのことは単にその時起きた出来事でしかなく、私に話す話さないは別としても、やましいことと は思わなかっただろうから」

なるほど。賢い。

「そうなの、ベン？」

僕は唾を飲んだ。ふいに喉がからからに渇いた。

「そうなのって、何が？」しわがれた声で尋ね、答えを先延ばしにした。

「私に対する希望、全部捨ててしまったの？　私たちふたりの未来への希望を」

僕は何と答えればいいかわからなかった。心の半分では今すぐ彼女の足元にひれ伏し、そんなわけがない、いつの日かエイミーが昔みたいに僕を愛してくれるかもしれないという希望を、僕は絶対に捨てないと伝えたかった。その反面、今の僕たちは多くの危うい問題を抱えていて、それらがどう転ぶかを互いに読めずにいる。仮によりを戻したとして、エイミーが僕の本質は何をしてもだめな負け犬のままなのだと判断し、再び出ていってしまったらどうなる？　僕は傷つき、ボニーもつらい思いをする。もしくは、よりを戻したはいいが僕が逮捕され、窃盗の罪で刑務所に送られたら？　僕はエイミーを傷つけることになる。それは想像するだけで耐えがたい。

だから、僕は答える以外の道を選んだ。逃げたのだ。

「ご……ごめん。その……そろそろ行くよ……考えるために……いや、よくわかんないけど」立ち上がって後じさりしたら、熊の敷き皮に蹴つまずき危うく転びかけた。

「おやすみ。朝になったら一緒にタングをスキーに連れ出そう、な?」

そして、自室という安全地帯へ逃げ戻った。

三十　外へ

「何でこれしないとだめなの？」タングは納得がいかない様子だった。以前にも一度雪を経験しているタングだが、正直なところ反応はよくなかった。タングは極端な気温が苦手なのだ。それを承知していながら、何だって僕たちはよちよち歩くのが精一杯の赤ん坊と浮遊することしかできないロボットと雪が好きではないとわかっているロボットを連れてスキー旅行に出かけることを妙案と思ったのか。ひょっとしたらこれはエイミーと僕自身のための旅だったのかもしれない。今回に限っては子どもやロボットたちのことはさておき、自分たちが楽しめる休暇を選んだのかもしれない。お互いにそうとは認めないだろうが。かつてふたりでスキー旅行を楽しんだ、あの一緒にいて幸せだった頃と似た状況を作りたかったのかもしれない。今の僕たちが、かつての僕たちみたいになれるのかを知りたかったのかもしれない。

そんな僕たち自身ですら自覚していなかったひそかな計画がどうあれ、現実には家族の中で唯一どうにか一緒にスキーができそうなのは、スキーになどまるで興味のない相手だった。ボニーはこれでもかというほど保温性の高い赤ちゃん用のスノーウェアを着せられ、着心地が悪そうにしながら三十分ほど外をよちよち歩いたものの、やがて飽きてその場に座り込み、雪を食べ始めたので、今はエイミーとロッジに戻っている。

ジャスミンに至ってはロッジの玄関まで出ただけで、そこから赤い光を周辺に走らせ白一色の景色と、地面とほぼ同色の空を見ると、わざわざ外に出るまでもないと判断したらしく、私の回路の温度許容度は摂氏十五度までで、それ以下には耐えられない仕様なのでとでたらめな言い訳をした。そして、さっさと室内に引っ込み、ペーパーバックを一冊取ってくると、暖炉の火のそばにある肘掛け椅子の五センチ上に空中停止した。何が温度許容度だ。本人もわかっているだろうが、逆もしかりで火に近づきすぎればやはり回路は耐えられない。まあ、ジャスミンとしては外になど出たくはないが、はっきりそう言って皆の気持ちを傷つけたくなかったのだろうし、僕たちにもその気持ちは伝わっていた。

対照的に、タングはそんなふうに気が咎めたことはなく、おそらくこの先も咎めることはなさそうだ。

「外に出たくない」タングは言った。「寒そう」

「そりゃ寒いよ。それがいいんじゃないか。熱帯気候じゃ雪はまず降らないからな」

「いや、うん、それはわかってるよ。僕はただ……今のは……ああ、もういいや。とにかくおいで、楽しいから」

「熱帯もやだ」

「何で？」

タングとの冬はこれで三度目だが、毎回似たような会話をしている。一回目はタングと知り合ってまだ数カ月で、雪に興奮するかと思いきや当てが外れた。去年はタングが雪の中には出ていかないとかたくなに拒否した上に、そもそも雪はちらついただけで、地面に落ちても一瞬で消えてしまう状態だったので問題にはならなかった。タングが本格的な雪を目にするのは今回が初めてで、いまだ味わったことのない楽しい世界がそこにはあるはずだし、実際に試してみなければタングにもそのよさはわかるまい。僕はそう自分に言い聞かせた。

そして、タングにも伝えた。

「でも、みんなは中にいるよ……」

「エイミーは別に中にいたいわけじゃないよ。なあ？」

「そうよ。中にいるのは、ボニーがまだ小さくて長くは外にいられないから。本当はスキーがしたいのよ」

「じゃあベンとエイミーがスキーして、僕がボンニーお世話したら？」

一本取られた。その申し出を断る理由など皆無に等しく、実のところは僕がタングと楽しい時間を共有したいだけなのだった。僕自身は楽しいはずだと思っていることを。それに、知らない土地の慣れない家で、ロボットふたりをよちよち歩きのボニーと三人だけにしたくないという事情もあった。

「あのさ、タング、まずは外でスキーをして、あとで戻ってきておいしいホット・ディーゼルを飲むっていうのはどうだ？」

とたんにタングの気が変わった。

「わかった。おいで、ベン、さっさと行くよ。早く行ったら早くディーゼル飲めるでしょ」と、早々に玄関に向かい始める。エイミーが〝ホット？〟と唇だけ動かして訊いてきたが、僕はかぶりを振った。ディーゼル燃料を気化させずに温められるかなど知らないが、言うだけ言ってみたのだ。子育ての大半は悩んだり気を揉んだりすることの連続だが、褒美でつることもそこそこの割合でしている気がする。少なくともタングに関してはそうだ。僕としては歩み寄りだと思いたい。報奨制度と言ってもいい。

「ローラースケートを履いてるつもりになってごらん、タング」雪の上を歩こうと試みるタングに僕は助言した。まだロッジから三メートルしか進めていない。昨夜ここに到着した際の、車からロッジの玄関までの距離をわずかに上回るだけだ。タングが昨日は雪を気にせずに進めたのは、旅がようやく終わったという純粋な喜びゆえだったのか、とにかく今は悪戦苦闘している。

ローラースケートの話を持ち出したら、まだ全くと言っていいほど滑り方を習得できていないタングがちらりと僕を見た。それでもタングのえらいところは、いったん放り出してもまた練習してみるところだ。子どもの頃に嫌いだった食べ物に大人になってから再挑戦してみるのと少し似ている。味覚が大幅に変わって大好きになっているのではないか、もしくはこの先好きになるのではないか。僕の場合マッシュルームがそれに当たるのだが、果たして同じことがタングのローラースケートにも起こるかどうかは僕もまだ半信半疑だ。タングが心底滑れるようになりたいと思うなら、いつの日か習得できるかもしれないが、今のところそういう状況は訪れそうにない。タングはボニーを追いかけることは諦め、最近ではボニーの方から来てくれるのを待つようになっていたし、ボニーもたいていはちゃんと行くので、ローラースケートを覚える必要性は薄れる一方だった。あのスケート靴も我が家の車庫に置かれたクモの館のひとつと化すのだろうか。

結局は僕がタングの手を取り、雪の上を半ば引っ張る格好になったのだが、これが思いのほか楽だった。タングの平らな板状の足はそりの板と基本的には同じなので、いったんこつを摑むと結構な速さで進めた。むしろ、どうやって止まったものかと途中ではたと考えたくらいだ。いったんスピードに乗ったタングの馬力は相当なものに違いない。軽量が売りのロボットではないのだ。だが、ゲレンデのリフトが間近に迫り僕が速度を落とすと、タングの速度も落ち、最終的にはリフト小屋の戸口の手前でゆっくりと止まった。

「だめだめ」係員がタングを指差し、かぶりを振った。

「だめって、何がですか？」

「それを連れたままリフトには乗れませんよ」

「どうしてです？　彼の何がだめなんですか？」

「何がって、そもそもリフトに収まらないでしょう。安全バーが下り切らないと危ない」

「だったら、あの丸っこいのを両脚で挟むタイプのは？」僕は子どもや初級者向けのコースにあるリフトを指した。「別に上級者コースに連れていこうってわけじゃないんだし」

「だとしても、何を履かせるつもりですか？　ここには正方形の足用の板なんかありませんよ」

それは考えていなかった。僕はもはやタングをロボットとしては見ておらず、妙な形の人間くらいに思っている節がある。よく考えればスキー板の問題が生じるのは当然だったが、家族の誰もそれに気づきもしなかった。

「こいつの足は長方形ですよ。正方形じゃない」僕の言葉にも、リフト係は片方の眉を上げただけだった。「それはともかく、板なしでもロッジからここまで滑ってこられた。この子にはスキー板はいらないのかもしれない。このままでも滑れるんじゃないですかね」

「そりゃ滑れるでしょうけどね。許すわけにはいかないんですよ」

「どうしてですか?」

「スキー板もスノーボードもない客はコースには入れないという方針だからです。ゲレンデを歩いてみたいとコースに入った挙げ句にスキーヤーと衝突した人を、助けに上がるようなことになっては困るんでね。リフトで上に上がるなら、板に乗って自力で下りてこられなくてはだめだ。そういう規則なんです」

タングが僕の袖を引く。

「わかったでしょ。僕上に行けない。ロッジに戻って今からディーゼルにする?」

僕はため息をつき、リフト係を一瞥してから、タングを後ろ向きに下がらせ小屋を出た。

「しようがない。戻るか」

ロッジへの帰り道、タングは僕の隣を夢中になって滑った。スキーをさせられる危機が去った今、自分の板状の足で滑る感覚は案外悪くないらしい。

「見て、ベン、僕ジャスミンみたいにすーって進んでる」

「そうだな。たしかにすーっと進んでるな」

「僕、後ろ行くから引っ張って」タングは言い、僕が立ち止まると、すり足で僕の後ろに回り、ジャケットの裾をがしっと掴んだ。「はい、歩いて、ベン！」

えっちらおっちら歩き出した僕は、ラバにでもなった気分で後ろを滑るタングを引っ張ったが、思惑どおりではないにせよ、タングがついに雪の中に楽しみを見出せたことは嬉しかった。

「ベン！ カリフォルニアのあそこ行った時みたい、床で遊んだ時！」

僕はほほ笑んだ。「ほんとだな！」僕たちはかつてアンドロイドの製造会社の巨大なガラスビルを訪ねたのだが、その際タングは大理石の床が最高のスケートリンクになることを発見したのだ。その事実をもっと早くに思い出していれば、タングをロッジから連れ出すのにあんなに苦労せずにすんだだろうに。

「あそこ行って！」間もなくロッジという時、タングがそう言って僕のジャケットから片手を離し、かすかによろけた。タングの示す先に目をやったら、歩道からかいた雪が脇に積み上げられ、小さな傾斜ができていた。そのてっぺんまで頑張ってタングを引っ張り上げたら、タングはジャケットを離して僕の隣に移動した。

「手伝って、ベン」そう言ったわりにほとんど待ちもせず、タングはかすかに前傾になると傾斜をシューッと滑り降りた。数秒後に止まり、ガシャンと音を立てて尻餅をついた。僕は小さく毒づいて助けに走ったが、そばに着いてみたらタングはにかっと笑っていた。

「もう一回！ もう一回！」僕が持ち上げるようにして立たせてやると、タングはよろめきながらもひとりで傾斜を登り、僕が立ち上がるより先にこちらまで滑り降りてきた。「もう一回！ もう一回！」とまたしても言い、その後も何度となく繰り返しては延々と傾斜を滑り降りるものだから、しまいには僕の方がこう頼んでいた。

「なあ、タング、寒いよ。そろそろ中に入らないか？」

タングはシューッと滑って僕の隣で止まると、あからさまにがっかりした。

「入らないとだめ？」

僕はタングと、板状の足の上にたまった雪と、タングが滑り降りた傾斜にできたシュプールを見てほほ笑んだ。スキーなどちっとも乗り気ではなかったタングが、スキーをしていたのだ。

残りの休暇の大半は、ロッジのそばの小さなスロープを滑るタングをエイミーと交代で見守って過ごした。ホットチョコレートを手にロッジの窓辺に座り、時折こっちを振り返るタングに笑いかけ、すごいぞと親指を立ててやるだけで許されることもたまにはあったが、十回に九回はせめてどちらかひとりは一緒に来てとタングにせがまれた。

そのうちにボニーまでタングの招集についてくるようになった。僕やエイミーの膝に座り、そり代わりのオーブンの天板で傾斜を滑り降りる方が、ただ座って雪を食べているよりはるかに楽しいと気づいたらしい。結局、エイミーと僕が本物のコースを滑ったのは一、二度ずつだったと思う。だが、いいのだ。家族全員が楽しく過ごしている。それ以上に大事なことはない。人からは奇異な目で見られたが、どうってことはない。皆、そういう視線には慣れっこだ。

家族が揃っているからか、あるいは過去九カ月を超える日々の中で初めて安心して過ごしているからか、休暇最後の夜は喜びと幸せに溢れていた。エイミーとは厳密にはよりを戻したわけではないが、僕を悩ませるさまざまな問題の中ではその話は二の次だった。エイミーはここにいる。僕の娘の母親であり、彼女があの家で暮らすことを望む限りは毎日会える。いつかエイミーが他の誰かと出会い、出ていく日が来るかもしれない。だが、その日は今日ではなく、そのことに僕は感謝した。朝目覚めるたびに、エイミーがまだそこにいて、ボニーもいて、ロボットたちもいて、ジャスミンがかつてのタングと同様に、ボリンジャーにはその命令に従う価値などないと判断したことに、心から感謝している。暗いトンネルの先には希望の光が差しており、この世に太陽が昇り続ける限り、その輝きに照らされていたかった。

厚く切ったフランスパンが頭にコンと当たり、僕は物思いから覚めた。どこから飛んできたのかと視線を巡らせたら、キッチンで焼く前のパンにガーリックバターを塗っていたエイミーが、親指についたバターを舐めながらにっと笑った。

「心がお留守になってたわよ」

「ごめん、ぼーっとしてた。手伝おうか？」

「ぜひ。もしよかったら、その玉ねぎを切ってくれる？」

僕たちは並んで今夜のごちそう、スパゲッティボロネーゼを作った。自分たちで料理することになったのは僕のへまが原因だ。予約の際に全体で七日なのか七泊八日なのかで混乱し、六泊七日分の部屋食しか頼まなかったのだ。このリゾートではそれが可能だった。ひと晩くらいレストランで食事をしたい客もいるだろうとの宿なりの配慮なのだろう。実際僕も、ひと晩分の食事が足りないと気づいた時点でエイミーに外食を提案したが、彼女は自分たちで作る方がいいと言った。そして今、居間で実に楽しげに遊ぶ子どもたちを――縦長の透明の筒の中央付近に細い棒が何本も垂直に刺さり、その上にビー玉がたくさん入っているおもちゃで、順番に棒を抜き、その時に落ちてきたビー玉を自分のものとし、ビー玉がすべて落ち切った時点で持っているビー玉の数が一番少ない人が勝ちというルールのカープランクというゲームを、勝手なルールでやっている——キッチンカウンター越しに見つめながら、僕はエイミーの言うとおりだったと思った。エイミーはたいてい正しいのだと、今ならわかる。もっと早くに気づけていればよかった。

エイミーとよりを戻すことは自分の中では二の次だなどというばかげた前言は撤回だ。よりを戻したいに決まっているじゃないか。慰めや友情の表現としてエイミーを抱きしめるだけでは満足できない。もう一度エイミーの男になりたかったし、誰にも彼女を取られたくなかった。僕は今もエイミーに恋している。問題は、彼女も僕に恋しているかということだ。

僕がパンのお返しに玉ねぎのスライスを投げつけたら、エイミーはキャッと声を上げ、仕返しにすりおろしたパルメザンチーズを投げてきた。気づけば本気の雪合戦ならぬ食べ物合戦を繰り広げており、エイミーのチェックのシャツは脱げかけるわ、僕のジーンズの尻には西洋ネギが半分突っ込まれるわで、しまいにはタングに大声で止められた。

「やめて!」

僕たちはぴたっと静止し、立ち上がってこちらを見ているロボットふたりとボニー

に目をやった。トマトソースがエイミーの肘から垂れてボタッと床に落ちる。タング
は肩を上下させてため息をついた。
「食べ物を投げるのよくない」と、僕たちをたしなめる。僕はしゃんと背筋を正し、
叱られた者らしく反省した顔をしようとした。エイミーもだ。彼女が乱れたシャツの
襟を正した拍子に、ブラジャーがちらりとのぞいた。
「ごめんね、タング。あなたの言うとおり。私たち、ふざけすぎたわ」エイミーが謝
りながらも、こらえ切れずにくくくと笑った。だが、タングは笑わない。
「ボンニーによくない。真似しちゃうよ」
「ごめん」僕はもごもごとつぶやいた。どうしてもにやつく顔を隠そうと、くるりと
背を向け、簡易キッチンの引き出しからソムリエナイフを見つけてワインを開けた。
一部をボロネーゼソースに入れ、エイミーと僕のグラスに一杯ずつ注いだ。タングと
ジャスミンとボニーが遊びを再開したので、ソースを煮込む間、僕たちはなるべくま
じめにおとなしく彼らを眺めるように努めた。

三十一　ロジック

「初めてデートした時のこと、覚えてる？」ふたりして腰を下ろしながら、エイミーが言った。ロボットたちもボニーも自室におり、すでに眠っているか、眠りかけている頃だった（まあ、ジャスミンは読書中だろうが。今読んでいるのはミルズ＆ブーンのペーパーバックのロマンス小説で、僕としては頼むからその内容をタングには話さないでくれよと願うばかりだ）。夕食に使った鍋も皿も食器洗浄機に入れ終わってしまい、もはや座って飲むくらいしかすることがない。僕はにわかに緊張した。

「そりゃ覚えてるよ」僕は答えた。「君は靴を見せてくれた」あの時エイミーが着ていたのは深夜の空みたいなダークブルーの膝丈のカシュクールドレスで、胸元で交差してウエストでリボンを結ぶようになっていた。僕はそのリボンをほどきたかった。それなりに落ち着いた品のあるワンピースとは対照的に、足元を飾っていたのはネオンピンクのエナメルパンプスで、それを履いたエイミーはとても誇らしげだった。

エイミーは片手を額に当て、頬を赤らめた。

「うわぁ、やめて。あんな靴に惹かれたなんて魔が差したとしか思えない。穴があったら入りたい気分よ」

僕は笑った。「別にいいじゃないか」

「緊張してたの。弁護士なんかとデートしてもどうせつまらないと思われてる気がしてたから。私もたまにははめを外すんだって、少なくとも外そうと思えば外せるんだってところを見せたかったの」エイミーが両手を振り回しながら説明した。

「弁護士だからつまらないなんて思うわけがない。僕はブライオニーの弟だぞ、弁護士がどんなふうかは知ってるよ」

「言えてる」エイミーは唇を吊り上げていたずらっぽく笑った。

「君がブライオニーをちょっとでも悪く言うの、初めて聞いた気がするよ！」

実際初めてだった。僕は今一度、エイミーとの関係が根本から変わるのを感じた。僕はかねてからエイミーが一番に信頼しているのは僕より先に知り合ったブライオニーで、僕たちの絆がどんなに強くなろうとも、最初に頼る相手はやはりブライオニーなのだと感じてきた。だが、今は……僕は不安をいったん脇に置き、現状を冷静に俯瞰してみた。エイミーはここに、僕といる。僕と、そしてこの家族と休暇を過ごし、僕や僕との間にできた娘とともに暮らしている。いろいろあったが最後にはタングを受け入れ、ジャスミンのことも拒絶しなかった。何よりボニーともどもロジャーに家から追い出された時、エイミーが一番に頼ったのは僕だった。ブライオニーのもとに帰りはしなかった。

　エイミーが僕とやり直すことを阻んでいた唯一のものは、僕自身だった。

「君の部屋の前にいる」と、僕は入力した。短い一文を何度も読み返した。まるでその一文自体が、僕の行動が果たして正しいのかどうかを教えてくれるかのように。送信ボタンの上を親指がさまよう……危うい賭けだった。いや、果たしてそうか？　エイミーのことだ、気心の知れた僕の行動がまずかったなら、単に受け流して終わりだろう。だが、今回の休暇で何かが変わった。僕はエイミーと出会ったばかりのような気分だった。たとえるなら、伝えたい言葉が瓶いっぱいに詰まっていて、それが今にも溢れそうになり、栓がぐぐと持ち上がっているみたいだ。

　つかの間《ま》、今後の展開に対する予想より、こうなってほしいという願望が上回り、僕はメッセージを送信した。だが、一秒後には送信エラーになれと念じていた。メッセージがいったんロッジを出て、今度はエイミーのスマートフォンへ入っていこうとする様子を、進捗状況を表す横長のプログレスバーが示す。エラーは起きなかった。送信は完了し、賽は投げられた。思いついた時には妙案に思えたショートメッセージだが、改めて考えると文言は不気味だし、どうして素直に部屋のドアをノックしなかったのか、自分でもわからない。

僕はエイミーの部屋のドアに額を預け、彼女が開けてくれるよう念じつつ、同時に開けないことを祈った。家族五人、せっかくうまくやっていたのに、僕は何を血迷ったのか。あと五分。五分だけ待とう。もしかしたらエイミーはスマートフォンのそばを離れていて、まだメッセージを読んでいないかもしれないから。

そう考えた次の瞬間、ドアの取っ手が内側から回された。僕は一歩後ろに下がった。扉を引かれて倒れ込むように登場したのでは、ドタバタしていて格好がつかない。部屋の入口の内側と外側に立った僕たちは、極度の緊張のせいとしか思えない、ぎこちなく月並みな行動を始めた。エイミーが笑みを浮かべて僕を中へ通し、僕が手に持っていたグラスと脇に抱えていたウイスキーのボトルを受け取る。ここで冗談のひとつでも言って、いつもの僕だと示せればよかったのだが、何も出てこなかった。その瞬間の僕の頭は使い物にならなかった。

こういう状況では飲むに限る。酒が理由となり、言い訳にもなる。一杯はたいてい二杯になり三杯になり、そうなれば翌日、あれは酒のせいで、相手への想いが抑え切れなかったためではないと釈明できる。だが、本当は酒のせいなどではないのだ。こういう空気の時は。もしかしたら夜のせいなのかもしれない。こういうことは朝一番には起こらない。前夜の続きとして朝にそんな雰囲気になることはあっても、同じことではない。それに金輪際酒は飲まないと誓っていたとしても、やはり僕は今ここに立っているだろう。夜のせいでないのなら、彼女が彼女で、僕が僕だからかもしれない。いや、むしろ僕が変わり、こうありたいという自分たちにようやくなれたからなのかもしれない。出会った頃に思い描いていた自分たちに。

それでももし僕の判断が誤りなら、僕はすべてを失うかもしれない。エイミーとの平和な暮らしも、子どもたちの平穏も幸せも。一か八かの賭けだった。だが、エイミーはドアを開けてくれた。幸先はいい。

エイミーが向こうを向き、酒を注ぎに行こうとした。気づいた時には僕は彼女の腕をそっと摑んでいた。エイミーがぱっと振り返って僕を見つめる。時が永遠に止まったみたいになった。

僕は動けなかった。どうすればいい？　今、僕が一歩距離を詰め、親指でエイミーの腕をわずかにでもなぞれば、ふたりとも我を忘れてしまうかもしれない。その引き金を僕が引くわけにはいかない。とは言え、そもそものきっかけを作ったのは僕じゃないか。エイミーにメッセージを送ったのも、手を伸ばして彼女の腕を取ったのも僕だ。それでも最後の決断をするのは僕であってはならない。そう決めたのだ。エイミーを守るために、傷つけないために、気持ちを抑えてきた。メッセージなど送らなければよかった。自分の部屋に戻ればよかった。

全身の血がたぎり、それがぴたりと静止して、出口を求めて叫んでいる気がした。この先はエイミー次第だ。もし彼女がこちらに一歩近づき、僕が彼女の腕に触れているように、彼女もまた僕の腕に触れたなら、その瞬間に僕の理性は吹き飛ぶかもしれない。

こちらからは動けない。動くつもりもない。だが、一生こうしているわけにもいかない。どちらかが主導権を握る必要がある。ルームサービスが思いがけずこのロッジに寄ってくれればまた別だが。誰かがドアをノックするか、電話が鳴るか、あるいはボニーが目を覚まして泣き出すか。もはやそういうことでもなければこの膠着状態は破れそうになかったが、あいにくそのどれも起きなかった。

エイミーがほしくて、苦しいほどに喉が詰まった。たった半歩踏み出し、腕を引けば、唇を重ねられる。だが、それをすればエイミーはぱっと飛びのき、僕の頬を叩くだろう。いや、叩かないかもしれない。彼女もキスを返してくれるかもしれない。もしそうなったら、キスをやめたあと、この一年僕の頭にあった思いをすべて打ち明けよう。姉の家でのパーティで初めて会った時にエイミーが着ていた服は覚えていないけれど、その日初めて目が合った瞬間、もう恋に落ちていたこと。エイミーのことはずっと愛していたし、とりわけこの一年はその気持ちが強かったが、別れたことはよかったと思っていること。自分にとってエイミーがいかに大切かがよくわかったから。

初めてキスをした時のことを覚えているか、キスのあとにどう感じたかも訊きたい。まだつき合い始める前、ブライオニーの家で隣り合わせに座って夕食を食べていた時、テーブルの上の互いの腕が二センチも離れていなくて、何とも言えない感覚が走った時、エイミーもそれを感じていたのかどうか。そうであってほしい。あんな感覚は初めてで、僕が一方的に感じていただけならばとても残念だ。あの時の感覚を、今一度エイミーも感じているかを訊きたい。

だが、すべては何分か後の話で、まずはこの状況を打破しなくてはならない。血管が今にも破裂しそうで頭が痛かった。止まった時間の中であらゆることもまた止まり、僕は頭上に失った時という名の儚《はかな》い彫刻が吊り下がっている気がした。その彫刻は、今まで繰り返し考えてきた、もっとこうしていたら、状況が違っていたらという、ひそかな想いでできていた。

次の瞬間、腕の中にエイミーがいた。僕にぴったりと体を寄せ、こちらを見上げている。僕が摑んでいた腕をねじるようにしてその手を僕の二の腕に置くと、もう一方の手を背中に回した。あまりの一瞬の出来事に頭が追いつかなかった。だが次の瞬間、張り詰めていた緊張から解放された血がごうごうと流れ出し、僕はエイミーにキスをした。

「それ何?」翌朝、タングがエイミーと僕を見て言った。ちょうどチェックアウトのため子どもたちを連れて宿泊ロッジから受付ロッジに向かおうとしていた時だった。本当ならアンドロイドのポーターを呼ぶのが賢明だったのだろうが、エイミーも僕も別のことに気を取られていてそこまで考えていなかった。

「何って?」僕はエイミーから顔をそらさないまま聞き返した。エイミーはきれいだった。そばを離れられなかった。

「その顔と顔のやつ。ベン、エイミーの顔ぎゅって潰してる。何で?」

赤くなってほほ笑むエイミーの隣で、僕は答えようとした。

「これはキスって言うんだ、タング。どういう時にするかと言うと……まあ、いいじゃないか」説明などしてこの瞬間を台無しにしたくなかった。それにふたりで話し合わないうちに、エイミーとの間に起きていることを説明したくなかった。今はただ、エイミーがまだほほ笑んでくれているだけで幸せだった。

だが、タングは納得しない。

「意味わかんない。論理的じゃない」

僕は笑った。

「まあ、そうだな……論理的ではないだろうな。それでもするんだよ」その答えを実証するように、もう一度エイミーにキスをした。タングはうんざりして背中を向けたが、見間違いでなければタングがほほ笑んだのがちらりと見えた気がした。ボニーとジャスミンはというと、やはり楽しげに〝ハンガーを摑め〟遊びに興じており、ボニーがハンガーを摑み損ねるたびにジャスミンは笑っていた。ひょっとしたら僕のこれまでの心配は単なる取り越し苦労だったのかもしれない。僕たちはこのままこうして一緒に暮らしていけるのかもしれない。

三十二　帰宅

その夜早めに僕たちは帰宅した。固く締まった雪がタイヤに踏みしめられてキュッと鳴る。雪がちらつき、天気予報でも今後さらに降るとのことだったので、その前に自宅が見えてほっとした。私道に車を乗り入れた時、エイミーがあることに気づいた。

「ねえ見て、居間の明かりがついてる」

「ネコの餌やりに来てくれたミスター・パークスが消し忘れたんだろう」

「居間の明かりを？　キッチンならわかるけど……」

「時々つけておいた方がいいと思ったのかも。防犯上さ」

エイミーはうなずいたものの腑に落ちない様子で、僕自身、エイミーとともにロボットと人間が半々という我が家族を促しドタドタと玄関をくぐった瞬間に彼女と同じ懸念を抱いた。猫たちの姿はどこにもないが、家の中に人の気配がする。自分の感じ取ったものが他人の匂いなのか、空気の流れの変化なのかは定かではないが、生まれた時からずっと暮らしてきた家だから間違いはない。僕は居間に向かった。

最も恐れていたものが現実となって、父の古い肘掛け椅子に座っていた。僕はエイミーにボニーとロボットたちを連れて家を出ろ、ブライオニーのところでもどこでもいいから行けと告げようとしたが、その時には全員、居間の入口に立つ僕のそばまで来てしまっていた。

エイミーの姿を認めるなり、ボリンジャーは立ち上がってシャツのしわを撫で、肩に届く白髪を整えると、彼女に近づき手を差し出した。島ではもっぱら薄手のガーゼ生地のシャツに切りっ放しのハーフ丈のチノパンツ、裸足に破けた麦わら帽子という出で立ちだった。それが今日はやや大きすぎる色褪せた茶色のスーツを着て、磨かれた黒いウィングチップの靴を履いている。シャツだけが島の時と同じだった。

ボリンジャーがエイミーの手を取った瞬間、僕は胃がかっと熱くなり、彼を押しのけたくなった。だが、ボクササイズにキックと肘打ちも交じったよくわからないエクササイズをしているエイミーなら自分の身は守れる。だから、僕はタングが手を引いて家に連れて入ってくれていたボニーを抱き上げた。タング自身は止める間《ま》もなく強引に僕の脇を通り、その隙間をジャスミンもすっと通った。

「だめだ、タング、待て、止まれ……」

タングは止まったが時すでに遅く、目の前の状況に気づいてしまった。じっとボリンジャーを見つめている。当のボリンジャーはエイミーから離れ、ぞっとするような満面の笑みを浮かべて両手を広げた。

「ジェイムズ！」ボリンジャーの呼びかけに、僕はタングのかつての名前を思い出し、歯を食いしばった。そのたったひと言で、ボリンジャーが僕たち家族を祝福するために来たわけではないことを全員が思い知らされた。

「何でここにいる？」タングが抑揚のない声で尋ねた。

「私に向かってそんな口を利いていいのか、ん？」

「いい」質問の中には答えを求められていない修辞的なものもあることをタングはいまだ理解できず、この場で理解しようともしなかった。ボリンジャーはタングの返事を無視して僕に向き直った。

「その子がボニーだね」と、にっこり笑って娘に手を振る。ボニーはエイミーそっくりのとりわけ怖い目をしてボリンジャーを睨んだ。「抱っこしてもいいかな？」ボリンジャーが腕を伸ばす。僕は体をよじって彼に背を向けた。

「ふざけるな。娘には指一本触れさせない」

ボリンジャーは肩をすくめ、向こうを向いた。

「家に来てみたら誰もいないから、くつろがせてもらっていたんだ」と、部屋を見回し、ズボンの裾を引き上げるようにして同じ肘掛け椅子に座り直した。

「そのようだな」僕は歯を食いしばるようにして言った。そして、視線はボリンジャーに据えたまま続けた。「ジャスミン、情報送信はやめたって言ったじゃないか」

「やめました。あれ以来、位置情報は一切送っていません」

「だったら何でこいつがここにいる？　君にはがっかりだ。部屋に戻ってろ！」

ジャスミンの目である光が下を向き、宙に浮いた体が三十センチほど下がった。そのままくるりと向こうを向き、居間を出ていく。僕の視界の端でタングの表情が心なしか曇った。僕はジャスミンに厳しすぎる態度を取ってしまったのかもしれない。彼女が組まれたプログラムを完全に停止するにはそれなりの時間がいるはずだ。

ボリンジャーがにっと歯を剥き、部屋中に声を響かせてひとしきり笑った。

「何がそんなにおかしいの？」エイミーが尋ねた。

「ジャスミンは君たちの居場所を自発的に私に伝えたわけではないのだよ。彼女からの送信はある時を境にぷつりと途絶えた。わかっていたことだがね」

「ジャスミンが自身のプログラムに抵抗するとわかっていたの？」エイミーが訊く。

ボリンジャーは唇を舐めた。「妥当な想定だ。すでに一体、私を裏切ったロボットがいるのだからね」あからさまに睨まれて、タングが僕の脚をぎゅっと握った。「自分の計画を、いつ気まぐれを起こすかわからない他人に丸ごと委ねるわけがない。ジャスミンには位置情報の伝達は止められないのだよ。位置情報発信機があらかじめ内蔵してあるからね」

「なるほど、彼女から聞いていた話よりはその方が現実的だ」僕は言った。

ボリンジャーはかぶりを振り、また笑った。「ジャスミンは私に言えと言われたことを伝えたまでだ。どうやったかは知らないが、結局君はどっちのロボットも手なずけて私に反抗させた」

「自業自得でしょ」かっとなったエイミーがそう言ったら、ボリンジャーの笑いが消えた。代わりに表れたのは、島の彼の自宅で僕とタングとが目にした、あの狂気をはらんだ冷たい表情だった。僕たちの監禁を試みる直前に見せた顔だ。僕はボニーをいっそう強く抱きしめた。

「ロボットは主人に従うものだ」ボリンジャーが吐き捨てるように言う。「そして、私はここにいるふたりの主人だ。私がふたりを作ったんだ、彼らは私の物だ！」

「その理屈は通らないわ」エイミーも反論した。「その考え方だと、アンドロイドの購入者は、自分のアンドロイドにプログラムに反した動きをさせていることになる。製造者と主《あるじ》とは別物よ」

「私は違う！　これは私の技術だ。返してもらう！」

「またその話か」僕は言った。「島での議論をここで繰り返すつもりはない。タングもジャスミンもうちに留まる、以上だ」

「この意地汚い盗人《ぬすっと》が！」ボリンジャーが立ち上がって叫んだ。「刑務所にぶち込んでやる！」エイミーと僕は思わず一歩後じさりし、ボニーも泣き出した。だが、老人の唐突な怒りはやはり唐突に消えた。「すまない」と両手を上げると、ボリンジャーは再び腰を下ろした。「だが、自分が法を犯している事実は君も承知しているはずだ。何なら奥さんに説明してもらえばいい」

「知ってるよ」僕は答えた。「それでも、必要とあらばあんたを終身刑にするまでとことん闘う」

「闘う必要はないわ」と、エイミーが一歩前に出た。「ボリンジャー、あなたはロボットを保護監督する義務がありながら、それを怠った。この件が裁判になったところで、あなたは即刻島に送り返されるだけ。ロボットなしでね。タングはこれからも私たちと一緒に暮らすの。ジャスミンも」

ボリンジャーの顔が曇り、エイミーの確信に満ちた口調に、彼の自信が一瞬揺らぎかけた。だが、すぐに持ち直し、ボリンジャーは微笑した。

「その前に彼女を探した方がいいんじゃないか？」と、僕の背後に目をやる。僕がボリンジャーとの口論に気を取られている間に、いつの間にか僕の脚を離していなくなっていたタングが戻ってきて、ボリンジャーの予想を裏づけるように告げた。

「ジャスミンがいない」

その後巻き起こった混乱の中、ひとりボリンジャーだけが落ち着いていた。父の肘掛け椅子に座ったまま、両手の指先を尖塔のように合わせ、上機嫌な顔をしている。叩き潰し損ねた、害虫のアオバエみたいな男だ。

僕がなだめたところでボニーは泣きやまないので、エイミーに抱いてもらい、そのまま僕とエイミーとタングは廊下に出て今後の方針を話し合った。

「ジャスミンを探しに行って！」とエイミーは言ったが、事はそう単純ではない。

「君とボニーをあの男と三人にしては行けないよ。あいつは危険だ」

「僕が行く」というタングの言葉は、その時点ではエイミーと僕の耳には届かなかった。

「ベン、大丈夫だからあなたはジャスミンを探しに行って。タングひとりに頼むわけにはいかないもの」

「そうか？　ひとりで地球を半周したことだってあるんだ。タングは僕たちが思う以上にいろんなことができる」

「タングを信用してないわけじゃないわ！　ただ、タングには悪いけど足が遅すぎる。タングが通りの端にたどり着く頃にはジャスミンは何キロ先に行ってるかわからない」

「僕が行く！」タングがさっきよりも力強く言った。エイミーと僕は話すのをやめてタングを見た。「僕に考えある」

僕たちが口論をしている間にタングは車庫に行っていたのだった。そんな彼が真剣な面持ちで掲げた物は、埃をかぶったローラースケートだった。

タングが出ていくと、僕は居間を行ったり来たりした。エイミーはボリンジャーとは反対側の部屋の隅に座り、ボニーをあやし、ボリンジャーが何度会話を試みても徹底して無視し続けていた。ボリンジャーは問題など起きていないかのように振る舞った。いや、むしろすべては目論見どおりに進んでおり、あとは待つだけと言わんばかりの様子だ。

これ以上は僕の手には負えない。僕はエイミーのそばに行き、ささやいた。

「警察に通報してくれ」

エイミーが目をみはり、僕を見上げた。「でも、そんなことをすればあなたは……」

「わかってる。でも、君という弁護士がついているんだ。僕なら平気だよ」

「刑事事件は専門外なのよ」

「いいから。これしか方法はないんだ。彼を見てごらん」エイミーが僕の肩越しにボリンジャーに目をやる。「あいつはここに居座るつもりだ。自信があるんだよ」

「そんなのはったりよ。通報するより、タングとジャスミンを諦めるよう、ボリンジャーを説得してみる方がいい」

僕はつかの間《ま》エイミーを見つめた。「あいつは絶対に諦めない。警察に通報してくれ。君が電話する間、あいつの注意をそらしておくから」

立ち上がったエイミーの頬を涙がぽろぽろと伝い落ちた。ボニーを腰で抱き、母親の泣き顔は見せまいと、娘の髪に顔を埋めた。ボリンジャーに見せたくない気持ちもあったのだろう。僕はボニーに、次いでエイミーにキスをすると、両手の親指で涙を拭ってやった。エイミーはうなずき、居間を出ていった。

僕が今何を頼んだのか、気づいていたのだとしてもボリンジャーは何も言わなかった。これはあくまで推測だが、ボリンジャーは気づいていながらも正しいのは自分だと信じて疑わず、だからこそ取り立てて何かを言ったり、通報をやめさせたりする必要を感じなかったのだろう。己の立場に対するボリンジャーの自信は僕を不安にさせた。それは、ボリンジャーをAI界から追放した当局にとって現在この男がどこまで有用なのかも、果たしてボリンジャーが今も何らかの力を有しているのかも、わからないことが少なからず影響していた。本人はいまだに力を持っている気でいる。ただ、僕が腰を下ろしてその目を見たら、彼の顔にかすかな不安がよぎった。もっともそれは一瞬のことで、その後はひたすら睨み合いが続き、僕はいっそのこと庭に出て一気に決着をつけようと言いたくなった。だが、三十代半ばの中流階級のひょろりとした男が年金生活者をぼこぼこにしている図は誰が見ても気分のいいものじゃない。たとえ相手がイカれた男であってもだ。

「さてと」と、僕は口を開いた。まともな言葉が続いてくれることを願った。「僕たちを見つけたってわけだ」全然まともじゃない。

ボリンジャーは両腕を広げた。「見てのとおりだ」

「ひとつ訊きたい。なぜわざわざこんなことをするんだ？」

「私の技術を取り戻すためだ、わかり切ったことじゃないか」ボリンジャーはいら立った。まるでのみ込みの悪い子どもに算数の問題を解いてみせているみたいだ。

「いや、そうじゃなくて、ドローンか何かを飛ばせばすむのに、なぜジャスミンみたいなロボットを作って僕たちを探させたんだ？　なぜそんなリスクを冒した？　タング同様に自分を裏切るかもしれないと恐れながら、なぜ彼女に意識や意思を与えた？」

「それはなぜ息をするのかと訊くも同然だ」ボリンジャーはそう答えたが、僕はぴんとこなかった。僕が眉をひそめたからだろう、彼は続けた。「ジェイムズを作ったあとで、ただの機械など作れると思うかね？　物を生み出す人間は、一度失敗したからといってそこでやめはしないものだ。試行錯誤を続けて完璧を追求する」

「でも、ジャスミンが裏切るとわかっていて……」

「わかっていたわけではない」ボリンジャーが噛みつくように言った。「疑うことならいくらでもできるが、知りようはない。意識や意思を持つ存在がどう行動するかなど、その場になってみなければわからない。だからこそ予防措置として位置情報発信機を内蔵しておいたんだ」

ボリンジャーはこの会話に、いやむしろ僕の理解力のなさに辟易し始めていたが、エイミーはまだ戻らない。話を続けさせる必要があった。

「だからさ、なぜそもそもジャスミンに意識や意思を与えたんだ？」

堂々巡りだ。それでもどうにか会話を引き延ばせるように祈った。

「その質問にはすでに答えた。他に何かあるか？　それともロボットたちが帰ってくるまでそこに座って愚かな質問を続けるつもりか？」

「何を根拠にふたりが帰ってくると思うんだ？」

「自分たちの主が誰かをわかっているからだ」

今度は僕が微笑する番だった。「何にもわかってないんだな、ボリンジャー」と、かぶりを振った。「あのふたりの主ではないという意味では、あんたも僕と同じだよ。あの子たちの主はあの子たち自身だ。この期に及んでそれがまだわからないなら、あんたにあの子たちを連れていく資格はない」

「資格があるかなど関係ない。問題は正しい所有権が誰にあるかだ」

「そして、それにはあの子たちの自由意思は関係ないと？」

「まあな」

「それはどうかな」と反論したところで、ふと疑問が湧いた。

「わかった、じゃあこの質問に答えてくれ。あの子たちに自由意思を与えたのはなぜだ？　あんたが天才なら、意識はあるが自由意思のないロボットを作れないのか？」

ボリンジャーは僕をぎろりと睨むと、すねた子どもみたいに床に視線を落とした。

「あれは不本意な副産物だ」とつぶやいたきり、黙り込む。

それ以上ボリンジャーから言葉を引き出す自信はなかったが、エイミーがボニーを連れて戻ってきたので、その必要もなくなった。肩をそっと摑まれて振り向いたら、エイミーが小さく微笑し、言った。

「すんだわ」

その瞬間、視界の端で何かが動いた。そこから先の記憶は断片的だ。はっと気づいた時にはもう、父の肘掛け椅子に座っていたはずのボリンジャーがエイミーとの距離を詰めていた。彼女の腕にはボニーがいる。エイミーに向かって両手を伸ばすボリンジャーの姿に、殺す気だと直感した。警察への通報を気にしていないそぶりなど単なる虚勢だった――本当は恐れていたのだ。ボリンジャーが突進してくる寸前に、僕はエイミーの前に立ちはだかった。ボリンジャーの両手が僕の喉を絞めつける。エイミーが叫び出す。ボニーは泣いている。その時だ。ガシャガシャという音とともに視界目の隅に灰色の何かが現れた。ボリンジャーの指がわずかに緩んだ隙に僕はその手をほどいて後ろに下がった。衝撃音とともに甲高い叫び声が響き、次の瞬間僕の身に何かが起きた。後頭部に焼けつくような痛みが広がる。おそらく倒れたのだろう。ドスッという重い音がして、見える部屋の角度が変わった。

すべてが遠のいていく。いや、遠のいていたのは僕の意識か。よくわからない。目の前が少し暗くなり、音がよく聞こえなくなった。ふと、両親にボニーを会わせられなかったことを残念に思い、だがじかに話してあげられそうな気がした。

最後に耳にしたのはたくさんの叫び声と玄関を乱暴に叩く音だったが、立ち上がって開けに行くことはできなかった。誰かが「彼はここです」と言った気がする。それまで悲鳴を上げていたエイミーが今度は助けを求めて叫んだ。僕ひとりがやけに遠くにいる気がした。

三十三　天国

目の前が一面赤色に染まっていた。これは何だとしばし考え、それが自分の瞼の色で、その向こうにまぶしい白が広がっているのだと気づいた。瞼を開けたら、案の定頭上に光があった。痛みは感じなかった。傍らからぼんやりと声がして、音が鮮明になるとともにエイミーの声だとわかった。

「僕は死んだのか?」問いかけながらも果たして本当に言葉を発しているのか、それとも心の中で考えているだけなのか、わからなかった。そもそも僕にまだ心はあるのか。動きを感じた次の瞬間、視界にエイミーの顔が現れた。僕のエイミー。僕の奥さん。泣きながら、でも笑っていた。いや、ちょっと待った。もし僕が死んでいるなら、その声に反応しているエイミーもまた死んでいることになる。エイミーが髪を撫でてくれるのを感じて、僕は確信した。

「君も死んじゃったのか? ボニーはどうなった? それにロボットたちは? 何がどうなってるんだ?」

「おはよう」と、エイミーが言った。「落ち着いて、誰も死んでないから。みんな無事よ」

「でもそこに光が……」

「ここは病院よ。あなた、頭を打ったの。それで意識を失って。ひどい脳震盪を起こしたけど、先生方はよくなるから大丈夫だって」

「そうか」その時になって後頭部に痛みを覚えた。無意識の世界から浮上して意識が鮮明になるにつれて痛みは増幅した。たじろいだ僕の手にエイミーが何かを握らせた。

「ほら。痛む時はこのボタンを押して。点滴装置とつながっているの。目覚めた時に医療スタッフが誰もいなかった場合はそのようにしてって」

「タングは……」

「あの子なら大丈夫。ちゃんと治るから。カトウが、タングを治してから病院まで連れてきてくれるって。もしかしたらもう着いているかもしれないわね。先生方からは、この病棟にいる間はあなたと面会するのは私だけにするように言われたわ……あなたが意識を失っていた時に」

「タングならちゃんと治るって、どういうことだ？　何があった？」

「あの子、あなたを助けようとボリンジャーに体当たりしたんだけど、横ざまにぶつかる格好になってね。そのままふたりとも倒れ込んだの。タングが本気で突進した時の馬力ときたら、すさまじいわね。転倒した拍子に何カ所か部品が緩んだりしたけど、カトウがきちんと治してくれるわ」

エイミーがカトウを信頼してくれていることが嬉しくて、僕はもっとその話がしたかった。だが、ふいに猛烈な疲労感に襲われ、エイミーの話の途中で眠ってしまいそうになるのをこらえるので精一杯だった。

「あなたは後ろによろめいて倒れた際にサイドボードで頭を打ったの。へこみができてる……サイドボードにね」

「ボリンジャーは……」

エイミーが鋭く息をのんだ。

「今は余計な心配はしない方がいいわ。休まないと」

「ボリンジャーは」僕が繰り返すと、エイミーはため息をついた。だが、口を開きかけたと同時にエイミーにとっては折よく看護師が血圧を測りにやってきた。彼は、あなたは死ななそうだから、搬送係が手配でき次第、一般病棟に移しますねと告げた。茶目っ気のある言い方をしてくれたつもりだろうが、その時の僕はこれで家族に会えるということしか考えられなかった。そして、僕は眠りに落ちた。

次に目を覚ましたら先ほどとは違う病棟の個室に移されていたが、まだ面会時間になっていなかったので、しばらくはエイミーにつき添われてふたりきりの時間を過ごした。言葉は交わさなかったが、エイミーは手を握っていてくれた。こんな状況ながらも、彼女のそばにいられて僕は幸せだった。

あとになってブライオニーがボニーを連れて面会にやってきた。傍らに座るエイミーの膝の上でボニーが点滴ボタンを何度も押し、僕に鎮痛剤を過剰投与しようとした。もっとも、看護師曰く投与量は装置側できっちり設定されているので過剰に投与される心配はないらしい。それはよかった。本当に。

「何で自分が死んだなんて思ったの？」ブライオニーが同情のかけらもない声で尋ねてきた。

「ボリンジャーに首を絞められかけて、次に目覚めたらまぶしい光に包まれてたからだよ。他に何があるって言うのさ」

ブライオニーはかぶりを振り、ぼそりと「へなちょこのくせにヒーローぶるから」とつぶやいた。マスカラが滲んで目の下が黒くなっていた。

僕はエイミーの方を見た。

「ボリンジャーがどうなったのか、教えてくれ」

「最初に駆けつけたのは警察よ。ぎりぎり間《ま》に合ったという感じ。幸いにもね。そこへカトウが援軍を連れて駆けつけた。ボリンジャーを監視していた人たちよ」

その時ドアをノックする音がして、病室にいる全員が振り返ったら、そこにカトウが立っていた。まるでエイミーが手品でカトウを出したかのようだった。

「お邪魔をしてすみませんが、タングがブライオニーさんを呼んでいます」

「何でブライオニーを?」僕はカトウの背後を見ようと体を傾けたが、タングの姿は見えなかった。「どうしてタングはここに来ないんだ? どうかしたのか?」

ブライオニーが目をぐるりとさせてドアに近づいた。

「あなたに何を言われるかを心配してるんでしょ。いくら鈍いベンでもそれくらいはわかりそうなものなのに」

そんなきつく当たらなくても。僕はそう思い、姉にも告げた。

「タングをここに連れてきてくれ。タングに会いたい」

ブライオニーは指図されてむっとしながらも頼みを聞いてくれた。出ていく姉のためにカトウが道を空ける。彼はそのまま病室に入ってくると、エイミーの隣の椅子に座った。

「あなたのおかげで危機一髪のところで助かったと、エイミーから聞きました。ありがとう」僕は礼を言った。

「とんでもない」カトウは言い、一瞬つらそうな表情を見せた。「そもそも彼があなたやあなたの家族に近づくなんてことはあってはならなかったんです。できることなら……」

僕は手を上げてカトウの言葉を制した。「あなたが申し訳なく思う必要なんてどこにもないんですよ、カトウ。あなたは僕たちを救ってくれた」

「救ったのはタングですよ」カトウの言葉に僕は涙がこみ上げ、うなずくことしかできなかった。

そこからはエイミーが説明してくれた。「ボリンジャーはアメリカに引き渡された。裁判を受けることになるわ。すべての罪に関してね——テキサスの事故、AIの違法製造、すべてよ。当然、あなたと、そして私を殺そうとした件でも」

「そもそも最初の事故の段階で裁判にならなかったのがおかしいのです」カトウが言った。「ひどい話です。当局の者たちは国際的な注目を避け、極力公にせずにすませようとしました」

エイミーがかぶりを振った。「今回の件でひとつ、事件になったけどね。どう転んでもボリンジャーにとっていい結果にはならない。でも、彼がどうなるにせよ、私たちはもう安全よ」

僕はもう一度うなずいた。エイミーとカトウの言葉が示唆する意味は理解できたし、それ以上のことを聞く必要もなければ聞きたくもなかった。

エイミーがポケットから一枚の紙を取り出して僕に見えるように掲げつつ、カトウの方を示した。

「カトウが連れてきた援軍のひとりで、おそらくは責任者が、タングのライセンス取得を許可すると書かれた文書を渡してくれたわ。ジャスミンもね」エイミーがほほ笑む。「ふたりとも私たちの家族になったのよ、ベン」

僕は喉が詰まってしまい、唾を飲んだ。喉が痛んだ。返事の代わりにほほ笑んだ。

病室の外でガシャンという音がして、顔を向けたら、タングがドア越しに顔をのぞかせていた。相変わらず緊張しているらしく、そばに来るのをためらっている。ブライオニーがドアを大きく開け、タングを押すようにして病室に入れた。

「タング」僕は厳しくも穏やかな声で語りかけようとしたが、本当はただタングを抱きしめて泣きたい気分だった。「ボリンジャーがいる間は家に戻るなと言っておいたはずだ。下手をすればおまえも殺されてたかもしれないんだぞ」

タングはうつむき、ガムテープをいじった。だが、僕がタングに手を伸ばすと、タングはすり足でこちらに近づき、僕の手を取った。

「でも、おまえが戻ってきてくれてよかった。タングが僕たち家族を守ってくれたんだ。ありがとうな」

タングが顔を上げ、小さなディスクドライブの口を顔いっぱいに広げて笑った。カトウがプラスチック製の軋む椅子から立ち上がり、タングがもっと僕に近づけるようにその椅子をベッドの脇につけてくれた。タングはよいしょとそれに登ると、重たい頭を僕の肩に預けた。

「ベン、大好き」

「僕も大好きだよ、タング」

エピローグ

タングとジャスミンに対する所有権がボリンジャーから正式に剥奪され、僕たちに移ることとなった裁判は、ボリンジャーの危険な異常性が明確に認定されたことなどもあり、すんなり進んだ。それでもエイミーはこれまでさんざんロボットの所有権に関して調べてきていたし、まあ何しろエイミーだから、すんなりいこうがいくまいが弁論に立つ気満々だった。

エイミーは事実上ロボット法の世界に自身の専門分野を確立していくこととなり、その分僕たちの二度目の結婚式の細かな準備にかかりきりになるわけにはいかなかった。僕たちは離婚申請はしていない。それでもタングと出会って三年後、タングが初めて我が家に来た時に座っていた柳の木の下で改めて結婚の誓いを立てた。タングがリングボーイを務め、ボニーとジャスミンはそれはかわいらしい最高のブライズメイドになってくれた。

九月の終わりに庭で結婚式を挙げるなどどうかしていると、皆が口を揃えた。雨に降られるに決まっているし、寒いのにと言う。だが、僕たちはそれでも構わないし、これ以上にぴったりな時はないと答えた。とはいえ、心の奥底では僕もエイミーもどうか一日中降ることだけはやめてくれと祈っていた気がする。

式はその日のために作ったアーチの下で行うことにしていた。根元には家族で花を植えるつもりで、いずれその花がアーチを覆うようになるだろう。家から眺めたなら、アーチが庭の向こうに広がる馬のいる草原を縁取る額縁となるはずだ。

庭の片側には念のためにパーティ用のテントも張っておいたが、結果的には季節外れの暖かな晴天に恵まれ、イギリス中の人々がその暑さに溶けるべきか、そんな陽気を喜ぶべきかを迷う中、僕たちはふたりへの祝福と受け取った。もっとも季節を考え長袖のドレスを用意していたエイミーは、気温が厚手のサテンドレスには厳しい三十度になるとわかると大慌てで別のドレスを買うはめになったが。

エイミーが最終的に着たのは、式の三日ほど前にオンラインで見つけたすてきなビンテージドレスだった。淡いピンクとクリームとゴールドの、薄手で軽やかなドレスだ。素材が何で、具体的にどんなデザインだったかは覚えていない。それくらい、僕はただただエイミーの顔を見つめていた。何年も前に恋に落ちたエイミーも、今僕が愛している彼女を前にしては霞んでしまう。あの頃のエイミーが霞むなど、あり得ないと思ってきたけれど。結婚の誓いを交わし合う瞬間、隣に立つエイミーは僕の世界の、そして僕たち家族の中心であり、エイミーの愛があれば僕は何でも成し遂げられる気がした。

今度こそエイミーにふさわしい男になれるように頑張ろう。驚いたことにエイミーも同じことを僕に誓ってくれた。

ハネムーン先のスコットランドには今回も三人の子どもたちを一緒に連れていった。当然のことながら少しドタバタしてややこしかったが、家族揃ってのハネムーン以外、僕たちには考えられなかった。

訳者あとがき

松原　葉子

職も気力もなくただ漫然と日々を過ごしていたベンの自宅の庭に、ある日どこからともなくひょっこり現れた壊れかけのレトロな箱型ロボット、アクリッド・タング。そのタングを直すべく作り主を探す旅をする中で、ふたりがともに成長し、友情を育み、いつしか親子のような絆で結ばれた前作『ロボット・イン・ザ・ガーデン』の刊行からおよそ一年半、ついにあのコンビが戻ってきました。

時はタングが初めてベンのもとに現れてから約一年半後。ベンとエイミー、九カ月になった娘のボニー、そしてタングの三人と一体が家族として暮らすチェンバーズ家の庭に、またしても見知らぬロボットが現れます。今度のロボットは黒い球体で、てっぺんからは針金ハンガーらしき金属が不格好に突き出ています。名はジャスミン。どうやら女の子のようです。いったい何者で、どこから何のためにやってきたのか。タングの時にはその謎はなかなか解けませんでしたが、今回はジャスミン自身の口からあっさりと明かされます。何と彼女の所有者はタングの作り主であるオーガスト・ボリンジャーで、彼から伝言を預かってきているとのこと。その内容は「ベンがタングを連れ去った行為は窃盗に当たるため、元いたボリンジャーの島に返すべきである。応じてもらえないのであればボリンジャー自ら取り戻しに行く」というものでした。ジャスミンはベンとタングの居場所を見つけ出し、その位置情報をボリンジャーに送信するために作られ、遣わされたロボットだったのです。

今やすっかりチェンバーズ家の一員となったタングですが、法に照らせばたしかにベンは窃盗を犯したことになり、このままではいつかタングを奪われてしまう。大切な家族を守るため、ベンとエイミーの奮闘が始まります。果たしてタングはこの先もベン一家のそばにいられるのでしょうか――。

続編の原稿をいただいたのは昨年末。何より楽しみだったのは、多くの方に「タングがとにかくかわいかった」と言っていただいた、あの頑固でいじらしくて愛らしいロボットにもう一度会えることでした。主にベンとの一対一のシンプルな関係の中で生きていた一作目とは違い、妹という存在ができ、〝できる〟ロボット、ジャスミンも登場したことで、タングは人と自分を比べて悩んだりやきもちを焼いたりと、より複雑な感情を持つようになっていました。以前よりも達者になった口でどうして僕ばかり怒られたり我慢したりしなくちゃならないのとすねてみたかと思えば、妹のお世話をしたがったりと、今回も人間さながらに心を揺らしながら少しずつ妹という存在を受け入れ、お兄ちゃんになっていくタング。多感な年頃になり、イヤイヤ期の頃とはまた違った形でベンとぶつかるようにもなりますが、不器用ながらも一生懸命なところや愛情深い性格は変わらず、面倒くさくも愛おしい言動の数々で周囲を笑わせたり困らせたり和ませたりするチャーミングさは今作でも健在です。

ところで、本作『ロボット・イン・ザ・ハウス』を翻訳中の二〇一七年五月、著者のデボラ・インストールさんが来日され、お目にかかる機会に恵まれました。場所は前作でタングとベンが訪れた秋葉原の、とあるお好み焼き屋さんです。恥ずかしながら私自身はかなり人見知りをする性格なので、当日はずいぶんと緊張しながらお店に向かったのですが、初めてお会いしたデボラさんは作品から受けた印象そのままの朗らかで温かなお人柄で、はにかんだ笑顔が優しい、とてもすてきな女性でした。前作では日本を好意的に描写してくださっていましたが、実際に日本がお好きだそうで来日されたのは今回が三度目、旦那様との新婚旅行も日本だったそうです。ちなみに以前日本で食べたお好み焼きを気に入り、それ以来英国のご自宅で旦那様が時折焼いてくださるそうです。オンラインで鰹節まで購入して作るというのですから本格的です。旦那様といえば、前作でエイミーの陣痛がいよいよ始まると、冷静に対応するタングとは対照的にベンはおろおろしていましたが、あのシーンはデボラさんの実体験がもとになっているそうです。最初の緊張はどこへやら、そんな裏話に笑ったりしながら楽しいひと時はあっという間に過ぎていったのでした。

前作『ロボット・イン・ザ・ガーデン』は、二〇一六年六月の刊行以降じわじわと評判を呼び、第八回エキナカ書店大賞をいただいたり、NHKでラジオドラマ化されたり、かわいい特設サイトができたりと、嬉しい出来事が続きました。タングがここにいたならきっと手をぱちぱち叩き、足を左右交互にぴょこぴょこと踏み換えて「イエイ！」と喜んだことでしょう。ありがたいことに読書記録サービスサイト等にも多くの感想をお寄せいただき、タングとベンの物語はたくさんの皆様に愛される作品となりました。前作でタングロスに陥った読者の皆様に、少しお兄ちゃんになったタングをはじめ、チェンバーズ家のその後の物語をお届けできることをとても嬉しく思います。

最後になりましたが、本書を訳すにあたりお力添えをいただいた皆様に心より御礼を申し上げます。

二〇一七年十一月

――本書のプロフィール――

本書は二〇一七年にイギリスで執筆された小説『A ROBOT IN THE HOUSE』を本邦初訳したものです。